EL SEÑOR NÚMERO DESCONOCIDO

LYNN PAINTER

EL SEÑOR NÚMERO DESCONOCIDO

TITANIA

Argentina • Chile • Colombia • España
Estados Unidos • México • Perú • Uruguay

Título original: *Mr. Wrong Number*
Editor original: A JOVE BOOK Published by Berkley.
An imprint of Penguin Random House LLC
Traducción: Eva Pérez Muñoz

1.ª edición Enero 2024

© 2022 *by* Lynn Painter
All Rights Reserved.
This edition published by arrangement with Berkley, an imprint of Penguin
Publishing Group, a division of Penguin Random House LLC.
© 2024 de la traducción by Eva Pérez Muñoz
© 2024 *by* Urano World Spain, S.A.U.
Plaza de los Reyes Magos, 8, piso 1.º C y D – 28007 Madrid
www.titania.org
atencion@titania.org

ISBN: 978-84-19131-39-3
E-ISBN: 978-84-19699-92-3
Depósito legal: M-31.044-2023

Fotocomposición: Ediciones Urano, S.A.U.

Impreso por Romanyà Valls, S.A. – Verdaguer, 1 – 08786 Capellades (Barcelona)

Impreso en España – *Printed in Spain*

Para Kevin:

Hoy te quiero más que cuando me cautivaste fotocopiándote un dedo y hablando en ese tono ridículo. Más que cuando me pisaste los pies para que no pudiera huir de ti. Creo que incluso más que aquella vez en que me dijiste que tenía el pelo de Axl Rose.

Cinco hijos y cientos de albóndigas después, sigues haciéndome reír a carcajadas y te adoro.

1

Olivia

Todo comenzó la noche después de que incendiara el edificio en el que vivía.

Estaba sentada en la elegante isla de granito de la cocina de mi hermano, devorando una bolsa de lazos salados y bebiéndome uno tras otro los botellines de cerveza Stella que había encontrado en su nevera. Y no, no tenía un problema con el alcohol. Tenía un problema con la vida. O lo que era lo mismo, mi vida era un desastre y necesitaba sumergirme en un sueño profundo tipo coma si quería tener alguna esperanza de elaborar un plan de futuro cuando despertara.

Después de mucho rogarle, Jack había accedido a que me quedara con él durante un mes, tiempo suficiente para buscar trabajo y encontrar mi propia casa, con la condición de que me comportara y no estorbara a su compañero de piso. A mí me parecía que era demasiado mayor para tener un compañero de piso, pero ¿quién era yo para juzgarlo?

Mi hermano mayor me había dado un abrazo y una llave y luego se había ido a disfrutar de la noche de alitas de pollo a cincuenta centavos en Billy's Bar, así que me quedé sola en casa, llorando con la música de Adele que sonaba en su Alexa. La música ya me tenía en modo autocompasión, pero cuando empezó a cantar sobre un fuego que ardía en su corazón, me acordé del incendio que se había iniciado en mi terraza y me derrumbé.

Estaba llorando a lágrima viva cuando me vibró el teléfono, interrumpiendo mi crisis. Un número desconocido acababa de mandarme un mensaje:

Dime exactamente, ¿qué llevas puesto?

¿Un pervertido que se había equivocado de número? Me limpié la nariz y tecleé:

El vestido de novia de tu madre y su tanga favorito.

No pasaron ni cinco segundos antes de que el Sr. Número Desconocido respondiera:

Eh, ¿qué?

Le contesté:

En serio, cariño, creía que te parecería sexi.

Sr. Número Desconocido: ¿Cariño? ¿Pero qué coño?

La idea de un tío recibiendo un balde de agua fría en forma de mensaje de texto hizo que soltara una pequeña carcajada. Me resultó raro que lo que de verdad le había desconcertado fuera la palabra «cariño» en lugar de la horrenda sugerencia de lencería con connotaciones edípicas, aunque también era cierto que había usado la frase tan trillada de «¿Qué llevas puesto?», de modo que ¿quién podía entender a un tío así?

Yo: Entonces, ¿prefieres algo menos maternal?

Sr. Número Desconocido: No, no, me parece de lo más excitante. ¿Qué tal si yo llevo pantalones cortos tipo cargo, calcetines con sandalias y el suspensorio de tu padre?

Aquello me sacó una sonrisa en pleno derrumbe emocional y consiguiente llanto descontrolado.

> **Yo:** Ya me has puesto cachonda. Por favor, dime que me susurrarás al oído los chistes y bromas que suele contar mi padre mientras me empotras.

> **Sr. Número Desconocido:** Oh, sí, tengo una gran cantidad de chistes sobre bebés y anécdotas meteorológicas. Y «empotrar» me parece la palabra más sexi del mundo.

> **Yo:** Estoy de acuerdo.

> **Sr. Número Desconocido:** Me he equivocado de número, ¿verdad?

> **Yo:** Sí.

Como me entró hipo (la cerveza por fin estaba haciendo efecto), decidí ser comprensiva con él y le envíe otro mensaje.

> **Yo:** Pero no te rindas, campeón, y ve directo al empotramiento.

> **Sr. Número Desconocido:** Este es el intercambio de mensajes más raro que he tenido en mi vida.

> **Yo:** Lo mismo digo. Buenas noches y buena suerte.

> **Sr. Número Desconocido:** Gracias por el apoyo y buenas noches para ti también.

En cuanto la cerveza empezó a darme sueño, decidí darme una ducha (¡Adiós, pelo con olor a humo!) e irme a la cama. Busqué en mi bolsa de viaje algo que ponerme, pero luego recordé que, por culpa del incendio, la única ropa que me quedaba era la que había dejado en mi taquilla del gimnasio y algunas prendas sueltas que habían acabado en el suelo del asiento trasero del coche cuando iba y venía de hacer la colada. Encontré una camiseta de pijama de el Monstruo de las Galletas, pero me di cuenta de que no tenía nada que ponerme debajo, ni pantalones de pijama, ni vaqueros, ni *leggings*... Nada, salvo los pantalones cortos del gimnasio que llevaba puestos y que olían a rayos.

¿Estaba tocando fondo por no tener pantalones o todavía podía caer más bajo?

Menos mal que tenía ropa interior limpia. En concreto, unas bragas tipo *culotte* de color amarillo fosforito con el lema de «ABAJO LOS RICOS» en la parte trasera, cuya presencia me proporcionaba un pequeño toldo sobre el que caer antes de llegar al fondo.

Me pasé media hora bajo la ducha, encantada con su cabezal de lluvia y el carísimo acondicionador del compañero de piso de Jack. En un descuido, se me resbaló el bote de plástico, que cayó al suelo y se rompió la tapa, derramándose la mayor parte de su lujoso contenido. Me agaché, volví a meter todo lo que pude en el bote y lo coloqué con cuidado en el estante de la ducha, esperando que nadie se diera cuenta.

Spoiler: siempre se dan cuenta.

Pero dos horas más tarde seguía completamente despierta, tumbada en el suelo del despacho de mi hermano sobre su viejo colchón hinchable que crujía cada vez que me movía, mirando al techo con los ojos hinchados y reviviendo una y otra vez todas las cosas terribles que habían sucedido antes de que huyera de Chicago.

El despido. La infidelidad. La ruptura. El incendio.

Y entonces pensé: «A la mierda todo». Me puse de pie, regresé a esa cocina deslumbrante, rompí el precinto de una botella de tequila que tenía la forma de un sol con bigote sonriendo y me preparé la bebida relajante más fuerte del mundo. Puede que a la mañana siguiente me despertara con un dolor de cabeza considerable, pero al menos, esa noche, lograría dormir un poco.

—Livvie, soy mamá. Creía que hoy ibas a venir.

Abrí los ojos (bueno, en realidad solo uno) y miré el teléfono desde el que mi madre me estaba gritando. ¿Las ocho y media de la mañana? ¿Acaso esperaba que me presentara en su casa al alba? Dios, mi madre era como una especie de asesina en serie sádica empeñada en torturar perros o algo por el estilo.

¿Por qué había respondido a la llamada?

—Sí, eso tenía pensado. Y es lo que voy a hacer. Estaba a punto de sonarme la alarma.

—Bueno, creía que ya estarías buscando trabajo.

Adele empezó a sonar a todo volumen por el apartamento. Pero ¿qué narices?

—¡Alexa! —grité—. ¡Apaga la música!

—¿Con quién estás hablando? —preguntó mi madre.

—Con nadie. —La música seguía a todo trapo—. ¡Alexa, apaga la música!

—¿Tienes amigos en casa?

—¡No, por Dios! No. —Por fin conseguí abrir el otro ojo y me incorporé para sentarme. Al instante, sentí un fuerte dolor en la frente mientras la música se detenía de golpe—. Estaba hablando con el aparato de música de Jack.

Mi madre soltó uno de sus suspiros de «¿Por qué tengo una hija tan rara?».

—Entonces, ¿todavía no te has puesto a buscar trabajo?

«Por favor, que alguien se apiade de mí y me mate».

—Sí, ya me he puesto —respondí con la boca seca—. Pero con internet puedes empezar a buscar al mediodía. Te lo juro, mamá.

—No tengo ni idea de lo que me estás diciendo. ¿Vas a venir o no?

Respiré hondo por la nariz y recordé el problema que tenía con la ropa. Hasta que no pudiera lavarme los pantalones, lo tenía bastante mal. Así que respondí:

—Más tarde. Ahora mi prioridad es encontrar trabajo. Me pasaré por allí después de echar unos cuantos currículums.

Y después de conseguir un par de pantalones.

—¿Está tu hermano por ahí?

—No lo sé.

—Pero ¿cómo no vas a saberlo si estás en su casa?

—Porque sigo en la cama y la puerta está cerrada.

—¿Por qué duermes con la puerta cerrada? Te vas a asar de calor en esa habitación si no la abres.

—Ay, Dios. —Solté un suspiro y me froté la sien—. Salgo de la cama en un minuto y, si veo a tu otro vástago, le diré que te llame, ¿de acuerdo?

—Oh, no hace falta que me llame. Solo quería saber si estaba allí.

—Tengo que irme.

—¿Has ingresado ya el dinero?

Apreté los labios y cerré los ojos. Típico de mi madre. A los veinticinco años, lo único peor que tener que pedir dinero a tus padres porque has vuelto a tu ciudad natal sin un centavo, es que tu madre quiera hablar de ello.

—Sí, lo hice anoche por internet.

«¿Acaso tenía otra opción que no fuera ingresar esa vergonzosa contribución parental lo más rápido posible?». Porque cuando el humo se desvaneció (literalmente) y quedó claro que mi edificio ya no estaba en pie, tuve que gastar el poco dinero que tenía en necesidades básicas como un cambio de aceite, neumáticos nuevos y gasolina suficiente para llegar a casa, en Omaha.

Menos mal que todavía tenía que cobrar un último cheque de mi nómina la semana siguiente.

—¿Lo hiciste desde el ordenador? —me preguntó mi madre.

—Sí —respondí entre dientes.

—El marido de Evie dice que no tenemos que hacer eso nunca. Que es como dar tu dinero a los piratas informáticos.

Me dolía la cabeza.

—¿Quién es Evie?

—Mi pareja de *bridge*, la que vive en Gretna. ¿Es que no me prestas atención cuando te hablo?

—Mamá —dije, contemplando la posibilidad de fingir que estaba a punto de entrar en un túnel y me iba a quedar sin cobertura—. No me dedico a memorizar el nombre de todas tus parejas de *bridge*.

—Bueno, solo tengo una, querida, no es tan difícil —replicó mi madre con tono ofendido—. Tienes que dejar de hacer transacciones bancarias por ordenador, es mejor ir al banco en persona.

—¿Ah, sí? ¿Habría sido mejor conducir de vuelta a Chicago para ingresarlo en persona?

—No hace falta que seas tan sarcástica. Solo intento ayudarte.

Solté otro suspiro y me levanté del colchón hinchable que se había hundido cada vez que me había dado la vuelta durante la noche.

—Ya lo sé. Lo siento. Es que estos dos últimos días han sido bastante duros.

—Lo sé, cariño. Pásate por casa más tarde, ¿de acuerdo?

—De acuerdo. —Me acerqué a la puerta y la abrí de par en par—. Te quiero. Adiós.

Lancé el teléfono sobre el escritorio y entrecerré los ojos mientras la luz natural del salón me daba de lleno en la cara. Dios, menuda resaca. Tenía esa sensación de desequilibrio que indica que aún estás demasiado borracha para conducir, así que me tambaleé hacia la máquina Keurig, desesperada por un café.

—Vaya, buenos días, cielo.

Me quedé petrificada al oír su voz. De pronto, me entraron unas ganas tremendas de vomitar.

Porque ahí estaba Colin Beck, el mejor amigo de Jack, mirándome mientras me dirigía a trompicones hacia la cocina. Como si el universo no se hubiera cebado ya lo suficiente conmigo, ahora tenía que lidiar con él, que estaba de pie junto a la elegante barra de desayuno, con los brazos cruzados, disfrutando de mi vergonzoso paseo, con una ceja enarcada en señal de diversión. Estaba esbozando esa sonrisa de «soy mejor que tú», con esa pose de imbécil, mientras yo recorría el apartamento en ropa interior y con una camiseta demasiado pequeña, como si fuera una especie de Winnie the Pooh patoso.

A medida que me iba acercando, parpadeé. ¿Cómo era posible que se hubiera vuelto aún más atractivo?

Menudo capullo.

La última vez que lo había visto fue en mi primer año de universidad, cuando me expulsaron de la residencia y tuve que pasar el último mes del semestre en casa de mis padres. Jack lo invitó a comer espaguetis un domingo, y a Colin le hizo mucha gracia la historia de cómo mi intento de rescate a unos perros callejeros se acabó convirtiendo en un ataque a varios compañeros de la residencia, seguido de la activación de los aspersores contra incendios y la consiguiente inundación de todo el edificio. Dijo que era lo más divertido que había oído en su vida.

Hoy parecía que venía de correr. Traía la camiseta empapada que se pegaba a cada músculo definido de su torso, dejando a la vista un tatuaje que serpenteaba por su brazo derecho.

¿Quién se creía que era, La Roca?

Colin tenía la cara de una estrella del cine, con unos rasgos perfectos, una mandíbula imponente y unos ojos azules con una chispa juguetona que realzaba aún más esa belleza. A los catorce años, me había enamorado brevemente de esa cara, pero después de escuchar una conversación en la que me llamó «bicho raro», la opinión que tenía de él cambió de la noche a la mañana hasta el punto de aborrecerlo y no poder ni mirarlo.

—¿Qué estás haciendo aquí? —Lo rodeé para llegar a la cafetera que estaba sobre la encimera y pulsé el botón de encendido. El ambiente fresco me recordó que tenía el trasero expuesto, apenas cubierto por esas ridículas bragas, pero no iba a permitir por nada del mundo que Colin creyera que podía intimidarme. Hice acopio de todas mis fuerzas para no estirarme hacia abajo la camiseta de el Monstruo de las Galletas mientras buscaba café en los armarios, recordándome a mí misma que solo era un trasero, mientras decía:

—Creía que te habías ido a vivir a Kansas o a Montana.

Colin carraspeó.

—Está en el armario que hay junto a la nevera.

Lo miré de reojo.

—¿El qué?

—El café.

Se creía muy listo. Siempre me había recordado a uno de esos mafiosos de la costa este, con una respuesta para todo y esa constante necesidad de llevar la razón. Así que decidí mentir y repuse:

—No estoy buscando café.

Colin enarcó una ceja y se apoyó en la barra de desayuno.

—Ya, claro.

—En serio. —Me mordí el labio inferior—. En realidad estaba buscando… mmm… té.

—Por supuesto. —Me miró con una cara que, de algún modo, insinuó que sabía que detestaba el té—. Bueno, está en el mismo armario. Al lado de la nevera.

«Santo Dios, ¿cómo es posible que me esté pasando esto? ¿De verdad estoy hablando con Colin Beck en bragas?».

—Gracias. —Mientras me dirigía hacia el armario, contuve el impulso de poner los ojos en blanco. Tenía tantísimas ganas de beberme un café que estaba a punto de ponerme a llorar. Me fijé en la única clase de té que había, Earl Grey. Sabía que lo odiaría con todas mis fuerzas. Saqué una cápsula y la coloqué en la máquina.

—¿Dónde está Jack?

Sentí su mirada sobre mí mientras me respondía:

—En el trabajo.

—Ah. —«Entonces, ¿qué narices haces tú aquí?».

—Me ha dicho que te vas a quedar un mes. —Apoyó los antebrazos en la encimera (Por el amor de Dios, ¿cómo podía alguien tener unos antebrazos tan sexis) y empezó a toquetear su reloj de entrenamiento—. ¿Es eso cierto?

—Sí. —Cogí una taza de la encimera, la llené con agua del grifo y quité la tapa del depósito casi vacío de la Keurig—. Por cierto, ¿sabe mi hermano que estás aquí?

Mi pregunta hizo que alzara la vista del reloj.

—¿Qué?

Me acerqué a la cafetera y empecé a verter agua en el depósito.

—¿Te está esperando?

Soltó un sonido gutural que parecía una mezcla de tos y carcajada antes de decir:

—Joder, ¿no te has enterado de que soy su compañero de piso?

Ay, Dios. No hablaba en serio, ¿verdad? Miré su cara, esperando encontrar cualquier indicio de que me estaba tomando el pelo, aunque sabía que no era así. Pero antes de que me diera tiempo a ver nada, me hizo un gesto con las manos y bramó:

—¡Ten cuidado con el agua, Liv!

—Mierda. —Me había pasado con el agua y ahora había un charco enorme en la encimera. Cogí un paño e intenté limpiarlo, pero el trapo no absorbía nada y lo único que hice fue echar el agua de la encimera al suelo... mientras ese cretino presuntuoso me miraba con una sonrisa en los labios.

—¿No tienes nada mejor que hacer que verme limpiar mi metedura de pata?

Se encogió de hombros y se apoyó en la encimera como si no tuviera una sola preocupación en el mundo.

—En realidad, no. Por cierto, me gusta lo que te has hecho en el pelo.

—¿Te gusta? ¿En serio? —Le lancé una sonrisa burlona que más bien era una mueca enseñando los dientes—. Yo lo llamo el estilo «mudarse con Colin». Es como llevar en la cabeza un cubo de basura en llamas.

—Hablando de llamas, tengo mucha curiosidad, Marshall, ¿cómo narices te las arreglaste para incendiar un edificio de apartamentos entero? —Ladeó la cabeza—. A ver, siempre has sido un poco desastre, pero ponerse a quemar cartas de amor en una terraza de madera como si fueras una pirómana son palabras mayores, incluso para ti.

Intenté tragar saliva, pero se me había cerrado la garganta.

Y no porque ese idiota me considerara una imbécil; siempre lo había hecho. Para Colin, mis desgracias eran una especie de placer inconfesable, como uno de esos programas de telebasura que no quieres reconocer que ves, pero al que estás enganchado.

Pero que estuviera al tanto de algo que había ocurrido hacía solo un par de días, en una ciudad a ocho horas de distancia, significaba que Jack se lo había contado. Y no solo por encima, tipo «mi hermana tiene que venirse a vivir aquí porque se le ha quemado la casa», ya que había mencionado lo de las cartas de amor.

Estaba claro que Jack había compartido con él los detalles más sórdidos.

El novio infiel, la ceremonia de quemar las cartas en la terraza, la magnitud del incendio... Todo. Cuando me los imaginé partiéndose de risa, mientras mi hermano le contaba la historia de mi último desastre, me entraron unas ganas enormes de vomitar.

Las palabras «no fue culpa mía» se agolparon en mi lengua. Quería gritárselas a la cara, a él y a todo el mundo que leyera la noticia en el periódico, hiciera clic en el enlace o viera la sonrisa burlona de la periodista mientras pronunciaba «cartas de amor».

Porque no había sido culpa mía.

Sí, había quemado los poemas de Eli. Y lo había hecho medio borracha, mientras me fumaba un cigarrillo tras otro en la terraza, pero los había quemado dentro de un cubo de metal. Con un vaso enorme de agua al lado, por si acaso. No era tan tonta. Me había preparado a conciencia para llevar a cabo mi exorcismo del cabrón infiel de Eli.

Lo que no había esperado para nada era lo de la zarigüeya.

Cuando estaba contemplando tranquilamente mi pequeña hoguera, reflexionando sobre el hecho de que estar sola quizá no fuera tan terrible, aquella espantosa criatura saltó a mi terraza desde el canalón. El jadeo que solté la asustó lo suficiente como para salir corriendo y golpear la mesa donde estaba el cubo, tirando su contenido a la terraza.

Una terraza que estaba cubierta por una encantadora estera de paja.

—Mira —le dije, intentando parecer lo más serena posible—. Me encantaría quedarme aquí y charlar sobre el desastre andante que crees que soy, pero tengo cosas que hacer. ¿Puedes darte la vuelta, por favor?

—¿Por qué?

Solté un suspiro, deseando que me tragara la tierra en ese momento.

—Porque cuanto más despierta estoy, menos cómoda me siento hablando contigo en ropa interior.

Colin sonrió. Un gesto que hizo que se le arrugaran las esquinas de los ojos.

—Creía que eras de las que nunca se avergüenzan.

—No me avergüenzo. —Si hubiera sido cualquier otra persona, habría reconocido entre risas que me avergüenzo con mucha facilidad y a menudo; razón por la cual suelo meter tanto la pata. Pero como se trataba de Colin, solté—: Lo que sucede es que no creo que seas digno de contemplar este pedazo de trasero.

Y así, sin más, pasé junto a él y salí de la cocina con la cabeza bien alta, aunque me ardía la cara y rezaba para que mi trasero tuviera buen aspecto en aquellas ridículas bragas. Y hasta que no entré en mi improvisada habitación y cerré la puerta de golpe, no me permití susurrar a gritos casi todos los insultos que conocía.

2
Olivia

El día no fue a mejor. Me encerré en el despacho y eché currículums para diez empleos para los que no estaba cualificada en absoluto. Había unas cuantas vacantes para redactor técnico para los que sí estaba preparada, pero no me entusiasmaban demasiado, y un montón de puestos para redactor publicitario con los que *casi* encajaba en el perfil (aunque no del todo).

En el proceso, me las apañé para atascar la impresora (que había usado sin permiso) y derramar polvo de tóner sobre la alfombra blanca (alerta *spoiler:* intentar limpiarlo con agua fue una idea nefasta y dejé la alfombra hecha un desastre). De modo que sí, empecé el día con muy buen pie.

Después, conduje hasta casa de mis padres para recoger algo de ropa que decidí no llevarme a la universidad. Y mientras rebuscaba entre prendas que habían pasado de moda hacía una década, mi madre me enseñó el álbum digital de recortes que estaba montando con las noticias sobre el incendio. Ya sabéis, para poder recordarlo dentro de unos años.

Luego me sirvió lasaña mientras mi padre me sermoneaba sobre el comportamiento responsable que se espera de una persona adulta y lo importante que es tener un seguro de inquilinos.

Salí de su casa con acidez de estómago, sobras de comida y un resentimiento mucho más grande que la vieja camiseta de la banda de marcha del instituto que iba a tener que usar hasta que consiguiera un trabajo y pudiera comprarme ropa nueva.

Incluso llegué a preguntarme a qué distancia estaba el centro de donación de sangre más cercano para hacerme con algunos dólares extra.

Cuando regresé al edificio de Jack, no me apetecía subir para nada. El día había sido un auténtico desastre y no estaba preparada para aguantar a Colin.

Ni a mi hermano.

Ni a su enfado cuando les contara lo de la alfombra blanca.

Así que me fui directamente a la azotea.

Me había fijado en el cartel del ascensor sobre la terraza que había allí arriba y lo cierto es que no me decepcionó. Tenía unas vistas increíbles de la ciudad, con macetas llenas de petunias y unas tumbonas de lo más elegantes.

Me senté en una de ellas, acurruqué las piernas debajo de mí y tomé una profunda bocanada de aire veraniego.

«Ahhh». Fue como si respirara por primera vez desde que Eli irrumpió en la cafetería para decirme lo poco que me quería.

¿De verdad habían pasado solo dos días?

Me sonó el teléfono. Bajé la vista y vi un mensaje del mismo número desconocido de la noche anterior.

¿Qué llevas puesto?

¿Otra vez el tío que se había equivocado? Menudo idiota. Le respondí:

Muy gracioso. ¿Al final te funcionó anoche?

Al otro lado de la azotea, una pareja se rio alrededor de la hoguera y no pude evitar preguntarme cuántas zarigüeyas habría en esa zona de la ciudad.

Sr. Número Desconocido: Después de la imagen mental que me proporcionaste, ni siquiera lo intenté.
Me fui a casa a dormir.

Yo: Oh pobrecito. Siento haberte arruinado el intento de rollo más cursi del mundo.

Sr. Número Desconocido: ¿Y tú cómo sabes si quería rollo? Puede que solo estuviera haciendo una encuesta sobre ropa femenina.

Yo: Sí, claro.

Sr. Número Desconocido: Por cierto, estoy haciendo una encuesta sobre ropa femenina. ¿Puedes describirme lo que llevas puesto?

Me miré los pantalones del gimnasio y respondí:

Yo: Un vestido de Valentino, tacones de Ferragamo y el sombrero de plumas más increíble que hayas visto en tu vida. Digno de una reina.

Sr. Número Desconocido: Vamos, que estás en pijama.

Yo: Más o menos.

Sr. Número Desconocido: ¿Antisocial por elección o por mala suerte?

Yo: Elección. Pero te aseguro que mi suerte es la peor de todas.

Sr. Número Desconocido: No puede ser tan mala.

Yo: Oh, no tienes ni idea.

Sr. Número Desconocido: Dame tres ejemplos, por favor.

Sonreí. Sentía una liberación tremenda al hablar con alguien que no me conocía.

Yo: En la universidad, me estaba cortando las uñas de los pies y acabé teniendo que llevar un parche en el ojo durante un mes.

Sr. Número Desconocido: Asqueroso, aunque impresionante. ¿El segundo?

Yo: En una ocasión, me quedé atrapada en un baño portátil que se había volcado.

Sr. Número Desconocido: ¡Santo cielo!

Yo: Festival de música, fuertes rachas de viento. El baño se volcó con la puerta hacia abajo. Todavía tengo pesadillas.

Sr. Número Desconocido: Quiero pasar al tercer ejemplo, pero necesito saber cuánto tiempo estuviste encerrada allí dentro.

Yo: Veinte minutos, pero me parecieron días. Mis amigos borrachos pudieron levantarlo lo suficiente como para que pudiera salir por una rendija de la puerta.

Sr. Número Desconocido: Y me imagino que saldrías...

Yo: Cubierta de porquería.

Sr. Número Desconocido: Me acaba de dar una arcada.

Yo: Normal. Y como colofón, la historia termina conmigo siendo duchada con agua a presión por una manguera contra incendios.

Sr. Número Desconocido: Madre mía. No creo que el tercer ejemplo pueda superar a este.

Yo: Oh, pequeño ingenuo. Esto no es nada comparado con lo que viene ahora.

Sr. Número Desconocido: Dispara, entonces.

Estuve pensándolo un minuto. Tenía cientos de anécdotas vergonzosas que podría haber compartido con él. Como la vez en que se me cayó una bola de bolos en el dedo del pie durante mi primera cita, o cuando me tiré a una piscina vacía y me rompí el codo. Así era yo. Pero como no lo conocía de nada y él a mí tampoco, decidí contarle la más bochornosa.

Yo: No solo le presenté a mi novio (ahora ex) a mi guapísima compañera de trabajo, sino que también lo animé a colaborar con ella en un proyecto que requería que pasaran un sinfín de horas a solas en su apartamento.

Sr. Número Desconocido: Uf.

Yo: ¿A que sí? Aunque supongo que no puede considerarse mala suerte cuando fue una estupidez monumental por mi parte.

Sr. Número Desconocido: No te conozco, así que podrías ser una auténtica psicópata. PERO, si no lo eres, creo que el hecho de que confiaras tanto en ambos te hace una persona increíble.

Todavía no le había contado a nadie lo que había pasado con Eli, así que me sentí bien al oír aquello.

Yo: Sí, claro, pero ¿de verdad serías tan tonto como para hacer eso?

Sr. Número Desconocido: Sin comentarios.

Solté un resoplido.

Yo: ¿Lo ves?

Sr. Número Desconocido: ¿Qué tal si te cuento una de mis mayores estupideces para nivelar la balanza?

Yo: Creía que no te había parecido una estupidez.

Sr. Número Desconocido: Calla.

Yo: Continúa, por favor.

Sr. Número Desconocido: En la universidad, le propuse matrimonio a mi novia sin un anillo.

Yo: Eso no es una estupidez.

Sr. Número Desconocido: Me dijo que no, y cito textualmente, porque: «Si realmente me conocieras, sabrías que quiero un anillo».

Yo: Uf.

Sr. Número Desconocido: ¿Lo ves?

Yo: No me imagino llevando una vida tan estable en la universidad como para querer casarme con alguien. Pero sí estuve emborrachándome casi todos los fines de semana hasta la graduación.

Sr. Número Desconocido: Quizá debería haberme dedicado a hacer eso yo también.

Yo: Supongo que ya no estáis juntos, ¿verdad?

Sr. Número Desconocido: ¿Por qué crees eso?

Yo: Porque estás enviando mensajes de «¿qué llevas puesto?» a desconocidas.

Sr. Número Desconocido: Sí, ya no estamos juntos. Pero recuerda que te envíe ese mensaje por error, y que intentaba mandárselo a alguien que conocía.

Yo: Ah, sí, claro.

Estiré las piernas y contemplé las estrellas. Era una noche preciosa y me lo estaba pasando bien.

Hablando con un desconocido.

Dios, qué patética que era.

Yo: Mira, Número Desconocido, pareces un tío encantador, pero no tengo ningún interés en hacer amigos por internet. He visto *Catfish: mentiras en la red* y *Todo en 90 días* y eso no es lo mío.

Sr. Número Desconocido: Ni lo mío tampoco.

Yo: Entonces... buenas noches.

Sr. Número Desconocido: ¿Así que eso es todo? ¿O nada o *Catfish*?

Yo: Me temo que sí.

Sr. Número Desconocido: Y para que conste, esto no es internet.

Yo: Cierto, pero sigue siendo lo mismo.

Sr. Número Desconocido: Pero ¿no te está pareciendo... divertido?

Yo: En realidad, sí.

Sr. Número Desconocido: ¿Entonces...?

Yo: Entonces... mantengo lo que he dicho. Estas cosas siempre acaban mal.

Sr. Número Desconocido: Puede que tengas razón. Sobre todo con tu historial de mala suerte.

Yo: Exacto.

Sr. Número Desconocido: Bueno, pues, buenas noches, Srta. Equivocada.

Yo: Buenas noches, Sr. Número Desconocido.

Guardé el teléfono y sentí como si acabara de despertar de un letargo, como si saliera al aire libre después de estar un mes encerrada en un sótano oscuro. Mientras me estiraba bajo la luz de la luna y colocaba las manos detrás de la cabeza, me sentí más relajada de lo que había estado en mucho tiempo.

Resultaba un poco raro, pero tuve la impresión de que este alivio venía por haberme desahogado con Número Desconocido. Me encontraba más ligera; lo suficiente como para volver al apartamento.

Porque, ¿qué más daba si Jack y Colin pensaban que era una fracasada? ¿Por qué había permitido que eso me afectara tanto?

Quería a mi hermano, pero su apartamento solo era un techo bajo el que dormir durante el próximo mes.

Un apartamento muy bonito que pensaba disfrutar, ¡claro que sí! Como un Airbnb gratuito.

Le mandé un mensaje a Jack.

Yo: ¿Estás en casa?

Jack: En el Old Market. ¿Por qué?

¡Bien! Por fin un poco de tiempo para mí.

Yo: Solo por curiosidad. Pásalo bien.

Bajé a mi coche, cogí la bolsa de basura llena de ropa del instituto y subí al apartamento. La noche anterior había estado tan devastada que no había tenido tiempo de ponerme cómoda y echar un buen vistazo a la vivienda. Tarareé mientras me subía al ascensor y, por primera vez desde que Eli me dio las gracias por haberle presentado a su alma gemela, me sentí más como una adulta con los pies en la tierra que como una fracasada a la que habían engañado.

Al entrar, dejé las llaves sobre la mesa junto a la puerta y arrastré la bolsa de basura hasta el despacho. La volqué en el suelo, en un rincón, y rebusqué entre el montón hasta dar con lo que quería: los suaves pantalones de franela a cuadros verdes con los que solía dormir en el instituto y mi vieja sudadera con capucha manchada de pintura.

Daba igual que fuera junio. Hacía mucho frío en el interior del apartamento y con ese atuendo me sentiría como si llevara una manta encima. Me vestí, me puse un par de calcetines desparejados y me recogí el pelo en una coleta. Activé el bluetooth de mi teléfono y me dirigí a la cocina.

—Alexa, pon Hit It Mix.

En cuanto sonaron los primeros acordes de *Sex Talk*, subí el volumen y empecé a moverme al ritmo de la música por el elegante apartamento. Había creado esa lista de reproducción a modo de broma para Eli, llenándola de canciones demasiado explícitas que sabía que lo escandalizarían. Por lo visto, yo debía de ser menos exigente porque caí rendida a esa mezcla de canciones alegres y provocativas.

Y ahora que Eli era el mayor desgraciado del planeta, esa lista se había convertido en mi música de fondo.

Hice unas cuantas piruetas sobre el suelo resplandeciente de la cocina, deslizándome con los calcetines y me dirigí hacia los enormes ventanales con vistas a la ciudad. Esa parte del apartamento me tenía fascinada. Habría podido quedarme allí, contemplando el paisaje, durante horas.

—¿Te apetece una cerveza?

—Dios. —Me di la vuelta sobresaltada con la mano en el pecho. Colin estaba parado en la puerta de su dormitorio con una sonrisa de medio lado. Llevaba una camiseta negra y unos vaqueros, con el pelo todavía perfectamente peinado—. No sabía que había alguien más en casa.

Colin señaló el altavoz que había sobre él, en el techo.

—Me lo imaginaba.

—Creía que estabas con mi hermano. —Justo en ese momento Megan Thee Stallion empezó a cantar a todo volumen cómo le gustaba hacerlo con su chico y sentí cómo el calor ascendía por mis mejillas.

—¡Alexa, apaga la música! —dije, prácticamente gritando.

Colin me miró con un brillo de diversión en los ojos y se cruzó de brazos.

—Entonces, ¿qué me dices de la cerveza?

Como no estaba acostumbrada a que fuera amable conmigo, inquirí:

—¿Me la estás ofreciendo o solo lo preguntas por curiosidad?

—Te la estoy ofreciendo —respondió, con cara de saber que se merecía el comentario—. Tenemos una nevera de cervezas en el cuarto de la colada.

—Mmm. —Me coloqué el pelo detrás de las orejas—. Vale. Gracias.

Fue hacia la puerta que había junto al baño y, cuando entró, aproveché para colocarme mejor la sudadera y disimular que no llevaba sujetador. Pensaba que me sacaría una cerveza, pero en vez de eso gritó:

—Creo que deberías elegirla tú misma. Tu hermano tiene unos gustos muy peculiares.

—Oh. —Me dirigí al pequeño cuarto de la colada, donde me lo encontré agachado sobre la nevera, mostrando un (¡¡Madre mía!!) trasero espectacular. Seguro que se pasaba todo el día haciendo sentadillas y zancadas; quizás esa era la única forma que tenía de desplazarse, haciendo zancadas de un lado a otro.

Me miró por encima del hombro.

—¿Ves algo que te guste?

Dios bendito. Me aclaré la garganta, señalé y logré decir:

—¿Eso que hay junto a la Mich Ultra es una cerveza rubia con sabor a vainilla?

—Sí. —Se puso de pie, me pasó la rubia y agarró una Boulevard para él. Después, salí del cuarto de la colada, con él siguiéndome, y me dirigí a la cocina, donde sabía que estaba el abridor—. Gracias por la cerveza.

—No hay de qué. —Fue hacia el otro lado de la barra de desayuno, abrió un cajón y sacó el abridor. Luego me lo entregó y dijo—: Por cierto, te debo una disculpa.

Aquello captó toda mi atención. Tomé el abridor y le pregunté:

—¿Por qué?

Me miró con seriedad.

—Por lo que te he dicho esta mañana sobre el incendio. He sido un auténtico imbécil hablando de algo que no me concierne.

Le quité el tapón al botellín y me la llevé a la boca.

—¿Y...?

Un destello de irritación atravesó su rostro antes de decir:

—¿Cómo que «y»? ¿Es que no aceptas mi disculpa?

—Simplemente no lo entiendo. —Me fijé en sus manos mientras abría su botellín. Eran muy bonitas («Para ya, Liv»)—. ¿De verdad me estás pidiendo perdón?

—¿No es eso lo que te acabo de decir?

—Bueno, sí, pero siempre has sido un imbécil conmigo y nunca te has disculpado por eso. —Por fin le di un sorbo a la cerveza, mientras miraba su expresión ligeramente desconcertada por encima del botellín.

—Claro que te he pedido disculpas— repuso, un poco indignado.

—No.

—Bueno, si no lo he hecho es porque lo hacía a modo de broma. —Me recorrió el rostro con la mirada, como si estuviera tratando de reconciliar todos los momentos y vivencias que habíamos compartido—. Eso es lo que siempre hemos hecho, ¿no? Meternos el uno con el otro por diversión.

¿Eso era lo que pensaba? ¿Que su actitud de considerarme como una idiota formaba parte de una especie de dinámica amistosa entre nosotros? Por alguna razón, el hecho de que ni siquiera fuera consciente de que me caía mal, me molestó mucho. A esas alturas, ¿no debería haberse dado cuenta?

Sin embargo, decidí dejarlo pasar. Al fin y al cabo, íbamos a vivir juntos durante el próximo mes. Todo iba a ser mucho más fácil si me mostraba amable con él. Y para mí, ser amable era sinónimo de evitarlo. Mantenerme alejada de Colin era la única forma de asegurarme un mes tranquilo sin tener que pagar un alquiler.

—Claro. —Me bajé del taburete y lo metí debajo de la barra—. Gracias por la cerveza. Mañana tengo mil cosas que hacer, así que será mejor que me vaya a la cama, aunque no tengo nada de sueño. Es curioso lo que el insomnio puede hacerte cuando tu vida se va al garete.

Colin esbozó una sonrisa que le llegó a los ojos.

—Sí.

Me encogí de hombros.

—Seguro que, en cuanto deje de oler a chamusquina, podré dormir a pierna suelta.

Colin soltó una risa en forma de tos.

—Eso espero.

Justo cuando empezaba a marcharme, le oí decir:

—Oye, ¿puedo usar un momento la impresora antes de que te vayas a dormir? No tardaré mucho, solo es un documento de tres páginas…

—¡No! —Me di la vuelta, maldiciéndome por parecer tan alterada—. Es decir, ¿no puedes usarla mañana? Estoy muy, muy cansada.

Frunció el ceño.

—Pero si acabas de decir que tienes insomnio.

Me mordí el labio inferior.

—Es que tengo un montón de cosas desperdigadas por el despacho y…

—¿Qué ha pasado? —preguntó cruzándose de brazos y entrecerrando los ojos. Parecía un detective a prueba de engaños.

Levanté los brazos y me ajusté la coleta.

—Nada. Solo que no quiero que…

—Desembucha, Marshall.

Solté un suspiro.

—Está bien. Esta mañana, la impresora se ha roto mientras la usaba. No he hecho nada raro. Simplemente dejó de funcionar. Seguro que puedo arreglarla.

—¿Puedo echarle un vistazo?

Era cierto que no quería que viera la montaña de ropa pasada de moda, pero era su apartamento.

—Sí, claro.

Lo seguí hasta el despacho. Nada más entrar, lo vi mirando la bolsa de basura y el montón de ropa. Me dio mucha vergüenza, pero al menos todo ese desorden ocultaba la mancha de la alfombra.

—Ya sé lo que estás pensando —le dije.

—No lo creo.

—He ido a casa de mis padres y mi madre me ha obligado a traerme un montón de ropa. Como no tenía ninguna maleta, he tenido que meterla en una bolsa de basura.

—Justo lo que estaba pensando.

—Mentira.

Entonces Colin me guiñó un ojo y me dio un vuelco el estómago.

Luego se agachó y se puso a examinar la impresora, que tenía entreabierta la tapa del depósito de tinta.

—¿Qué narices le ha pasado?

—He tenido que hacer palanca con un destornillador de cabeza plana. No te preocupes, lo busqué antes en Google.

Miró la impresora con los ojos entrecerrados.

—Ah, bueno, si lo buscaste en Google, no hay problema.

—Sabía lo que estaba haciendo.

Me miró como si estuviera loca y señaló la tapa rota.

—¿En serio?

Me encogí de hombros.

Empezó a examinar el interior del aparato y sacó dos trozos de papel arrugados. Después de unos minutos, consiguió que la impresora volviera a funcionar. Luego se levantó y anunció:

—Listo.

Sonrió al verme poner los ojos en blanco y sus ojos brillaron traviesos mientras me preguntaba con voz grave:

—¿Necesitas que te arregle algo más, Liv?

Sabía que no estaba intentando ligar conmigo. Lo sabía más allá de cualquier duda razonable, pero aun así, me estremecí por dentro.

—Creo que no —respondí con voz entrecortada.

Nos miramos fijamente durante un instante, como si ambos fuéramos conscientes de esa chispa de atracción, hasta que él dijo:

—Entonces, buenas noches.

Tragué saliva y me dejé caer sobre el colchón hinchable.

—Buenas noches.

3

Olivia

—Vaya —Jack estaba sentado en un taburete, desayunando lo que parecía un burrito mientras miraba el móvil—. ¿Qué haces despierta a estas horas?

—Voy a salir a correr un rato. —Apoyé el pie en el otro taburete y me até la zapatilla.

No me extrañaba que estuviera sorprendido. Yo también lo estaba. Solía quedarme remoloneando en la cama hasta veinte minutos después de que sonara la alarma, lo que hacía que luego tuviera que arreglarme a toda prisa y terminar maquillándome en el coche. Esto de madrugar era nuevo para mí.

Cuando me llegó el aroma del burrito, puse cara de asco.

—Dios, eso huele fatal.

—¿Desde cuándo corres? —Me estaba mirando como si acabara de anunciarle que me había presentado como candidata a presidente—. Siempre que te tocaba hacer la prueba de aptitud física en el colegio te las arreglabas para que mamá te firmara un justificante para no ir a clase.

—Tenía ocho años. —Terminé de atarme la zapatilla y cambié de pie—. Tú te las arreglabas para que mamá le dijera al señor Graham que tenías problemas en la piel y así te dejara llevar camiseta cuando hacíais natación. Supongo que ya lo habrás superado, igual que yo lo he hecho con mi «deportefobia».

—Creo que esa palabra no existe.

—Lo que no existe es tu cara. —Apenas llevaba un día viviendo con mi hermano y ya estaba volviendo a comportarme como cuando éramos pequeños. Me enderecé, me coloqué los auriculares e hice todo lo posible por no poner los ojos en blanco. Aunque Jack no tenía ni idea, seguía enfadada con él por haberle contado todo a Colin, así que su cara de «Oh, mira qué gracioso soy siempre» me estaba sacando de quicio.

Pero como me había ofrecido un techo bastante decente bajo el que dormir, tuve que hacer de tripas corazón.

Se bebió un buen trago de su zumo de naranja y me preguntó:

—¿Estás segura de que quieres salir a correr a las seis y media de la mañana, cuando todavía no ha amanecido del todo? Parece peligroso.

—Llevo un espray de pimienta en el sujetador deportivo, no me va a pasar nada.

—Claro, porque los tipos malos siempre te dan tiempo para que hurgues en el sujetador.

—Lo que tú digas, Jack. Atrévete a meterte conmigo. —Hoy era el primer día de la nueva y mejorada Olivia, la que iba a hacer ejercicio con asiduidad, comer sano, organizarse usando una agenda y encontrar trabajo. En cuanto tuviera un poco de dinero, empezaría a tener una rutina diaria de cuidado de la piel como una auténtica adulta.

—Por cierto, mamá me ha dicho que tenga cuidado contigo. —Jack se echó hacia atrás y sonrió—. Que desde que has vuelto estás de muy mal humor y discutes por todo.

—No tengo tiempo para rebatir todas las cosas en las que nuestra madre se equivoca. —Mamá era como la versión de clase media de Emily Gilmore en la vida real.

—¿Y tiene razón en lo de Eli?

Aquello me dejó de piedra, aunque intenté que no se me notara mientras decía:

—No lo sé… ¿Qué te ha contado sobre él?

Se me rompía el corazón solo con oír su nombre. Había estado convencida de que era el hombre de mi vida.

—Que cree que te ha dejado o que te ha engañado. —Recogió con el tenedor las migas de huevos revueltos que le quedaban en

36

el plato—. Dijo que esos serían los dos únicos motivos por los que quemarías sus cartas de amor.

Sí, mi madre había dado en el clavo. Eli había hecho ambas cosas. Pero no quería que supieran los detalles. Durante los dos años que había estado en Chicago (uno de ellos viviendo con Eli) mi familia hacía actuado como si por fin hubiera madurado. Tenía un apartamento en la Ciudad del Viento, un novio al que le gustaba la cerveza artesanal y correr y un trabajo como redactora técnica en una de las empresas más grandes de Estados Unidos.

Sí, Livvie se estaba convirtiendo en toda una adulta.

Lo que no sabían era que el trabajo era un puesto para principiantes soporífero con el que apenas lograba pagar las facturas, que el edificio de apartamentos que había incendiado era propiedad del tío de Eli, por lo que pagábamos un alquiler irrisorio, y que Eli y yo casi no nos veíamos durante la semana porque él siempre estaba de viaje de trabajo.

Y justo cuando lo ascendieron y ya no tuvo que viajar más, se dio cuenta de que: a) ya no me quería y ni siquiera estaba seguro de si alguna vez lo había hecho, y b) se había enamorado hasta las trancas de mi compañera de trabajo.

—En realidad, lo dejé porque sus cartas de amor eran horribles. ¿Te puedes creer que el imbécil rimaba «amor» con «licor»? —Me puse los auriculares y negué con la cabeza—. Pero no se lo digas a mamá. A ella le caía bien. Me marcho.

Salí del apartamento e hice estiramientos durante cinco segundos en el ascensor. En Chicago, me había apuntado a clases de *fitness* en barra a las que iba varias veces al mes, por lo que estaba en una forma física aceptable y supuse que no tendría ningún problema.

Me equivoqué.

Después de correr a lo largo de dos manzanas (solo dos), tuve que parar y llevarme las manos a la cabeza. Me faltaba el aire y veía estrellitas. Mientras jadeaba como si acabara de terminar una maratón, me di cuenta de que estaba frente a un Starbucks.

«Sí».

Me eché el pelo hacia atrás y empujé la puerta. En cuanto el aroma a café me envolvió, casi pude saborear el delicioso frappé cremoso que me iba a pedir. Sabía que aquello no entraba en los planes de la nueva Olivia, pero un café no iba a desviarme de mi objetivo.

El interior estaba lleno de personas madrugadoras, ejecutivos hipermotivados vestidos de traje y listos para comerse el mundo. No jugaba en la misma liga que ellos, aunque eso podría cambiar en un futuro cercano. Me puse en la fila, detrás de dos hombres trajeados, intentando absorber un poco del éxito que exudaban mientras hablaban sobre alguien llamado Teddy.

Hasta que no llegué al mostrador, no me di cuenta de que tenía menos de cien dólares en la cuenta, lo que significaba que estaría en números rojos en cuestión de días y que no podía permitirme el lujo de tomarme un café.

Ni de considerarme una adulta, pero eso era otra historia.

—¡Ay, Dios! Se me ha olvidado la cartera. —No era mentira. De hecho, no llevaba encima la cartera, aunque podría haber pagado a través de la aplicación del móvil, como solía hacer. Me puse roja como un tomate mientras me llevaba la mano a la frente como si fuera una despistada—. Lo siento mucho —le dije a la sonriente camarera—. No me había dado cuenta de que tampoco he recargado la…

—Yo te invito. —Me guiñó un ojo—. ¿A nombre de quién va el pedido?

—Mmm, Olivia. —Me emocioné un poco—. Muchísimas gracias.

Me hice a un lado, esperando la bebida. Estaba entusiasmada con este nuevo comienzo porque, por primera vez, la suerte parecía estar de mi lado. Cuando gritaron mi nombre, Cogí la bebida, desenvolví la pajita y di un buen sorbo a ese regalo celestial.

Estaba riquísimo.

En ese momento me vibró el móvil. Cuando lo saqué del elástico de mis pantalones cortos, vi un mensaje del amigo anónimo que creía haber eliminado de mis contactos la noche anterior.

Sr. Número Desconocido: Creía que ya no íbamos a seguir hablando, Srta. Equivocada.

Me quedé un poco confundida hasta que vi el mensaje que había encima del suyo.

Por lo visto, le había enviado un montón de letras sin sentido y símbolos.

Yo: Lo siento, ha sido sin querer.

Sr. Número Desconocido: Seguro que sí.

Solté una risita y miré hacia arriba. La camarera con coleta me enarcó una ceja, pero no había nadie más pendiente de mí. Le mandé otro mensaje:

Yo: Te lo juro por Dios.

Sr. Número Desconocido: Bueno, mejor. Porque NO vamos a echarnos unas risas, ¿verdad?

Yo: Cierto.

Sr. Número Desconocido: Que tengas un buen día, Srta. Equivocada.

Yo: Igualmente, Sr. Número Desconocido.

Sr. Número Desconocido: kkljfhjdfshghgdhgh.

Sonreí, volví a meterme el móvil en los pantalones y empecé a tararear *Walking on Sunshine*, mientras me dirigía a la salida, con unas ganas inmensas de llegar a casa y seguir buscando trabajo. La mañana se presentaba llena de posibilidades y no iba a perder ni un segundo. Justo cuando abría la puerta, me encontré con mi cuñada, Dana, acompañada de mis sobrinos.

—¡Chicos! —Prácticamente salté al otro lado de la puerta y alcé a Kyle en el aire—. ¿Qué hacéis aquí?

Abracé al pequeño y aspiré su olor a bebé, aunque acababa de cumplir cuatro años y pronto perdería ese aroma. Dana estaba sonriendo (nada raro, ya que la encantadora mujer de mi hermano mayor siempre estaba sonriendo) y tenía en brazos a Brady, que parecía recién salido de un anunció para bebés con sus mofletes regordetes y su gorro amarillo para protegerse del sol.

—Nuestra nueva casa está aquí al lado —me respondió, cambiándose al niño de brazo—. Will me contó que habías vuelto, pero le dije que no te molestara todavía.

—No me vengas con esas, Dana —dije mientras Kyle se reía e intentaba beber de mi pajita—. Podéis molestarme todo lo que queráis. La única ventaja de haber vuelto a la ciudad es que puedo estar con mis peques todo el tiempo.

Dana se rio.

—No hace falta que me lo digas dos veces. ¿Te apetece cuidarlos hoy?

Sabía que tenía que seguir con la búsqueda de empleo, pero seguro que tener a dos personitas a mi cargo no afectaría tanto a mi capacidad de hacerlo, ¿verdad?

—Sí, déjamelos, por favor.

Mi cuñada frunció el ceño.

—Era una broma, Liv.

—Pues no bromees con eso. —Acerqué la cara a Brady para sonreírle, sintiendo al instante esa sensación de felicidad que siempre me transmitían mis sobrinos—. Por favor, dime que no estás bromeando. No me puedo creer que haya sido una broma.

—¿Lo dices en serio?

Me encogí de hombros y gruñí a Kyle mientras daba un buen sorbo a mi *frappucino*, lo que hizo que se riera a carcajadas mientras seguía sorbiendo por la pajita.

—Hoy iba a buscar trabajo, pero es algo que puede esperar unas horas. Dime qué puedo darles de comer y cualquier otra indicación para cuidarlos y se quedarán toda la mañana con la tía Liv.

—¡Ay, Dios, qué bien! —A Dana se le iluminó la cara mientras dejaba a Brady en el suelo y lo agarraba de la mano—. Esta mañana nos están limpiando las alfombras, así que no podíamos quedarnos en casa, pero sabía que se iban a aburrir a los veinte minutos de hacer recados.

—¿Lo ves? Así todos salimos ganando. —Hice un gesto con la barbilla hacia la bolsa con pañales—. ¿Hay suficientes para toda una mañana de cacas?

—Sí.

—Muy bien, entonces dámela.

Dana entró al local y pidió un café antes de pasarme las cosas. Después me abrazó con fuerza y así, sin más, nos despedimos. La vi alejarse en dirección al coche prácticamente dando saltitos de alegría. Nosotros hicimos lo mismo en dirección contraria, donde me esperaba mi nueva casa.

El mero hecho de estar cerca de esos pequeñajos hacía que todo fuera mejor. Jugamos al «Veo, veo» durante una hora (aunque Brady se limitó a gritar las palabras «veo, veo» sin tener ni idea de lo que estábamos haciendo), subimos y bajamos en el ascensor tres veces, gritando: «¡Hasta luego!» cada vez que las puertas se abrían y cerraban en una planta y luego nos pasamos tres cuartos de hora largos soplando burbujas mientras intentábamos alcanzar objetivos al azar.

Fue increíble.

Arrastré el colchón hinchable hasta el salón y lo usamos, junto con el sofá y la mesa baja, para construir un fuerte. Estábamos tan ensimismados haciendo cosas dentro de nuestro pequeño escondite (básicamente comer palomitas y cantar canciones de *Vaiana*), que no me di cuenta de que alguien había entrado en casa hasta que no vi un par de elegantes zapatos a treinta centímetros de mi cara.

—Mmm, ¿hola? —Saqué la cabeza del fuerte como si fuera una tortuga y miré hacia arriba.

Y en efecto, allí estaba Colin, mirándome con la cabeza ligeramente inclinada, como si estuviera intentando comprender qué era lo que tenía ante sus ojos. Me levanté a toda prisa, con la cara roja, y noté que estaba mirando mi camiseta del reencuentro de exalumnos de mi instituto.

«Sí, llevo una camiseta de la semana del espíritu senior, ¿algún problema?». Me aparté el flequillo de los ojos, tratando de recordar cómo hablar, pero me costó porque este Colin se parecía a mi compañero de piso… pero no era él.

Este Colin llevaba un traje azul de lo más sofisticado con una corbata a cuadros y el tipo de zapatos de cuero que siempre me hacía desear que mis pies, anchos y cortos, cupieran en el calzado masculino. *Este* Colin también llevaba una camisa blanca inmaculada y un par de gafas de carey que quedaban perfectas sobre su imponente nariz.

Aunque el Colin compañero de piso ya era atractivo y seguro de sí mismo, el Colin hombre de negocios era absolutamente irresistible.

Se metió las manos en los bolsillos del pantalón.

—No sabes el alivio que he sentido al ver que no estabas sola en el fuerte.

—Qué gracioso. —En ese momento, Kyle salió gateando, seguido de Brady. Alcé a Brady en brazos y solté—: ¿Qué haces aquí?

—¿En mi casa? —respondió, enarcando una ceja—. ¿Me estás preguntando qué hago en mi casa?

Puse los ojos en blanco.

—Ya sabes a lo que me refiero. ¿No tenías que estar trabajando?

Kyle se acercó a Colin y le dijo:

—Tu reloj es superguay. ¿Te costó muchos dineros?

Colin esbozó una sonrisa. Una sonrisa amplia, divertida y encantadora que hizo que me diera un vuelco el estómago.

—Sí. Un montón de «dineros».

—Ojalá pudiera tener uno así. —Mi sobrino hizo ese puchero que también se le daba, poniendo cara de pena y ojos de corderito, y murmuró—: Me daría un subidón.

Colin me miró.

—¿Tu tía Olivia te ha enseñado esa palabra?

—No —respondí yo al mismo tiempo que Kyle decía:

—La tía Livvie dijo que significa algo guay.

Colin se rio. En ese momento me sonó el móvil. Era Dana, para decirme que había aparcado en la zona de carga y descarga.

—Vuestra madre ya está aquí —avisé a los niños—. Ahora tenemos que darnos mucha prisa para recoger todas vuestras cosas y meterlas en la bolsa de los pañales antes de que llegue y nos gane. ¡A recoger a la de uno, dos y tres!

Kyle salió disparado hacia el despacho. Brady se rio y lo siguió sin saber muy bien de qué iba el asunto. Yo empecé a recoger sus juguetes mientras Colin iba a la cocina y sacaba un táper del frigorífico.

—¿Son los hijos de Will?

—Sí. Kyle y Brady. —Me puse a meterlo todo en la bolsa, convencida de que no iba a poder cerrarla—. Por cierto, lo siento. No sabía que ibas a venir a comer. De lo contrario, te habría preguntado antes de traerlos.

Era mentira, solo lo había dicho por educación.

—No te preocupes. No me quedo. Me he olvidado la comida y pensé que venir hasta aquí dando un paseo me vendría bien para despejarme un poco.

Miré su imagen perfecta de arriba abajo, intentando descifrar qué estaría pasando por su cabeza en ese momento.

—¿Y ha funcionado?

—Mmm. —Apretó la mandíbula y agarró las llaves de la encimera—. No mucho.

Me puse un poco más roja. Mi primer impulso fue gritarle un «Lo siento, ¿vale?», pero me contuve y dije:

—Bueno, espero que el resto del día te vaya mejor.

Colin me miró con escepticismo.

—No, no lo esperas.

Por fin me animé a sonreírle.

—Puede que sí, Beck. Nunca se sabe.

Cinco minutos después, como si todo lo anterior solo hubiera sido una tormenta pasajera, estaba sola en el apartamento, disfrutando del silencio. Aunque había empezado a buscar trabajo más tarde de lo que tenía previsto, no me preocupé demasiado. A pesar de lo bien que se me daba evadir mis responsabilidades por cualquier cosa que me pareciera divertida, esa vez era diferente.

Estaba completamente decidida a ser una nueva Olivia.

El resto de la semana puso a prueba esa teoría.

Conseguí cinco (¡sí, cinco!) entrevistas de trabajo, lo que me emocionó mucho. Creía que iba a tener trabajo antes de que Eli se diera cuenta de que me había ido de la ciudad. Antes incluso de que mi madre tuviera la oportunidad de hacerme un interrogatorio, preguntándome durante horas cómo me iba.

Estaba convencida de que iba a tener varias ofertas entre las que elegir.

¡Error!

Porque en cada una de las entrevistas, me dio por hablar más de la cuenta.

En la primera, mencioné sin querer el incendio. Cuando me preguntaron por qué me había mudado, mi boca me traicionó y dije la verdad en lugar de las respuestas ambiguas que tenía preparadas.

El señor Holtings, la persona que me estaba haciendo la entrevista, me miró por encima de sus gafas y preguntó:

—¿Incendio?

Y, por alguna razón, al intentar explicarlo tuve un ataque de risa. Empecé a describir lo que había sucedido y no pude evitar sonreír mientras se lo contaba.

—Hubo un... mmm... incendio, y el edificio de apartamentos donde vivía quedó reducido a cenizas. —Risita contenida.

Y por desgracia, cuanto más continuaba hablando, más absurdas me sonaban mis palabras y más me daba cuenta de lo loca que me hacían parecer mis risas. Lo que, por supuesto, me hizo todavía más gracia, hasta que terminé por perder el control.

—No fue culpa mía. Tuve mucho cuidado. —Me mordí el labio para no sonreír—. Pero esa zarigüeya salió de la nada y tiró el cubo.

Tuve que hacer una pausa para secarme las lágrimas de la risa. Estaba claro que no iba a conseguir ese empleo.

En la siguiente entrevista, mencioné sin darme cuenta el *Tribune*, y luego intenté rectificar diciendo que no había trabajado allí. La mujer que me estaba entrevistando y que parecía bastante simpática, entrecerró los ojos y me interrumpió:

—Un momento. ¿Has trabajado en el *Chicago Tribune*? ¿Por qué no lo incluiste en el currículum?

—Oh, pues... En realidad no he trabajado allí. —Sonreí. Entonces mi cerebro sufrió un cortocircuito y pronuncié las palabras—: Era broma.

Nota aclaratoria: Si alguna vez consigues trabajar como becaria en un periódico importante, *nunca* entables una conversación con una compañera sobre su vibrador, aunque sea ella la que saque el tema y tú solo quieras mostrarte educada. Porque si os escucha alguien en el comedor y acude a Recursos Humanos, os despedirán a ambas, sin importar quién sea la propietaria de Trueno Morado.

Vale, estoy empezando a divagar.

El caso es que yo misma me estaba cavando mi propia tumba con mi habilidad para hablar. Sabía que si podía conseguir un trabajo, haría feliz a cualquiera que me contratara. Porque soy muy buena escribiendo. Soy capaz de transmitir casi cualquier cosa por escrito.

Pero antes debía superar con éxito esas reuniones cara a cara.

En la siguiente entrevista, me tropecé por accidente con una silla y solté un sonoro «¡Joder!». Pero las otras dos entrevistas que siguieron a esta fueron bastante bien. No me dieron el puesto, ni tampoco tuve mucha química con las personas que me entrevistaron, pero el hecho de que no arruinara mis posibilidades fue una buena señal, ¿verdad?

Lo único bueno que sucedió durante esa serie de desafortunados eventos fue la comunicación diaria que intercambié con mi amigo desconocido. La noche después del mensaje que le envié por error en el Starbucks, me mandó un mensaje muy gracioso y, desde entonces, empezamos a escribirnos todas las noches. Nada importante, solo conversaciones absurdas e insulsas sobre nada en particular.

Y la noche anterior no fue una excepción.

> **Yo:** ¿En qué crees que estaba pensando el primer hombre que ordeñó una vaca?

> **Sr. Número Desconocido:** ¿Cómo dices?

> **Yo:** No, no creo que fuera eso. ¿Lo hizo porque estaba superintrigado, en plan «para qué servirá eso»? ¿O vio a un ternero mamando y pensó: «Ahora me toca a mí»?

Me lo imaginé sin camiseta, apoyado en el cabecero de su cama y sonriendo mientras me contestaba. Pero sabía que creer que mi amigo anónimo era musculoso era una pura fantasía por mi parte.

> **Sr. Número Desconocido:** Quizá solo fue un reto entre dos colegas, desafiándose a tocar la ubre y después... ¡zas!, salió un chorro de leche.

> **Yo:** Tocar la ubre. Buen nombre para una banda, me lo quedo.

> **Sr. Número Desconocido:** Todo tuyo.

Yo: Por cierto, ¿he interrumpido algo con mi pregunta sobre la ubre?

Sr. Número Desconocido: No. Solo estaba tumbado en la cama, despierto.

Yo: Por favor, no te me vayas a poner ahora a escribir cosas raras.

Sr. Número Desconocido: ¿Qué? No soy de esos. Solo estoy tumbado en la cama, desnudo, practicando mis habilidades de hacer nudos con cuerdas mientras escucho reguetón.

Negué con la cabeza y me di la vuelta en el colchón hinchable.

Yo: Eso es un nivel de perversión nauseabundo.

Sr. Número Desconocido: ¿Qué ha sido lo peor? ¿Lo de las cuerdas, que esté desnudo o lo del reguetón?

Yo: La combinación de todas ellas. Hace que me vengan a la mente todas las guarradas de mal gusto que podrías estar haciendo, sobre todo al ritmo del reguetón.

Sr. Número Desconocido: Intentaré no «desatarme» mucho.

Yo: Ya lo veo.

Sr. Número Desconocido: ¿Existe alguna razón lógica por la que me hayas preguntado lo de la ubre?

Yo: Cuando no puedo dormir, como ahora, a veces, en vez de contar ovejas, me pongo a pensar en las preguntas más raras que se me ocurren.

Sr. Número Desconocido: Pues se te ocurren unas preguntas de lo más locas.

Yo: Cuéntame algo que no sepa.

Y hoy, en la última entrevista que tuve, los astros parecieron alinearse y todo salió a pedir de boca. Glenda, la editora de *The Times*, fue muy amable conmigo y conectamos a la perfección. Yo me comporté como un adulto normal y la encontré muy divertida. Todo iba de maravilla hasta que…

—Lo que buscamos para el puesto de columnista sobre paternidad es alguien que añada su propio toque a la sección. Un escritor que sepa abordar los asuntos relacionados con la crianza pero que haga reír, o sea capaz de emocionar a los lectores con su propio punto de vista.

En ese momento sonreí y asentí, pero mi cerebro empezó a trabajar a toda velocidad. ¿Paternidad? Yo había echado el currículum para cubrir el puesto de bloguero de entretenimiento, no para columnista sobre paternidad. Sí, había visto el anuncio para columnista, pero no había presentado mi solicitud porque, ¡sorpresa!, no era madre. Y no solo eso, la idea de dar a luz a un ser humano y ser la única persona responsable de su supervivencia me producía auténtico pánico.

¿Os lo imagináis?

Seguro que me resbalaría con el niño en brazos y se me caería al recinto de los cocodrilos durante nuestra visita al zoo, o me tropezaría y lo aplastaría con mi peso, porque yo soy mucho de tropezarme. Si hubiera alguna forma de destruir por accidente a mi pequeño humano, sin duda la encontraría.

—He leído algunos de tus textos en ohbabybaby.com —continuó Glenda—, y eso es justo lo que estamos buscando. Nos interesa mucho ese toque irónico, lleno de humor, al abordar temas serios sobre la paternidad.

—Genial.

—Me partí de risa con tu artículo sobre el vestuario de la niña Kardashian.

Sonreí. Sí, ese artículo era uno de mis favoritos.

Había aceptado escribir artículos para OhBabyBaby como una forma de complementar el sueldo que ganaba en mi aburrido empleo de redactora técnica, ya que vivir en Chicago salía caro. Aunque el público objetivo de la página eran los padres, en realidad no se trataba de una web dedicada exclusivamente a la crianza de los hijos. Escribí artículos sobre a qué celebridades les sentaba mejor el embarazo, qué hijos de famosos vestían mejor, los fallos más graciosos de Pinterest y, por supuesto, los desastres en las fiestas para revelar el sexo del bebé.

¿Era eso lo que le había llevado a pensar que quería ocupar el puesto de columnista sobre paternidad? ¿Alguien había leído mi currículum y se lo había enviado a Glenda por error al ver que había trabajado para OhBabyBaby? Abrí la boca, dispuesta a aclararlo todo, pero entonces ella me preguntó:

—Por cierto, ¿qué edad tienen tus hijos?

Tragué saliva. Parpadeé y me rasqué la ceja derecha.

—Dos. Mmm... Uno de dos y otro de cuatro —me oí decir a mí misma. En ese instante quise darme una bofetada.

A Glenda se le iluminó la cara.

—¡Los míos tienen dos y cinco! ¿Niños o niñas?

Me empezaron a sudar las axilas y pensé en mis sobrinos.

—Los dos niños.

—Las mías son dos niñas. —Esbozó una sonrisa radiante. En ese momento, me odié a mí misma. Me sentía una impostora fingiendo tener hijos. No me merecía la amabilidad de esa mujer—. Todo el mundo me dice que me prepare para cuando lleguen a la adolescencia.

Me encogí de hombros y volví a pensar en Kyle y Brady. ¿Era menos malo mentir si me imaginaba a personas de carne y hueso mientras lo hacía?

—Los míos ahora mismo me vuelven loca. No sé si llegaré viva a la adolescencia. Si tengo que ver un episodio más de *La patrulla canina*...

—¿A que sí? —Negó con la cabeza—. ¿Qué tipo de ciudad depende de un adolescente para resolver todos sus problemas?

—Una ciudad absurda con una alcaldesa que tiene una gallina como mascota. Eso por sí solo debería haber hecho saltar todas las alarmas.

Hablamos de nuestros hijos (quería que me tragara la tierra) durante unos minutos más antes de terminar la entrevista. Luego me estrechó la mano y me dijo que se pondría en contacto conmigo. Mientras bajaba al vestíbulo en el ascensor me entraron unas ganas enormes de llorar.

Porque quería ese trabajo.

No era madre y no sabía nada sobre la maternidad, pero ansiaba ese trabajo con todas mis fuerzas. Y no solo porque necesitara un sueldo con urgencia. Quería trabajar con Glenda. Quería escribir artículos sobre la paternidad con un toque irónico y sarcástico, pero también conmovedores. Sentía el hormigueo de mi lado creativo, porque sabía que ese trabajo se me daría de fábula.

Ojalá hubiera tenido hijos.

Volví al apartamento caminando despacio, tambaleándome sobre los baratos zapatos de tacón negros que había llevado al baile de bienvenida de mi penúltimo año de instituto, mientras intentaba ser un poco optimista. No me iba tan mal en la vida, ¿verdad?

Vivía en el centro, algo que me encantaba. Y en un apartamento estupendo, aunque también estuviera mi hermano y tuviera que dormir en un colchón hinchable.

Las cosas podrían ser mucho peor.

Podría estar viviendo con mis padres.

Y seguía levantándome temprano y corriendo todos los días; lo que, para mí, era todo un logro. A pesar de que jadeaba como un perro y tenía que parar a caminar cada tres manzanas, llevaba una semana con mi nuevo estilo de vida y seguía esforzándome por mantenerlo.

Había ayudado el hecho de que Colin no estuviera. Se había ido a Boston por un viaje de trabajo. Si se hubiera quedado en casa, lo más seguro era que hubiera dejado de correr, porque jamás me habría planteado tenerlo como compañero de carreras.

Pero con él fuera de la ecuación, había sido capaz de correr sin estrés.

También me había colado en su habitación y me había echado una siesta todos los días en su comodísima cama, así que estaba más descansada de lo que había estado en mucho tiempo. Era consciente de que era un poco rastrero por mi parte usar su cama sin pedirle permiso, pero el colchón hinchable me estaba destrozando la espalda y siempre procuraba dormir encima del edredón.

Ojos que no ven, corazón que no siente, ¿verdad?

En ese momento me vibró el teléfono y lo saqué del bolsillo de la falda que había llevado a un congreso de estudiantes sobre marketing y finanzas durante mi segundo año de instituto.

Sr. Número Desconocido: Tengo algo de tiempo libre y me aburro. Dame algo en qué pensar.

Levanté la vista y me aparté a la derecha, deteniéndome junto a una tienda cerrada para poder responderle sin correr ningún riesgo con el tráfico o chocarme con otros peatones.

Yo: Estoy ocupada. ¿Crees que mis preciosas perlas se me ocurren así, sin más?

Sr. Número Desconocido: Sí, eso es justo lo que creo.

Sonreí. Era curioso, pero sentía que, de alguna manera, él me entendía, a pesar de que éramos dos completos desconocidos.

Me subí las gafas de sol y tecleé:

Yo: Está bien. ¿Crees que alguien, por muy listo que sea, si nunca ha hecho ALGO EN PARTICULAR, puede dar buenos consejos sobre ese ALGO EN PARTICULAR si se informa y lo estudia bien?

Sr. Número Desconocido: Lo primero de todo, vaya tostón de pregunta. Lo segundo, lo preguntas para una amiga, ¿verdad?

Yo: Por supuesto.

Sr. Número Desconocido: Vale. Creo que depende. Si estás hablando de una cirugía, ¡Dios, no! Pero si te refieres a algo un poco más abstracto, como por ejemplo dar consejos de tipo amoroso, entonces, sí, creo que es posible que la persona adecuada lo logre.

La paternidad era algo abstracto, ¿no?

Yo: Gracias. Ahora te daré lo que de verdad quieres.

Sr. Número Desconocido: Sí, nena.

Yo: Puaj.

Sr. Número Desconocido: Estoy esperando.

Yo: ¿A cuántos niños de quinto podrías ganar en una pelea al mismo tiempo? Y no se permiten armas.

Sr. Número Desconocido: ¿Y si mis manos cuentan como armas?

Yo: Ahórrame el machismo.

Sr. Número Desconocido: Mmm... Yo diría que unos... doce.

Yo: Tienes que estar de broma.

Sr. Número Desconocido: ¿Crees que más?

Yo: Con esa respuesta se nota que nunca has estado cerca de niños pequeños. Yo diría que no más de seis, porque solo tienes dos manos. Eso son tres niños por mano.

Sr. Número Desconocido: Pero te olvidas de las piernas.

Yo: Las piernas pueden frenarlos, pero no vencerlos. La victoria estará en las manos.

Sr. Número Desconocido: Está claro que no trabajas las piernas.

Yo: Oye, tengo que dejarte. Estoy en plena acera, enviando mensajes por el móvil como si fuera una adolescente.

Sr. Número Desconocido: ¡Mierda! Nunca te lo he preguntado. No serás menor, ¿verdad?

Yo: Tranquilo, tengo 25 años. Tú tampoco eres un crío, ¿no?

Sr. Número Desconocido: 29. Estás a salvo.

Yo: Aunque en realidad no nos estamos enviando mensajes de contenido sexual ni nada parecido. En teoría, daría igual si fuéramos menores.

Sr. Número Desconocido: ...enviando foto polla en...

Yo: Te bloquearía al instante. A menos que la cosa prometa, en cuyo caso te bloquearé, pero más despacio.

Sr. Número Desconocido: Vale, seré bueno.

Yo: Me alegro. Porque odiaría tener que bloquearte. Raro, ¿verdad?

Sr. Número Desconocido: Me pasa lo mismo. Y sí, es de lo más raro.

Yo: Bueno, hasta luego, Sr. Número Desconocido.

Sr. Número Desconocido: Adiós, Srta. Equivocada. Por cierto, habría conseguido el bloqueo lento.

—Tienes que agarrarte bien o te caerás.

—Vale. —Kyle me rodeó el cuello con fuerza con los brazos y gritó—: ¡Arre, caballo!

Empecé a gatear por el suelo de madera del apartamento con mi sobrino montándome como si fuera un caballo de verdad. Brady, por su parte, estaba viendo absorto la televisión, mientras mi hermano mayor, Will, se agachaba frente a él e intentaba ponerle los zapatos.

—¿Por qué le dejas que te haga eso? —preguntó Jack desde el sofá, mirándome con una mueca de disgusto—. Es demasiado mayor para hacer esas cosas.

Gateé más rápido y Kyle soltó una risita risueña.

—Por *esto* mismo. La tía Liv es su favorita y voy a hacer todo lo posible para que eso no cambie.

—En cuanto crezca y vea lo que es guay de verdad, el tío Jack tomará la delantera.

—Tú nunca has cuidado de los niños. —Will levantó a Brady y se lo echó sobre el hombro mientras le lanzaba a Jack una mirada reveladora—. Ni una sola vez. En cambio, Liv nos ha echado una mano incluso antes de venirse a vivir aquí.

Jack puso los ojos en blanco y dijo:

—Como si tú hubieras hecho alguna vez de canguro cuando estabas soltero.

Me desplomé en el suelo, haciendo que Kyle se cayera, riéndose a carcajadas.

Will sonrió con complicidad.

—Cierto. Y ni siquiera ahora me entusiasma, y eso que son mis hijos.

Me senté, alzando una mano para detener el intento de Kyle de volver a montarse encima de mí.

—No sabéis lo que os perdéis. Si pudiera, me quedaría meses con los niños.

—No mientras vivas aquí. —Jack me apuntó con su botellín de cerveza—. Lo de hoy es una excepción porque Colin está fuera de la ciudad. No te acostumbres.

Will y yo nos miramos un instante, porque ya había aceptado cuidar de los niños para la próxima salida nocturna que tuviera con Dana.

—Hablando de Colin —comenté mientras Will guiaba a Kyle hacia la puerta—. ¿A qué se dedica? La última vez que lo vi parecía… no sé, importante. Como un alto ejecutivo. Creía que solo era un comercial.

—Pues sí que andabas despistada —se rio Will. Al ver que le sacaba el dedo corazón, señaló a sus hijos y fingió estar horrorizado—. Los niños, Livvie.

—Bueno, deja de incordiarme y así no tendré que enseñarles mis malos modos. —Ahora fui yo la que puse los ojos en blanco antes de ponerme de pie—. Entonces, ¿en qué trabaja Colin exactamente?

—Cierto —dijo Jack—. Creo que su cargo es algo así como analista financiero senior.

Intenté visualizarlo en mi mente.

—¿En serio?

—En serio. —Se puso a despegar la etiqueta del botellín—. Eso le da una ventaja injusta en la liga virtual de fútbol que me pone de los nervios.

Me acerqué a la puerta para darle un beso a mis sobrinos antes de que se marcharan.

—No me puedo creer que trabaje en el sector financiero —comenté, mirando por encima del hombro a Jack.

Seguro que era bueno en su profesión, fuera cual fuese, pero me lo había imaginado trabajando en el sector inmobiliario, o en algo similar, como vendedor de coches deportivos.

—¿Te sorprende? —Jack se levantó y dejó la cerveza en la mesa—. Tiene un máster en Matemáticas y sacó la nota máxima en el examen de acceso a la universidad.

—¡No me digas! —A ver, Colin no era tonto, pero tampoco me lo imaginaba como un genio de las ecuaciones. Era demasiado atractivo para eso—. No tenía ni idea.

—Eso es porque siempre has pensado lo peor de él.

—Para nada.

—Venga ya. Él siempre se estaba metiendo contigo y, como no lo aguantabas, decidiste que era el diablo en persona.

—Tienes que reconocer que siempre ha tenido la arrogancia descarada propia de Lucifer.

—No —intervino Will, colgándose la bolsa de pañales al hombro—. Es solo la arrogancia propia de un niño rico. La confianza que te da el haber crecido con dinero.

—Seguro que sí. —Mi madre siempre lo había tratado como si fuera de la realeza cada vez que aparecía por casa. Según ella, todos los miembros de su familia eran ilustres abogados. Abuelos, padres, tías, tíos; todos trabajaban en Beck & Beck, el despacho de abogados más antiguo y prestigioso de la ciudad.

—Menuda tontería —dijo Jack, acercándose al recibidor con el peluche de *La patrulla canina* de Kyle—. Su familia está forrada, sí, pero ni Colin ni su hermana son tan estirados como el resto.

—Un momento, ¿Colin tiene una hermana?

¿Por qué no sabía nada de eso? En ese momento me acordé de una historia que me había contado Jack en el instituto sobre cómo el padre de Colin se había liado con su asistente legal y lo mucho que se había enfadado cuando su mujer se molestó con él. Según Jack, era un hombre tan endiosado que montaba en cólera cada vez que alguien osaba llevarle la contraria.

Lo cierto es que esa historia me había dejado fascinada, pues se parecía más a los culebrones que veía mi madre que a la vida real. Jack siempre decía que el padre de Colin era un imbécil que se pasaba todo el día criticando a su hijo. Pero no recordaba nada sobre una hermana. Siempre me lo había imaginado como el único protagonista de ese drama.

—Pero si parece el típico hijo único mimado —continué.

—¿Lo ves? Siempre pensando lo peor de él.

—Lo que tú digas. Anda, Kyle, ven aquí. —Me arrodillé, pegué la cara al cuello de mi sobrino y le hice una pedorreta que le provocó una carcajada. Luego me abrazó con todas sus fuerzas sin soltarse de mí, así que terminé llevándolo hasta el coche de Will en brazos porque tampoco quería separarme de él.

De pronto, me alegré de no vivir a ochocientos kilómetros de ellos. Cuando se marcharon, el móvil me vibró en el bolsillo, pero no le hice caso mientras entraba en el ascensor y subía al apartamento. Me había propuesto no interactuar con Número Desconocido hasta que no hubiera terminado con todas mis tareas. Tenía que ducharme (lo que no era una tarea en sí, pero sí una necesidad), enviar correos electrónicos de agradecimiento por todas las entrevistas que había echado a perder y hacer una lista de las diez ofertas de empleo a las que quería echar el currículum al día siguiente.

Después, y solo después, me permitiría el lujo de divertirme un rato con mi amigo anónimo.

Al que, por lo visto, debía bloquear despacio.

«¡Por Dios! Tengo que dejar de pensar en él».

Me di prisa en terminar todo lo que tenía pendiente y, por fin, tenía un rato libre para hablar y divertirme con Número Desconocido. Me dejé caer en el colchón hinchable, encendí la pantalla del teléfono y abrí los mensajes que tenía con una ilusión que rozaba lo patético.

Efectivamente, había un mensaje suyo de hacía media hora.

Sr. Número Desconocido: Vamos a jugar.

Me tumbé en una posición más cómoda y sonreí al teléfono con el estómago lleno de mariposas.

Yo: ¿A qué quieres jugar?

Sr. Número Desconocido: Vaya una pregunta más sugerente, señorita.

Sabía que me estaba tomando el pelo. Aun así, no pude evitar sentirme un poco traviesa.

Yo: ¿Qué tal a las veinte preguntas?

Sr. Número Desconocido: Creía que queríamos seguir manteniendo el anonimato.

Yo: Y así es. Pero podríamos hacer veinte preguntas sobre... cosas que nos gustan.

Sr. Número Desconocido: ¿En el sexo?

«¡Madre mía!». Miré a la pantalla sin saber qué responder.

Yo: ¿No te parece que eso sería pasarse un poco?

Sr. Número Desconocido: Sí, pero también suena divertido.

Yo: Bueno, vale, pero hagámoslo de forma impersonal.

Sr. Número Desconocido: ¿A qué te refieres con eso?

Yo: No sé. A hablar de sexo, pero sin intimar.

Sr. Número Desconocido: ¿Como si fuéramos una pareja casada de ancianos?

Yo: No, como científicos analizando datos.

Sr. Número Desconocido: Solicito permiso para pedir un ejemplo.

Yo: Concedido.

Me quedé pensativa un momento, con una sonrisa en la boca. Al cabo de unos segundos, tecleé:

Yo: Por ejemplo: ¿cuál es tu postura favorita? Respuesta: El misionero.

Sr. Número Desconocido: Por favor, dime que esa respuesta tan aburrida no es tu respuesta real.

Yo: No puedo responder hasta que no empiece el juego de forma oficial.

Sr. Número Desconocido: Pues vamos allá.

Yo: Espera. Si eres uno de esos tíos raros que necesitan entrar a alguna sala de chat para encontrar a gente con gustos similares a los suyos o tienes un cuarto especial para practicar el sexo, prefiero no jugar a esto. No es mi intención juzgarte, pero estamos en planos diferentes.

Sr. Número Desconocido: ¿Y si solo se trata de un pequeño armario del placer?

Yo: Armario del placer. Mira, otro nombre para una banda.

Sr. Número Desconocido: Primera pregunta: ¿cuál es tu postura favorita?

Yo: Me gusta estar arriba.

Sr. Número Desconocido: Segunda pregunta: ¿arriba tradicional o vaquera invertida?

Solté una sonora carcajada y me tumbé bocabajo.

Yo: ¿Y eso de los nombres? ¿Quién se los inventa? ¿Críos de instituto? Debe de ser eso, porque suenan fatal. A menos que sea obligatorio llevar un sombrero texano. En ese caso, le va perfecto. Por otro lado, si una mujer te dice que su postura favorita es la vaquera invertida, miente. El ángulo no puede ser peor y, ¿quién quiere usar las rodillas para apoyarse?

Sr. Número Desconocido: Vaya. Sigue, no te cortes.

Yo: Ahora te toca a ti. Primera pregunta: ¿cuál es tu postura favorita?

Sr. Número Desconocido: Me gusta una combinación de misionero y desde atrás.

Yo: No sabía que podíamos responder con combinaciones. Además, has dicho que el misionero era aburrido.

Sr. Número Desconocido: No, he dicho que era aburrido para ti. A mí se me da muy bien.

Puse los ojos en blanco y dejé el teléfono sobre el colchón. ¿Qué me estaba pasando? ¿Por qué me sentía tan emocionada hablando con un desconocido? Había visto todos los episodios de *Catfish: mentiras en la red* en MTV; sabía a lo que me exponía.

Aun así, este desconocido anónimo me tenía enganchada.

La única razón por la que no me sentía tan mal con esta conexión tan rara por mensajes era que quería que este tío siguiera siendo un desconocido para siempre. No me apetecía quedar con él ni conocerlo en persona; eso arruinaría la magia de todo esto.

Así que ¿por qué no pasarlo bien un rato?

Abrí la puerta y fui a la cocina a por agua. Necesitaba calmarme o terminaría enviando fotos comprometidas a un desconocido como si fuera una universitaria descerebrada. Me acerqué a la nevera y, justo cuando lo estaba abriendo, Colin salió de su habitación.

«¡Dios bendito!».

Iba sin camiseta y marcando torso. Solo llevaba unos bóxeres negros que dejaban a la vista los fuertes músculos de sus piernas.

Intenté mantener la vista clavada en su cara mientras sentía cómo el calor ascendía por mi pecho hasta instalarse en mis mejillas.

«No mires abajo, no se te ocurra mirar abajo por nada del mundo».

—Hola. —Hice un esfuerzo titánico para que mi boca, de pronto seca, fuera capaz de formar palabras—. No sabía que habías vuelto.

—Pues ya ves, aquí estoy. —Se acercó con total confianza en sí mismo, a pesar de ir en ropa interior. Parecía un poco menos sarcástico que de costumbre, más relajado, mientras medio sonreía—. Parece que todos estamos un poco inquietos esta noche.

Sí. Inquietos.

Y también muy desnudos.

Me aclaré la garganta y cogí dos botellas de agua.

—Desde luego.

Le tendí una.

—Gracias —me dijo con la voz un tanto ronca.

Creo que logré balbucear algo parecido a un «buenas noches».

Cuando volví a mi colchón, tomé el móvil y leí la respuesta de Número Desconocido, me entró la risa floja.

Sr. Número Desconocido: Última pregunta de la noche. ¿Lento y que dure o rápido y salvaje?

Debería haber pensado en una respuesta con cierto toque sensual, pero me pudo el instinto.

Yo: Rápido y salvaje. Siempre.

Sr. Número Desconocido: ¿No te va el rollo aceite corporal, música de fondo de Enya y sexo tántrico en la cama?

«Ay, Dios». Me mordí el labio y volví a preguntarme qué narices estaba haciendo, hablando de sexo con un desconocido. Pero luego respondí.

Yo: Prefiero el comodín del sexo frenético contra la pared, con mordiscos en el hombro y arañazos en la espalda.

Sr. Número Desconocido: Sabía que eras lista, Srta. Equivocada. Que duermas bien.

Me tumbé de espaldas en el colchón. ¿Desde cuándo hacía tanto calor en la habitación?

Yo: Claro, porque ahora lo primero que tengo en mente es dormir, ¿verdad, capullo? Buenas noches.

4
Olivia

Releí en voz alta el final de la columna.

Porque lo mágico de tener hijos varones es que, de alguna forma, logras adorarlos a pesar de los bruscos altibajos que experimentan entre ser encantadores y desagradables. Pasan de decirte que tu pelo parece el de una auténtica princesa, a arrugar la nariz e informarte de que te huele el aliento a pies; de acurrucarse entre tus brazos, a llevarte al cuarto de baño para enseñarte el excremento tan grande que han soltado.

Supongo que eso es lo que lleva a algunos hombres a tirarse una ventosidad en la cama y atrapar a su pareja bajo las sábanas para exponerla al olor. Esos adorables niños han crecido y se han convertido en adultos que han encontrado a cónyuges que, al igual que sus madres, los quieren lo suficiente como para no matarlos por sus ocurrencias.

No creo que mi pareja corra tanta suerte.

Guardé el artículo y lo adjunté al correo, nerviosa pero también ilusionada. Esa mañana, al despertarme, me había encontrado con un mensaje de Glenda, pidiéndome que escribiera un borrador rápido de una columna sobre paternidad. Por lo visto, el puesto estaba entre yo y otro candidato y Glenda esperaba que mi prueba destacara y rompiera el empate.

«Menuda presión».

—A ver qué sucede —murmuré, enviando el correo.

Después, eché un vistazo al despacho que usaba como dormitorio como si no supiera dónde estaba. Esa mañana, en cuanto había visto el correo en mi teléfono, me había levantado a toda prisa y me había puesto a trabajar en el escritorio. En ese momento eran las doce y veinticinco y me sentía como si acabara de despertarme.

Abrí la puerta. Todo estaba en silencio, así que me dirigí al salón, patinando un poco con los calcetines por el suelo de madera.

Estos dos tenían un apartamento increíble.

No tenía ni idea de cómo Jack podía permitírselo, incluso teniendo un compañero de piso. Colin, sin embargo... El apartamento estaba hecho a su medida, con ese trabajo tan distinguido y ese aspecto exasperadamente sofisticado. Cuando vi *Crazy Stupid Love* en el instituto, me convencí de que Colin era el gemelo perdido de Jacob Palmer: misma actitud, mismo estilo impecable y misma arrogancia.

Me dirigí a la cocina con el estómago gruñendo. Aún no había ido a comprar, así que tendría que reponer lo que comiera. No me llevó mucho tiempo darme cuenta de que no había nada que me apeteciera robar de su despensa. Las opciones eran verduras enlatadas supersaludables (obviamente de Colin) o pepinillos y mortadela caducados (de mi hermano, por supuesto).

Estaba a punto de darme por vencida e ir a la gasolinera a por un paquete de fideos instantáneos, cuando abrí el congelador. *¡Bingo!* Había un kilo de carne picada que iría de fábula con las latas de tomate que había visto en la despensa.

Empecé a abrir y cerrar armarios, concentrada en buscar los pocos ingredientes que necesitaba para preparar una deliciosa tanda de espaguetis con albóndigas al estilo de mi abuela. Si daba con ellos, o con algo parecido, podría tener la cena lista para cuando mis compañeros de piso volvieran a casa. Y también podría ir comiendo algunas albóndigas a lo largo del día para no morirme de hambre.

Todos salíamos ganando.

—Sí. —Encontré galletas saladas y un huevo en la nevera, así que todo iba viento en popa.

Ajo molido, cebolla en polvo... sí, me serviría. Tendría que ir al supermercado a por pasta, pero también necesitaba comprar un par de cosas más. No tenía mucho dinero, sin embargo, no podía seguir yendo al centro comercial antes de cada entrevista de trabajo para usar las muestras de maquillaje. La chica de Estée Lauder terminaría llamando a los de seguridad si no me compraba una máscara de pestañas pronto.

Encontré una bandeja apta para el horno y comencé a dar forma a las albóndigas, pero mientras las moldeaba entre las manos, empezaron a invadirme pensamientos sobre la columna de paternidad. Reflexiones que habría preferido evitar, pero cargadas de responsabilidad, con las que llegué a la conclusión de que, si Glenda me ofrecía el puesto, iba a tener que rechazarlo.

No me quedaba otra opción.

Porque, por mucho que lo deseara, y aunque lo necesitara con desesperación, no podía aceptar un empleo en el que iba a tener que mentirle a diario. Desde que había regresado a casa, y por razones que solo Dios sabía, no había hecho otra cosa que mentir, como si fuera una delincuente. Algo que no era propio de mí. Tenía que dejar de hacerlo.

Además, Omaha era una de esas ciudades pequeñas en las que todo el mundo conoce al primo de alguien, así que era imposible que redactara esa columna sin que alguien terminara conectando los puntos y descubriera que detrás de ella estaba una soltera sin hijos un tanto desorganizada.

No, no pasaría mucho tiempo antes de que Glenda conociera la verdad.

Metí las albóndigas en el horno y me puse a preparar la salsa, intentando centrarme en la comida y no en mis pensamientos negativos. Abrí las latas y vertí su contenido en una lustrosa olla plateada que debía de haber costado una fortuna (al fin y al cabo, tenía un nombre francés que era incapaz de pronunciar, eso tenía que significar que era de primera calidad, ¿no?).

Usé la batidora para integrar el concentrado de tomate y luego puse al máximo el quemador de la sofisticada cocina (menos mal que era de inducción, porque últimamente había empezado a desarrollar cierto temor a las llamas) y busqué en los armarios un escurridor. Encontré uno en un cajón hondo; uno de plata y reluciente que, o no se había usado nunca, o lo había limpiado un robot. Lo sostuve en alto y pude ver mi reflejo en él.

Y también el reflejo de la salsa, hirviendo y desbordándose de la olla a mis espaldas.

«Mierda».

Hice un rápido movimiento a medio camino entre correr y deslizarme para retirar la olla del quemador, mientras la salsa roja salpicaba toda la encimera. Busqué a tientas en los cajones y encontré un cucharón de metal con el que me puse a remover, lo que hizo que el escurridor se me cayera de debajo del brazo al suelo.

Y, por supuesto, se abolló por un lado. Puse los ojos en blanco y lo aparté con el pie. Esa era la razón por la que siempre usaba escurridores baratos de plástico, porque eran indestructibles. Este, sin embargo, solo había necesitado un pequeño golpe para parecer que lo habían tirado de un coche en marcha. Mientras las albóndigas terminaban de hacerse en el horno, corrí a mi habitación y me puse los *jeggings* negros que solía llevar el último año de instituto y una camiseta con capucha de la marca Pink. No recordaba haber sido muy asidua de Victoria's Secret de adolescente, pero tenía camisetas de esa tienda de todos los colores.

Me calcé mis viejas Converse grises y regresé a la cocina a toda velocidad. Removí la salsa y saqué las albóndigas, que olían de maravilla, antes de echarlas a la olla. La salsa podía cocerse a fuego lento durante todo el día, así que solo tenía que ir al supermercado y volver a tiempo para limpiarlo todo antes de que los chicos regresaran a casa.

Por supuesto, después de mis recientes experiencias, comprobé cinco veces que la placa de inducción estuviera completamente libre de cualquier objeto inflamable antes de agarrar el bolso y las llaves. Aún no era la una y Colin y mi hermano no volvían hasta pasadas las cinco.

Tenía tiempo de sobra.

—Oh, Dios mío, ¿Livvie?

Me volví en la cola de la caja y allí estaba Sara Mills, una amiga del instituto. Seguía siendo igual de guapa, pero ahora llevaba el pelo con un estilo afro que la hacía parecer una de esas modelos espectaculares de pasarela.

—¡Pero bueno, Sara! ¿Cómo estás?

Sara era una de esas conocidas con las que había compartido muy buenos momentos en el instituto, pero siempre en grupo. Habíamos perdido el contacto después de graduarnos.

—Estoy bien —respondió con una sonrisa—. Ahora vivo en la zona oeste de Omaha. Me casé con Trae Billings y tenemos una niña de seis meses.

—¡No me digas! —Me acerqué para abrazarla, tirando una caja de galletas con el bolso—. ¡Felicidades!

Sara se rio y me devolvió el abrazo.

—Sigues siendo la misma Liv de siempre.

Asentí y me agaché para recoger la caja de galletas del suelo.

—Por desgracia.

Se mordió el labio inferior y dijo:

—Sí, me enteré de lo del incendio.

—¿Ah, sí? —Me coloqué la correa del bolso—. Por el amor de Dios, si solo ocurrió hace unos días. La noticia ha corrido como la pólvora.

Puso cara de circunstancia.

—Bueno, te has hecho un poco viral.

—Parece que el título que me otorgaron el último año de instituto se hizo realidad, ¿no?

Sí, me eligieron como «La más propensa a protagonizar un vídeo viral».

Volvió a reírse. En ese momento me di cuenta de lo mucho que echaba de menos tener amigas. En Chicago había tenido a Eli y a compañeras de trabajo, pero llevaba sin contar con amigas de verdad desde la universidad. Por eso grité emocionada cuando me sugirió:

—¿Tienes un rato para tomarnos algo en la cafetería de al lado? Me encantaría que nos pusiéramos al día.

—Por supuesto.

Hablamos un momento más mientras la cajera pasaba sus compras (cosas de adultos responsables como leche, pan, verduras) y luego las mías: un paquete de fideos instantáneos, una bolsa de aperitivos, tampones, espaguetis y doce latas de Coca-Cola light.

Me vibró el teléfono. Miré la pantalla y me sentí un poco decepcionada al ver que era mi madre y no mi amigo anónimo.

> Tu padre necesita que le echen una mano en el jardín.
> ¿Te gustaría ganarte algo de dinero extra?

Alcé la vista horrorizada y avergonzada, aunque nadie había visto el mensaje. ¿De verdad me acababa de proponer eso? ¿Ganarme unos pocos dólares a cambio de cortar el césped y podar arbustos? Estaba claro que, para mis padres, volvía a ser una niña de catorce años.

Aunque sabía que no debería afectarme, lo hizo.

Porque, ¡joder!, ¿tenían razón?, me pregunté mientras pagaba los productos que había comprado con el dinero que me habían dado mis padres. Lo que me resultó tremendamente irónico y patético.

«Necesito un trabajo cuanto antes».

Seguí a Sara hasta la cafetería y nos sentamos en una mesa en la terraza. Después, rodeadas de bolsas de la compra y con el sol de la tarde dándonos en la cara, nos reímos a lágrima viva mientras le contaba lo que me había pasado en Chicago y el incendio resultante.

—¿Descubriste que te engañaba el día que te despidieron? ¿Y tu apartamento se incendió *esa noche?* ¡Madre mía! —Se estaba riendo, pero no de mí. Se notaba que estaba horrorizada por mi perpetua mala suerte, no divirtiéndose a mi costa—. ¡Por Dios! Deberíamos estar en un bar, no en una cafetería.

De alguna manera, la conversación derivó hacia mi vivienda actual y se quedó estupefacta cuando le conté quién era el compañero de piso de Jack.

—Chica, ¿me estás diciendo que estás viviendo con Colin Beck?

Asentí.

—Colin Beck. ¡Cielo santo! ¿Sigue estando tan bueno?

—Ahora está incluso mejor.

—¡Qué capullo!

—¿Verdad?

—Siempre pensé que se parecía a Ryan Gos...

—Sigue pareciéndose.

Sonrió de oreja a oreja y se recostó en su silla.

—Parece que tu suerte está cambiando.

—No, qué va. —Di un sorbo al café, saboreando la espuma antes de tragar—. Sigue siendo un imbécil. Me mira como si se creyera superior a mí.

—¿En serio? ¿De verdad es así? —Se subió las gafas de sol por el puente de la nariz—. Siempre me pareció un chico intenso. Como si tuviera mil cosas rondando por su cabeza. ¿No sacó una nota increíble en el examen de acceso a la universidad?

—¿Todo el mundo sabía que era listo menos yo?

—Eso parece. —Echó la silla hacia atrás y se levantó mientras volvía a vibrarme el móvil—. Voy al baño. Vuelvo enseguida.

Esperé a que entrara para ver los mensajes.

Sr. Número Desconocido: Llevo 35 minutos en una reunión con una mujer y no se ha dado cuenta de que tiene un trozo de pera en la barbilla.

Yo: ¿Cómo sabes que es pera?

Sr. Número Desconocido: Porque se parece a esas peras en almíbar de aspecto empalagoso.

Yo: Podría ser algo asqueroso. Tal vez ha vomitado el almuerzo justo antes de vuestra reunión y es un trozo de vómito.

Sr. Número Desconocido: Voy a ignorar ese comentario. ¿Qué hago? ¿le digo algo?

Solté una carcajada.

Yo: NO le puedes decir nada. Es demasiado tarde.

Sr. Número Desconocido: Pero me estoy volviendo loco. No puedo concentrarme en otra cosa que no sea la pera.

Yo: Querrás decir el trozo de vómito.

Sr. Número Desconocido: No me fastidies, Srta. Equivocada.

—¿Quién te hace sonreír así?

Me ruboricé un poco y le sonreí a Sara mientras volvía a sentarse, esperando mi respuesta.

—¡Dios! Por fin alguien con quien puedo compartirlo.

Le conté todo sobre Número Desconocido: cómo sucedió, nuestro pacto de no revelar nuestras identidades y la frecuencia de nuestras conversaciones.

—¡Esto es lo más divertido que he oído en mi vida! —Esbozó una amplia sonrisa—. Me pregunto cómo será.

—¿Verdad? A ver, no tengo ningún interés en conocerlo en persona, pero sí que me gusta reflexionar sobre ello.

—Sí, sí, reflexionar. Querrás decir fantasear.

Me encogí de hombros.

—Tanto monta, monta tanto.

—Pero ten cuidado, doña Penas. Teniendo en cuenta tu mala suerte, y la clase de gente que pulula por los oscuros rincones de internet, lo mismo terminas con un acosador espeluznante entrando en tu casa para robarte las bragas.

En ese momento, me sonó en el teléfono. Era Glenda.

—Ay, Dios, tengo que contestar. Es sobre un trabajo para el que he hecho una entrevista…

—No me digas más. —Se levantó—. Además, ya debería irme a casa. Llámame un día de estos y quedamos para comer, ¿de acuerdo?

Me despedí de ella con la mano mientras recogía sus cosas y luego respondí con un nervioso:

—¿Diga?

—Olivia, soy Glenda, ¿qué tal?

Nada más oír su voz sentí un nudo en el estómago.

—Muy bien, ¿y tú?

—Bien también. Puede que esta llamada te parezca un tanto rara, porque llevo horas reunida y todo lo relacionado con el puesto para el que hiciste la entrevista ha cambiado.

Eso no podía ser bueno.

—¿Vale…?

Oí cerrarse una puerta.

—Quieren que el puesto sea anónimo y que la columna se escriba con el seudónimo de Mamá402, nuestro código postal. Usaremos un avatar de una madre moderna y adorable; ahora mismo estamos trabajando en el diseño del logo. Pero a todo el mundo le ha encantado la idea de este personaje misterioso y quieren promocionar al máximo a nuestra supergenial Mamá402. ¿Te parece bien la idea del seudónimo con el código postal? Por cierto, te estoy ofreciendo el trabajo, ya te lo he dicho, ¿verdad?

—¿Qué? —¿De forma anónima?—. Vaya. No, Glen…

—Ay, Dios, soy un auténtico desastre. —Se rio de sí misma y luego me soltó un torrente de información. Quería publicar la columna de prueba que le había enviado esa mañana a modo de lanzamiento. Trabajaría haciendo de Mamá402 y también escribiendo sobre una variedad de contenido (entretenimiento, estilos de vida, noticias locales…) con mi nombre real, como hacían el resto de los colaboradores.

Lo que era perfecto, porque así existirían artículos con mi firma como prueba para mis padres de que tenía un empleo.

—Vaya. —Me daba vueltas la cabeza. ¿Me estaba ofreciendo el puesto, y además iba a ser anónimo? De ese modo, nadie que me conociera descubriría que la madre supergenial que escribía la columna era la Liv sin hijos. Menos mal que llevaba las gafas de sol, porque por más que parpadeaba, no conseguía alejar las lágrimas. Era el trabajo perfecto y me dolía en el alma tener que rechazarlo.

—¿Te he mencionado que, además, es un puesto de teletrabajo? Te proporcionaremos un teléfono, un ordenador portátil, una impresora y todo el equipo necesario para que no tengas que acudir a la oficina a diario.

—Suena de maravilla, Glenda, pero es que…

Me detuve. Todo se detuvo. Observé la ciudad a mi alrededor, con la gente yendo y viniendo, las bocinas sonando y el olor a basura mezclándose con el aroma a comida, y no pude hacerlo. Fui incapaz de decir que no.

En su lugar, me oí decir:

—Suena de maravilla. Muchísimas gracias, Glenda.

—Bienvenida al equipo, Olivia. Voy a pedir a Recursos Humanos que te envíen por correo electrónico nuestro paquete para los nuevos empleados, con información sobre los beneficios del puesto, orientación *online*, las funciones del cargo… y organizaremos una reunión por Zoom el día que empieces para ponerlo todo en marcha. ¿Te parece bien?

Sonreí y, aunque estaba segura de que acababa de cometer un error terrible, quise saltar de alegría.

—Me parece genial.

En cuanto colgué, solté un grito de entusiasmo lo bastante alto como para que los clientes de las mesas de alrededor dejaran de hablar y me miraran. Me encogí de hombros y le dije a una mujer rubia con aspecto de *influencer* que tenía al lado.

—Lo siento. Me acaban de dar un trabajo.

De camino casa, iba tan contenta que no me importó cargar con todo lo que había comprado. ¿Qué más daba que me dolieran los bíceps por el peso de las latas de Coca-Cola cuando dentro de unos días iba a empezar a trabajar en un empleo de ensueño?

En ese mismo instante tenía todo un equipo de *marketing* trabajando para mí, ¡por el amor de Dios!

De pronto, parecía que la suerte me sonreía.

Hice una rápida parada en una licorería para comprar una botella de *shiraz* y continué mi camino, tarareando. Ni siquiera se me cayó nada cuando marqué el código de seguridad de la puerta. Deseé con todas mis fuerzas que el imbécil de Eli se enterara de lo bien que empezaba a irme todo. La última vez que lo había visto me había puesto a llorar, y luego le di un puñetazo en el estómago antes de salir corriendo por la puerta.

No fue mi salida más glamurosa.

Una parte de mí quería enviarle un mensaje, pero no me apetecía estropear mi buen humor.

Abrí la puerta de entrada, todavía tarareando. Pero en cuanto cerré la puerta, Jack apareció enfrente de mí y me fulminó con la mirada, con los brazos en jarras.

—¿Qué coño has hecho en la cocina?

—¿Qué? —Fui a echar un vistazo a la cocina, que estaba impecable. Por cierto, mi salsa olía de maravilla—. Pero si está perfecta. ¿Por qué estamos hablando en voz baja?

Jack se limitó a enarcar una ceja como si esperara que lo entendiera.

Y entonces lo comprendí.

La cocina no había estado impecable cuando me fui. Todo lo contrario, la había dejado hecha un desastre.

—¿La has limpiado tú? —pregunté.

Negó con la cabeza y señaló el dormitorio de Colin.

—Ha sido él. Ya estaba bastante cabreado conmigo por haberle metido una compañera de piso de última hora durante un mes. Cuando permitió que te quedaras, le prometí que no pondrías todo patas arriba. ¿Por qué no has podido recoger todo lo que has manchado?

Me quité las Converse y grité en un susurro.

—¿Por qué ha vuelto a casa tan pronto?

—No lo sé.

—Se supone que sois amigos íntimos.

—Somos hombres adultos, idiota. No nos informamos de nuestros horarios.

—¿En serio?

—En serio.

Puse los ojos en blanco.

—¿Y qué? ¿Te ha regañado por lo desordenado que estaba todo como si fuera la madre de la casa? Esta también es tu casa, cobarde. Imponte un poco.

—Lo primero de todo, es *su* apartamento. Yo solo le pago el alquiler. Y me ha hecho una rebaja considerable. Estás muy equivocada, como siempre.

—En ese caso…

—Y lo segundo, no hizo falta que me regañara porque ambos llegamos a casa a la vez y presenciamos tu zona de guerra al mismo tiempo, cabeza de chorlito. Dije que eras una imbécil y me fui a darme una ducha. Cuando terminé, Colin ya lo había recogido todo.

—¡Por Dios, Jack! ¿Cuánto tiempo tardaste en ducharte?

—Baja la voz. —Miro hacia atrás y luego volvió a prestarme atención con la cara contorsionada, como si le hubiera gritado a pleno pulmón—. Y no hagas eso. No me eches la culpa cuando eres tú la que no para de meter la pata. Y eso que solo llevas una semana aquí.

—Lo sé, lo sé. —Pasé junto a él y dejé las bolsas de la compra en la encimera—. Tienes razón y lo siento.

Frunció el ceño.

—¿Qué?

—Mira, puedo arreglarlo. —Me sentía un poco mal por haber puesto a Jack en una posición incómoda con Colin, sobre todo ahora que sabía que le estaba haciendo un favor enorme a mi hermano al dejarle vivir allí a cambio de un alquiler más bajo—. Dile a Colin que la cena estará lista a las siete, que hay vino del bueno y que tengo noticias que lo harán lo bastante feliz como para perdonar mi pequeña transgresión en la cocina.

Me miró con los ojos entrecerrados.

—¿Has preparado las albóndigas de la abuela solo para tenernos contentos?

—Sí.

—Eres toda una tramposa, pero puede que surta efecto. —Respiró hondo—. Se lo diré. Pero deja de liarla, ¿de acuerdo?

—De acuerdo. —Eso me dolió un poco—. Y vosotros no salgáis de vuestras habitaciones hasta las siete.

A las siete en punto, mientras estaba de pie delante de la isla de la cocina, intentando abrir con todas mis fuerzas una botella de vino, Colin salió de su habitación. Estaba claro que se había arreglado para la cena, con una camisa y unos pantalones muy bonitos. Nada más verlo, me sentí ridícula con mi vestido de lunares blancos y negros que me había puesto en la «Fiesta de la playa» de mi penúltimo año de instituto.

Él estaba impecable y de lo más atractivo, mientras que yo llevaba puesto lo mismo que cuando Alex Brown me besó por primera vez en el asiento delantero del Camaro de su padre. Había combinado el vestido con una cinta negra para el pelo y un pintalabios rojo, pero seguía sintiéndome como el fantasma de las modas pasadas.

Colin se acercó con una mirada divertida en los ojos y se aclaró la garganta.

—¿Necesitas ayuda, Liv?

—Pero ¿qué tipo de sacacorchos es este? —Tenía la cara y el cuello rojos por la vergüenza mientras sostenía el elegante artilugio que tenía un aspecto un poco pornográfico—. Es como si los ricos disfrutaran complicando las cosas para que el resto nos sintamos tontos.

—¿A qué ricos te refieres? —Me quitó la botella de las manos y solo necesitó un par de movimientos para abrirla.

Puse los ojos en blanco y le di la espalda, acercándome a la cocina.

—A los que diseñan sacacorchos inútiles como ese. Y a los esnobs pretenciosos que los compran.

Eso le hizo reír. Me siguió hasta la cocina.

—¿Acabas de llamarme esnob pretencioso?

Le lancé una mirada que decía «por supuesto» por encima del hombro.

—Mira a tu alrededor, don Pretencioso. No me malinterpretes, estoy segura de que a las chicas les encanta. Tienes un piso de soltero de escándalo; me volvería loca si me trajeras aquí y me dejaras saltar encima de esa cama tan cómoda que tienes y que te ha debido de costar una fortuna. Pero no me imagino gastando tanto dinero en esas cosas.

«Mierda, mierda, mierda». Sí, acababa de soltarle lo de saltar en su cama.

Por suerte, su expresión no cambió. Solo se metió las manos en los bolsillos.

—No sabes cuánto me he gastado. Quizá me lo han regalado todo.

Ignoré su comentario y señalé:

—Tienes un escurridor de plata de ley.

—Eso solo demuestra que me gustan las cosas de calidad, ¿y? —Ladeó la cabeza y posó la mirada en mi espalda—. Si puedo permitírmelo, ¿por qué voy a comprar basura?

—Un escurridor de plástico no tiene por qué ser basura. ¿Quién dice que la plata es mejor?

—¿Por eso lo has abollado? —Fue hacia el armario que había a mi derecha y sacó tres copas vino—. ¿Porque te parece demasiado pretencioso?

Eché la cabeza hacia atrás por inercia y removí la salsa con un cucharón.

—¡Cómo no ibas a darte cuenta de lo de la abolladura!

Pero cuando lo miré, volvía a tener los ojos fijos en mi espalda. ¿Qué narices? ¿Acaso tenía algún michelín moviéndose ahí detrás?

—Pues claro que me di cuenta, Liv, tengo ojos —repuso sin apartar la vista de mi espada—. Me encontré el escurridor abollado en el recibidor cuando llegué a casa.

—Te compraré uno nuevo de plástico. Te aseguro que te durará más que este trasto. —Me volví para enfrentarme a él, sintiendo una extraña necesidad de esconder mi espalda—. De todos modos, olvídate del escurridor. Tengo una noticia maravillosa que te va a hacer la persona más feliz del mundo. Después de mí, claro está.

Por fin me miró a la cara, expectante. Y ahí fue cuando mi mente decidió quedarse en blanco. Colin debió de percibir mi bloqueo de «Está tan guapo que no me salen las palabras», porque esbozó una media sonrisa y me preguntó en voz baja:

—Primero dime qué es lo que pone en tu tatuaje.

Ah. El tatuaje. Era una tontería, pero sentí un alivio enorme al darme cuenta de que lo que le había llamado la atención no era ninguna mancha horrible que tuviera en la espalda. El tatuaje era una cita de *Orgullo y prejuicio* que me recorría la columna en una elegante letra cursiva. Colin jamás estaría lo suficientemente cerca para leerlo al completo.

—¿Eres policía o qué? —contesté con el mismo tono suave. De repente, noté cierta chispa en el ambiente. ¿Sería por la emoción de la cena?—. No tengo que decirte nada —señalé con una sonrisa.

—No me obligues a…

—Sírveme un poco de vino, colega. —Jack cruzó a toda prisa el salón en calcetines y se detuvo justo entre nosotros, disipando toda la tensión que se había creado. Al ver que extendía la mano, esperando su copa, no pude evitar reírme. Estaba hecho un patán.

Sin dejar de sonreírme, Colin sirvió una copa y se la entregó en la mano, mientras mi hermano preguntaba:

—¿Cuál es esa noticia maravillosa, Livvie? ¿Te han absuelto de todos los cargos por el incendio?

—No, siguen creyendo que incendié el edificio a propósito.

Jack me miró al instante, como si pensara que se lo decía en serio, lo que me hizo sacudir la cabeza y murmurar:

—Eres tan ingenuo.

De hecho, esa misma mañana había recibido un correo electrónico del jefe de bomberos con excelentes noticias sobre la investigación. Por lo visto, estaban haciendo obras en el edificio y mi apartamento era el único habitado en ese momento y el siguiente que iba a ser reformado. La empresa constructora había dejado algunos materiales peligrosos en el hueco de la escalera que no se habían almacenado correctamente, y ese fue el motivo principal de que el fuego se propagara tan rápido, y no mis cartas de amor.

En definitiva, gracias al cielo, ya no tenía que preocuparme de que me acusaran de haber incendiado un edificio al completo.

Me volví hacia la cocina, apagué la placa y cogí la olla de pasta hirviendo por las asas.

—Espera, Liv —se apresuró a decir Colin, acercándose a mí.

Lo miré de reojo mientras me quitaba la olla.

—¿Qué ocurre, sexista, no me crees con la suficiente fuerza como para escurrir la pasta?

Jack resopló y fue hacia la nevera de las cervezas.

—Ya empezamos con las pullas.

Pero Colin llevó la olla hasta el fregadero y empezó a verter la pasta en el escurridor.

—Te equivocas. Tienes fuerza de sobra, pero con tu suerte, Liv, no me extrañaría que hicieras algo inesperado, como estornudar, y terminaras echándome encima una olla de agua hirviendo en la cara.

—Tienes razón. —Lo seguí y tomé la botella de aceite de oliva de la encimera—. Y dime, don Salvador del Mundo de mis meteduras de pata, ¿crees que después de escurrir la pasta podrías servirme un poco de vino para que lo tire por todo tu precioso parqué?

—Por supuesto. —Me miró mientras vertía un chorro de aceite sobre la pasta—. En cuanto me cuentes lo de tu noticia.

—Podría contártela ahora mismo. —Me aparté de él y caminé hacia la mesa—. Pero ¿dónde estaría la diversión?

Saqué un mechero del bolsillo y encendí las velas que había colocado en el centro de la mesa. Me había quedado preciosa con los bonitos platos blancos, las parpadeantes velas cilíndricas y las servilletas de tela de color marfil, pero lo que le daba el toque perfecto eran las impresionantes vistas de la ciudad, iluminada tenuemente, a través de los amplios ventanales.

Cuando me di la vuelta, descubrí a Colin y a Jack mirándome con los ojos como platos. O más en concreto, al mechero encendido que tenía en la mano. Ambos parecían estar conteniendo el aliento.

—¡Por Dios! ¿Podéis relajaros un poco? Ya he tenido suficiente con un incendio.

—Por mí y por el fantástico trabajo que he encontrado.

—¡Joder, Liv, ya has brindado por ti como unas diez veces! —Jack se recostó en su silla—. ¿Por qué no te reservas un poco para cuando empieces de verdad el trabajo?

Me daba igual lo que pensara Jack, porque Colin me estaba sonriendo y yo estaba felizmente achispada en ese momento.

—En primer lugar, en este momento están editando mi primer artículo, así que, en realidad, ya he empezado. Y en segundo lugar, hay que celebrar las cosas cuando se puede, hermano.

—Sí, tienes razón. —Jack alzó la copa, al igual que Colin, y volvimos a brindar.

Disfruté de la cálida sensación del vino en la parte posterior de mi garganta y dije:

—Permíteme que te haga una pregunta, Beck.

—Entonces vamos a seguir con lo de los apellidos. De acuerdo.

Puse los ojos en blanco y solté una risita. Cuando bebía, me entraba la risa floja.

—¿Te ha sorprendido que encontrara trabajo tan pronto?

—¿Qué?

—Es que eres tan… mmm… «soy perfecto en todo y tú eres un desastre», Colin Beck, que supongo que estabas aterrorizado de que me quedara a vivir aquí un año o más.

Tragó saliva. «¡Dios, qué garganta tan sexi!».

—Siempre supe que te irías en un mes.

Jack resopló.

—¿En serio? Entonces confiabas más en ella que yo.

Colin torció la boca y se quedó mirando fijamente su copa. Parecía que no iba a responder, pero entonces dijo:

—No tenía nada que ver con Olivia. Habíamos acordado treinta días, así que la fecha de salida prevista era treinta días después de su llegada.

Por su expresión, me di cuenta de que Colin no estaba hablando de mí. Este era el Colin profesional, el que llevaba trajes de mil dólares y no soportaba el incumplimiento de un contrato.

Jack se echó a reír.

—¿La habrías echado?

—Os habría apuñalado a ambos antes de quedarme más de un mes —intervine yo—. Así que no tiene importancia.

Se rieron. Me alegré de haberles preparado la cena. Colin se había relajado notablemente cuando le dije que me mudaría pronto, y era la primera vez que pasaba un rato de calidad con Jack desde que había vuelto.

Me lo estaba pasando, ¿me atrevía a decirlo?, bien.

Me vibró el teléfono y bajé la vista hacia él.

Sara: ¿Has conseguido el trabajo?

—Una buena anfitriona nunca está pendiente del móvil en la mesa —se burló mi hermano.

—Tienes la vibración del teléfono muy fuerte —señaló Colin—. Con lo que suena, bien podrías tener el sonido activado. ¿Se te ha roto?

—Por eso el mío siempre está en silencio —dijo Jack.

—Igual que el mío —añadió Colin.

—No, no está roto. —Al menos eso creía. Respondí a Sara y, cada vez que recibía un mensaje de ella, Jack y Colin se reían de mí. Luego perdieron el interés y se pusieron a hablar sobre deportes, así que decidí ignorarlos.

Me bebí el último sorbo de vino de mi copa, cogí el teléfono y escribí:

> ¿Qué tal, Sr. Número Desconocido?

Como si la televisión inteligente supiera que acaba de desconectar mentalmente, el temporizador que tenía programado se activó para que los chicos pudieran ver el partido de los Cubs, así que ambos se fueron al salón. Dejé la servilleta en el plato mientras volvía a vibrarme el teléfono.

> **Sr. Número Desconocido:** Acabo de terminar de cenar.

> **Yo:** ¿Estás teniendo una noche movida?

Miré a Jack y a Colin, que estaban absortos con sus móviles, frente a la televisión.

> **Sr. Número Desconocido:** Para nada, por eso me alegra que me hayas enviado un mensaje.

> **Yo:** No soy tan emocionante.

> **Sr. Número Desconocido:** Creo que anoche terminamos contigo explicándome que te gusta que te empotren contra la pared. Llámame loco, pero a mí eso me suena muy emocionante.

Solté una risita y alcé la vista. Jack y Colin me estaban mirando; Colin con una ceja enarcada. No pude evitarlo y me volví a reír. Pensé en dar algún tipo de explicación, pero al final me limité a hacer un gesto con la mano, restándole importancia.

Yo: Así que volvemos a la carga, ¿eh?

Sr. Número Desconocido: Mentiría si te dijera que hoy no he pasado mucho tiempo pensando en tu respuesta de ayer.

Yo: Y ahí está la gran ventaja del anonimato; que no tengo por qué avergonzarme.

Sr. Número Desconocido: Por supuesto que no. ¡Que le den a la vergüenza!

Yo: ¿No sería genial poder ser completamente sincero con tu pareja sobre estos temas? Algunas personas dicen que lo son, o que es sano decir la verdad al cien por cien, pero eso es una soberana estupidez. Porque, si alguien te importa, no vas a mirarlo a la cara cuando te está besando con dulzura y decirle: «Cariño, ¿puedes parar y follarme de una vez sobre la encimera?».

Sr. Número Desconocido: ¿No te gusta que te besen?

Lo pensé un momento antes de responder. Sí, me gustaba que me besaran, pero besos ardientes, salvajes; el tipo de besos que, sin querer, podían dejarte marca. Los besos tiernos te embriagaban de amor. Te hacían reflexionar, sentir. Te seducían hasta hacerte creer que estabas enamorada, que tu pareja también lo estaba, cuando en realidad solo eran dos bocas fusionándose la una con la otra.

No quería volver a sentir esa mierda.

Yo: Imagina que simplemente pudieras pedir lo que quisieras como si estuvieras en un restaurante.

Sr. Número Desconocido: Ponme un ejemplo, por favor.

Yo: Buenas noches, camarero. De entrante, me gustaría un orgasmo oral rápido e intenso, por favor. Y de plato principal, quiero que me pongas bocabajo y me lo hagas con ganas desde atrás.

Sr. Número Desconocido: ¿Quieres acompañarlo con algún postre, cielo?

Debí de emitir otro ruido involuntario, porque cuando alcé la vista, Jack me estaba mirando, negando con la cabeza.

—¿Hemos vuelto al instituto, enviando mensajes a los chicos en la mesa? ¿A qué viene tanta risita?

Sentí cómo me ponía roja.

—Tengo amigos graciosos, eso es todo. Más divertidos que el béisbol.

—Si tú lo dices.

Puse los ojos en blanco y volví a la interesante conversación que estaba manteniendo con Número Desconocido.

Yo: Sí. Me gustaría el postre especial de la casa: dormir profundamente en mi lado de la cama sin acurrucarse en absoluto. (Devuelvo el menú y bebo un sorbo de agua).

—¿Queda algo de vino en esa botella, Liv?

Miré a Colin, sintiéndome como si acabaran de pillarme *in fraganti*.

—Mmm, ¿qué?

Me miró con curiosidad.

—¿Que si te has terminado el *shiraz?*

—Ah. No. —Agarré la botella, la sostuve en alto y miré a través del cristal verde oscuro—. Creo que queda para un par de copas.

—Perfecto. —Colin se levantó y se estiró mientras yo dejaba el teléfono junto a mi plato y me iba a la cocina a por un refresco que me despejara un poco.

Mientras buscaba en la nevera, no me di cuenta de lo que acaba de hacer... hasta que oí mi móvil vibrar. Y sí, sonaba demasiado alto. Volví la cabeza al instante y contemplé con horror cómo Colin estaba mirando en dirección a la mesa, directamente a mi móvil, que se acababa de iluminar con un mensaje de texto entrante.

«Mierda, mierda, mierda».

Era una adulta, pero no quería que ese capullo leyera mi menú sexual para la cena. Corrí hacia la mesa, cogí el teléfono y miré a Colin, pero él estaba sirviéndose una copa, pendiente del partido.

¡Menos mal! No había visto nada. Desbloqueé la pantalla.

> **Sr. Número Desconocido:** Bueno, te prometo que si estuviéramos juntos en la vida real, te serviría con gusto esa comanda. Si te soy sincero, es lo que imaginaba que pedirías.

No tenía sentido, pero su respuesta me produjo un escalofrío. Deslicé los dedos por la pantalla.

> **Yo:** Es una pena que no podamos... compartir una cena. Comer juntos. Ay, qué horror. No hay forma de decirlo sin que suene raro. Lo que quiero decir es que es agradable compartir un interés común, ¿vale?

Después de enviarlo añadí:

> Eso también ha sonado muy raro, ¿verdad?

Y luego:

Levanté la vista mientras le daba a la opción de «Enviar». Colin ya no estaba mirando la televisión. No, tenía la vista clavada en su teléfono, como si nunca hubiera visto un móvil antes.

5

Colin

«Dios santo».

¿Olivia es *Srta. Equivocada?*

Imposible.

¿Pero qué cojones?

No me lo podía creer, pero acaba de ver mi mensaje en su teléfono con el nombre de Sr. Número Desconocido.

—¿Te encuentras bien, Beck?

Me quedé mirando fijamente mi móvil mientras la pantalla se oscurecía y los mensajes desaparecían. En ese momento no quería mirarla, no quería verle la cara; aun así, alcé la vista. Olivia me estaba observando al otro lado de la mesa con esa medio sonrisa socarrona que siempre parecía tener reservada para mí.

—Sí. —Me aclaré la garganta y me metí el móvil en el bolsillo—. Estoy perfectamente.

Me dirigí al fregadero con mi copa en la mano. Necesitaba salir de allí y despejarme un poco. Porque no estaba bien para nada. Dejé la copa en la encimera, abrí el grifo y apreté los dientes con tanta fuerza que me dolieron. Por lo visto, Dios tenía un sentido del humor muy peculiar y Olivia, el irresistible desastre de los hermanos Marshall, era mi misterioso contacto de ensueño.

«Joder».

Liv me caía bastante bien (era guapa y muy divertida a la hora de tomarle el pelo), pero Srta. Equivocada estaba a otro nivel. *O eso creía.* Me parecía graciosa, encantadora, sexi, inteligente, nada convencional… y hasta dulce.

No como Olivia.

¿De verdad eran la misma persona?

Empecé a fregar un plato. Estaba devastado; como si hubiera perdido algo al descubrir la verdadera identidad de Srta. Equivocada. Estaba tan frustrado que quería golpear algo. Necesitaba desahogarme como fuera, porque, de pronto, sin previo aviso, mi relación anónima por teléfono se había evaporado.

Y no solo eso. Ahora iba a tener que ignorarla y cortar toda comunicación con ella.

No me quedaba otra.

No podía decirle a Olivia la verdad. Había compartido demasiada información personal con ella y no iba a sentirme cómodo. Y tampoco podía seguir mandando mensajes a mi amiga anónima ahora que sabía que era la hermana de Jack.

No, ni de coña.

Así que, ya estaba. Todo había terminado. Ahora me tocaba lidiar con todo ese embrollo y superarlo. Al fin y al cabo, había sabido a lo que me exponía desde el principio, ¿no?

—Entonces, como yo he preparado la cena, ¿friegas tú? —Olivia apareció a mi lado, aunque su perfume me había llegado antes que ella—. Creo que esa es la regla.

Me estaba tendiendo su plato sucio, pidiéndome permiso con la mirada para dejármelo en las manos. Me arrepentí al instante de mi decisión de prestarle atención. Porque seguía teniendo el mismo aspecto: pelo largo y oscuro, ojos verdes, mejillas sonrosadas; la Liv de toda la vida.

Pero ahora estaba mezclada con pequeños fragmentos de Srta. Equivocada. En lugar de ver solo la cara de la hermana de Jack, mi cerebro seguía cargando información sobre ella, como el hecho de que prefería el sexo salvaje contra la pared a un romántico interludio amoroso.

«Mierda».

Clavé la vista de nuevo en el fregadero. Necesitaba tiempo para asimilar ese sorprendente giro de los acontecimientos antes de volver a enfrentarme a ella.

—Sí, esa es la regla.

—¿En serio?

Noté por el rabillo del ojo que ladeaba la cabeza y se centraba en mí.

—En serio —respondí—. Has tenido un día intenso. Yo me encargo de fregar.

—Vaya —repuso ella. Pero no se apartó de mi lado.

«Dios, necesito que se aleje de mí».

—Será mejor que te vayas antes de que cambie de opinión.

—Colin.

Por su tono de voz, me estaba instando a que la mirara.

—Olivia. —Entonces la miré. Me estaba ofreciendo esa pequeña sonrisa suya. Cambié el peso de un pie a otro, deseando parecer tan exasperado como me sentía, porque necesitaba que se fuera cuanto antes. Enarqué una ceja—. ¿Qué?

Me dio un codazo, un ligero toque juguetón en el costado, y dijo:

—Gracias por haber sido tan agradable esta noche. Ha estado bastante bien, hasta que has decidido ponerte en plan raro al final.

La tenía demasiado cerca y ella estaba siendo demasiado sincera, demasiado coqueta. Así que intenté mantener la voz lo más calmada posible y repuse:

—No hay de qué. Ahora vete a dormir, Olivia.

Olivia parpadeó lentamente con otra sonrisa.

—Dulces sueños, Colin.

6
Olivia

Cuando me sonó la alarma, lo único que quería era ignorarla y seguir durmiendo.

Pero no podía correr ese riesgo. No podía poner en peligro todas las responsabilidades y logros de adulta madura que, por fin, estaba adoptando, y volver a mis antiguas y malas costumbres. Tenía que continuar siendo esa nueva Olivia.

Además, siempre podía echarme una siesta en la cama de Colin cuando él se fuera a trabajar.

Me puse unos pantalones cortos de deporte y una camiseta desgastada con la frase de «Just Do It», me lavé los dientes y me recogí el pelo en una coleta. Cinco minutos después, estaba en el ascensor, bajando al vestíbulo, ajustándome los auriculares y seleccionando mi lista de reproducción favorita para correr.

Y luego salí a la calle y me puse en marcha.

La luz del alba apenas empezaba a asomar, las calles estaban tranquilas. Era una mañana perfecta para correr y, por primera vez, disfruté de la carrera. Cuando había recorrido cuatro manzanas sin detenerme, estuve a punto de chocarme con un tío que estaba atándose las zapatillas. Acababa de doblar la esquina, sintiéndome imparable y, de pronto, allí estaba él, justo en medio de la acera. Intenté esquivarlo, dando un grácil salto como si fuera una gacela, pero terminé tropezando con mis propios pies y cayendo de rodillas al suelo.

Con fuerza.

—*Mieeerda* —siseé entre dientes.

Me miré las rodillas. Me había raspado ambas y estaban empezando a sangrar, como si fuera una niña que se hubiera caído en el patio de la guardería. Me dolían tanto que me entraron ganas de llorar. Me giré para poder sentarme e intenté no gemir.

—Ay, Dios… ¿estás bien?

Alcé la vista y parpadeé un par de veces mientras un atractivo rostro con una gorra puesta del revés me miraba.

«¿En serio?», mascullé para mí. «No me puedo creer que me esté pasando esto».

Por lo visto, debí de decirlo en voz alta, porque el tío me oyó y sonrió.

—No es para tanto. La gente se cae todo el tiempo.

Sí, era una maravilla caerse como una patosa delante de un hombre guapo y que además, parecía simpático. Me puse de pie de un salto y sonreí como si no sintiera que me había roto las rodillas y tuviera las palmas llenas de rasguños.

—Sí, estoy bien.

—Estás sangrando. —Llevaba gafas de sol, pero supe que me estaba mirando las rodillas; de una de ellas caía un hilillo de sangre.

—No es nada. —Hice un gesto con la mano para restarle importancia y puse cara de estar animada—. Me sale sangre por cualquier cosa. Todo el tiempo. De verdad, no es nada. Bueno… que tengas un buen día.

Me di la vuelta y simplemente me puse a correr, agitando la mano a modo de despedida, desesperada por desaparecer de su vista. Corrí a toda prisa por la manzana, deseando poner la mayor distancia posible entre él y yo, pero me alcanzó unos veinte segundos después.

Maldita sea. Se puso a correr a mi lado.

—¿Qué haces? —pregunté sin ni siquiera mirarlo.

—Correr —respondió con tono divertido—. ¿Siempre vas tan rápido?

Decidí continuar con el papel de mentirosa compulsiva.

—Sí. No te preocupes si no puedes seguir el ritmo.

—Oh, claro que puedo seguirlo. —Entonces lo miré y me di cuenta de que estaba sonriendo—. El último en llegar al Starbucks paga.

No llevaba dinero encima, pero quería un café más que respirar. El Starbucks estaba a la vista, así que decidí arriesgarme.

—Trato hecho.

Eché a correr tan rápido como me lo permitieron las piernas. Menos mal que no había mucha gente a esas horas, porque había salido disparada por la acera. Sabía que me estaba siguiendo porque podía oír sus pasos, pero no podía permitirme el lujo de mirarlo o volvería a caerme.

Descendí como una flecha por la manzana y, cuando por fin llegamos al Starbucks, golpeé la puerta como si acabara de salvarme en el juego del escondite.

—¡Primera!

Había tocado la puerta solo un milisegundo antes que él, pero ganar sentaba de maravilla. El tío sonrió, como si no le importara perder, y dijo:

—Un trato es un trato. Supongo que te invito a un café.

Le devolví la sonrisa, jadeando. Tenía la sensación de que los pulmones me iban a estallar de un momento a otro.

—Supongo que sí.

Entramos juntos e hicimos el pedido, ambos respirando con dificultad. Mientras esperábamos las bebidas, él fue al baño. Lo observé con disimulo mientras se alejaba. Sí, la vista era bastante buena. Caminaba con confianza en sí mismo, pantorrillas musculosas, trasero respingón... «Por ahora, todo bien».

Era la forma más extraña en la que había conocido a un chico. Ni siquiera nos habíamos presentado oficialmente (aunque le oí decir al camarero que se llamaba Paul), pero estábamos juntos en una cafetería.

Saqué el móvil y envíe un mensaje a Número Desconocido. La noche anterior debía de haber caer rendido en la cama, porque no había recibido ningún mensaje suyo después de la cena.

Adivina. He salido a correr y me he tropezado con un tío que estaba atándose las zapatillas. Me he caído y hasta me he hecho sangre en las rodillas. Pero ahora, me estoy tomando un café con el corredor, que está bastante bueno, y tengo una duda: ¿alma gemela o asesino en serie?

—Toma. —Paul había vuelto con una toalla de papel húmeda en la mano que me entregó mientras me decía—: Límpiate las rodillas antes de que se te infecten.

Enarqué una ceja.

—¿En serio, mamá?

Volvió a sonreír; lo que sumó unos cuantos puntos a su favor por tener una buena dentadura. Después, agarró nuestros cafés y me hizo un gesto con la cabeza para que lo siguiera hasta la terraza.

—En serio.

Como tenía mi café, no me quedó más remedio que hacerle caso y abandonar el interior con aire acondicionado para salir al caluroso y húmedo exterior. No tenía muy claro si me gustaba esa actitud mandona, pero iba a disfrutar del café mientras tomaba esa decisión.

Escogió una mesa y en cuanto me dejé caer en una silla, apoyé la pierna derecha sobre el asiento vacío de al lado y empecé a limpiarme la rodilla.

—Por cierto, soy Paul —se presentó con otra bonita sonrisa. Noté que debajo de la camiseta llevaba una cadena de oro bastante gruesa.

—Sí, lo he oído. —Le devolví la sonrisa y me señalé—. Yo, Olivia.

—También lo he oído. —Su sonrisa se hizo más amplia.

Me aclaré la garganta y le dije:

—Por cierto, ¿te he pedido perdón por casi atropellarte?

Negó lentamente con la cabeza.

—No.

—Bueno, lo siento. Aunque este café está delicioso, así que quizá todo ha sido para bien.

Paul volvió a esbozar una bonita y enorme sonrisa.

—No puedo estar más de acuerdo contigo.

Ese día, la ducha de Colin y Jack no me impresionó menos que la primera noche que llegué. Era gloriosa, como una lluvia cálida de verano que hacía que no quisiera salir de ella jamás. Tanto era así que, cuando me metía en ella, perdía la noción del tiempo y mis duchas duraban una eternidad.

Esa mañana no fue una excepción.

Había llegado a casa corriendo, casi desmayándome por la falta de aire. Al entrar, el apartamento estaba en silencio, lo que solo podía significar dos cosas: o mis compañeros de apartamento seguían durmiendo o ya se habían ido. Me daba igual la opción que fuera. Lo importante era que la ducha estaba libre.

Mientras me lavaba el pelo y me afeitaba las piernas, evitando con mucho cuidado la zona de las rodillas, me sentía bastante contenta con lo sucedido con Paul. El tipo había resultado ser un auténtico fiasco. Habíamos quedado para tomar un *brunch* al día siguiente, pero solo porque había aceptado *antes* de descubrir de que, primero, no sabía quién era Ruth Bader Ginsburg y, segundo, a él y a sus amigos les encantaban las alitas de Hooters.

Si a eso le sumabas su ridícula cadena de oro, tenías la combinación perfecta de actitudes machistas.

Aun así, me sentía satisfecha. Había logrado captar la atención de un hombre atractivo, incluso después de besar el asfalto delante de él, y algo debí de interesarle porque, al cabo de un rato, me había invitado a comer.

Todavía tenía mis dotes de seducción intactas, ¿verdad?

Después de salir y envolverme con una toalla, abrí la puerta del baño y casi me tropiezo con Colin.

—¡Por Dios! —Me llevé la mano al pecho, aún húmedo y cubierto por la toalla, y lo miré de arriba abajo. Joder, era alto—. ¿Por qué sigues dándome esos sustos?

«¿Y por qué sigo estrellándome con hombres?».

Me agarró de los brazos para evitar que lo derribara. La tensión en su mandíbula y la intensidad de sus ojos azules me hicieron extremadamente consciente del tacto de sus dedos sobre mi cuerpo. Apenas me había secado; todavía tenía la piel mojada y el pelo me goteaba. Sin embargo, y a pesar de tener la piel de gallina, no pude evitar sentir un calor que me recorrió por completo.

Porque, *justo* delante de mí, tenía el musculoso, sudoroso y tonificado pecho desnudo de Colin. Y debajo de esos bonitos pectorales, podía ver unos abdominales que solo podían describirse como la perfección absoluta. Sabía que tenía que volver a mirarlo a la cara, pero me estaba costando horrores, porque ahí estábamos, a escasos centímetros el uno del otro, ambos empapados y mostrando mucha piel.

—Perdona por interrumpirte en *mi* casa. —Me soltó los brazos y me fijé en cómo flexionaba los dedos antes de que sus manos cayeran a los costados. ¿En serio? ¿Estaba haciendo gestos como si fuera Mr. Darcy en pleno Netherfield? Esbozó una sonrisa sarcástica y dijo—: ¿Cómo se me ocurre hacer tal cosa?

Me ajusté la toalla y respondí con el mismo tono:

—Ya sabes a lo que me refiero. Es la segunda vez que ni me entero de que estás aquí.

Me miró con gesto confundido, claramente fingido.

—Pero sabes que vivo aquí, ¿no? ¿Quieres que la próxima vez te informe de mi agenda para que sepas dónde estoy en todo momento?

—Sí. —Ladeé la cabeza y puse mi mejor cara de sarcasmo—. Eso estaría genial.

—¿Qué te ha pasado en las rodillas? —Aunque no dejaba de mirarme a los ojos, ya había notado las heridas idénticas en ambas piernas.

—He ayudado a una anciana a cruzar la calle.

—Mentirosa. —Frunció el ceño—. ¿Por qué ibas a hacerte daño con algo así?

—Mmm... —empecé, sin saber muy bien por qué había decidido mentirle en vez de contarle la verdad—. Tuve que lanzarme sobre ella para evitar que la atropellaran.

—¿En serio? —Me miró como si supiera que me lo estaba inventando, pero al mismo tiempo parecía recién salido de un póster de Nike con un Just Do It atravesando su cuerpo sudoroso.

—Sí, de verdad. —Entrecerré los ojos—. Te cuesta creerlo porque tú jamás arriesgarías tu elegante atuendo para salvar a una anciana.

—¿Y tú qué sabes?

Me encogí de hombros.

—Entonces, ¿no me vas a contar lo que te ha pasado? —Parecía interesado de verdad.

Por eso le respondí:

—No, creo que no.

Me di la vuelta y comencé a dirigirme a mi habitación, sujetándome a conciencia la toalla mientras caminaba. Justo cuando estaba llegando a la puerta le oí decir:

—Dime lo que pone, Marshall.

Miré hacia atrás. Tenía el semblante serio, aunque mientras señalaba el tatuaje de mi espalda, sonrió levemente.

Hice un gesto de negación con la cabeza.

—Ni de broma, Beck.

Cerré la puerta y me vestí a toda prisa. Minutos después, oí cómo Colin abría el agua de la ducha. No estaba segura de lo que había sucedido entre nosotros en esos breves momentos de tensión, pero estaba claro que a él le había molestado. Aunque también podía ser producto de mi imaginación.

Al fin y al cabo, llevaba demasiado tiempo fantaseando con mi misterioso amigo. Mis coqueteos con Número Desconocido habían elevado mi libido a unos niveles poco saludables, haciendo que sintiera una química que probablemente no existía.

Después de todo, era Colin. No podía tener ningún tipo de química con alguien por quien no sentía ningún afecto, ¿verdad?

Hablando de lo cual: ¿dónde narices se había metido Número Desconocido?

Colin

> **Srta. Equivocada:** Oye, ¿dónde te has metido? Me sentiría tremendamente mal si no estuviera 100% segura de que soy demasiado entretenida como para que me ignores.

«Mierda».

Dejé el teléfono sobre la mesa, me recosté en la incómoda silla de la cocina y apoyé las manos en la cabeza. Ahora que había tenido algo de tiempo para reflexionar, me sorprendía no hacer percibido antes las similitudes que había entre Srta. Equivocada y Olivia. Cada palabra que me había enviado mi misteriosa amiga, tanto en el lenguaje como en la actitud, parecía sacada directamente de Olivia, aunque Srta. Equivocada también me había asombrado con contenido bastante inesperado.

La noche anterior me había pasado horas despierto en la cama, repasando los mensajes de Srta. Equivocada e imaginándome a Olivia diciendo todas esas cosas. Al final, me sentí tan confundido por mezclar a ambas, que opté por eliminar toda la conversación y olvidar que alguna vez había sucedido. Olivia Marshall era la hermana pequeña de Jack; lo demás era irrelevante.

Sin embargo, ponerlo en práctica me resultó mucho más complicado de lo que pensaba, ya que, después de haberla visto usar mi toalla como si se tratara de un ajustado vestido negro, mi mente no dejó de divagar sobre qué estaría haciendo en el despacho. Cuando la oí encender el secador, empecé a preguntarme qué llevaría puesto. ¿Seguiría con la toalla? Y después de apagarlo, por más que lo intenté, no pude concentrarme en otra cosa que no fuera lo que estaba sucediendo ahí dentro.

Porque estaba haciendo un montón de ruido, dando golpes secos como si estuviera escalando literalmente las paredes de mi despacho. Todo ello mientras yo intentaba concentrarme, trabajando en la mesa de la cocina.

De pronto, como si me hubiera leído la mente, la puerta del despacho se abrió y ahí estaba ella. Esa mañana llevaba puesto un vestido blanco de verano con unas Converse; una combinación absurda, pero tan propia de Olivia, que le quedaba bien. El vestido le sentaba como un guante, y se había recogido el pelo en un moño, con unas gafas que descansaban sobre la punta de su nariz; un look que siempre me había fascinado.

Sí, tengo una fijación con el cliché de la bibliotecaria lasciva.

—Hoy voy a trabajar en la cafetería del Old Market, así que puedes quedarte con el despacho. —Se colgó el bolso al hombro y me lanzó esa típica mirada suya—. Procura no desordenarlo demasiado.

—Haré todo lo posible, oh, magnánima persona. —Intenté mantener la vista clavada en la hoja Excel que tenía delante, pero me resultó imposible no mirarla cuando pasó a mi lado de camino a la puerta. Siempre había sido consciente de su atractivo, pero ahora era como si el universo me la estuviera restregando por la cara. Unas piernas espectaculares, un trasero perfecto, unos ojos que se entrecerraban al sonreír y el tatuaje más adorable del mundo: una pequeña máquina de escribir en la nuca, que casi siempre quedaba oculto bajo su pelo.

Por no hablar de su perfume. Uno de esos aromas que te llegaban directamente a las entrañas y te inundaban la cabeza de pensamientos lujuriosos.

—No encuentro las llaves; así que, si sales, ¿podrías dejar la puerta sin cerrar con llave? —Abrió la nevera y echó un vistazo, haciendo que la falda del vestido se levantara un par de centímetros. «Joder, ¿qué narices me pasa?». Observé cómo agarraba una de mis manzanas ecológicas—: Seguro que las tengo en alguna parte del bolso.

—Mmm, no. No voy a dejar mi casa sin cerrar con llave. —Qué propio de ella pedirme algo así—. Quizá deberías quedarte hasta que las encuentres.

Puso los ojos en blanco.

—No, no quiero quedarme. Me largo.

—Muy bien. Espero que no te quedes fuera.

—¿De verdad no puedes hacer eso por mí y dejarla sin echar la llave?

—No, en serio. No pienso dejar la casa sin cerrar si no hay nadie dentro.

—Por el amor de Dios, Beck, ¿no puedes...?

—Liv —la interrumpí, levantando una mano—. No creo que me vaya a ir a ningún lado, así que no vas a tener ningún problema cuando vuelvas, ¿de acuerdo? Vete ya.

Dio un mordisco a la manzana y masticó, mirándome como si esperase que añadiera algo más. Al ver que no iba a hacerlo, simplemente dijo:

—Vale, adiós. —Se dio la vuelta y se marchó.

«Mierda».

Tenía que relajarme; no era normal que Olivia sacara lo peor de mí. Lo único que siempre había tenido bajo control en lo que a ella respectaba era que yo llevaba las riendas. Ella era un desastre; yo tenía el control. Ella cometía estupideces, y yo me burlaba de ella. No estaba dispuesto a que todo este nuevo y complicado asunto con Srta. Equivocada alterara la dinámica de nuestra relación y la colocara en una posición superior.

Aunque ahora que lo pensaba, ¿no me había dicho Olivia una vez que le gustaba estar encima?

Vale, pensamientos como esos me iban a matar.

Intenté trabajar en el despacho, pero ya no era lo mismo. Aunque Olivia lo había ordenado un poco, metiendo todas sus cosas en el armario y cerrando la puerta hasta donde pudo, ya no sentía esa estancia como mi espacio de trabajo. Se había convertido en el lugar donde dormía Olivia. Olía a su perfume y, ¡qué Dios me ayudara!, del pomo de la puerta colgaba un sujetador de encaje negro.

Cuando por fin logré concentrarme y empezar a ser productivo, mi teléfono móvil empezó a vibrar.

Srta. Equivocada: Vale, está claro que estás muerto o en coma. Supongo que debería respetarlo, sobre todo si es tu madre la que está sosteniendo en este momento tu teléfono, preguntándose de qué narices va todo esto. Pero soy una persona egoísta. Necesito a alguien con quien chatear y voy a seguir enviándote mensajes aunque no me respondas.

—Cielo santo. —Me recosté en la silla y miré fijamente el teléfono. Adiós a la productividad.

Srta. Equivocada: Estoy en una cafetería y hay un tío al lado con auriculares que no para de cantar *Sexual Healing*, la vieja canción de Marvin Gaye que habla del poder curativo del sexo. Debe de tenerla puesta en bucle, porque ya va por la quinta vez y no sé qué hacer.

Me moría de ganas de responderle: «Pues ofrécele una cura ya».

Srta. Equivocada: Te imagino respondiéndome alguna chorrada como «¿Y a qué esperas para ofrecerle una cura?», pero me da la impresión de que este tipo es de los que se pondría a gritarme si le digo algo. Creo que voy a sacar mi espray de pimienta y juguetear un poco con él, para que vea que lo tengo.

Dios santo, ¿Olivia jugueteando con un espray de pimienta? Se quedaría ciega en cuestión de segundos.

Srta. Equivocada: Me lo he pensado mejor. Ambos sabemos que no soy la persona más fiable en lo que a manejar un espray de pimienta se refiere. Mejor me voy a ir otra cafetería; una donde no haya hombres murmurando: «Esta noche vamos a hacer el amor». Te dejo, Sr. Número Desconocido. Y a ti también, madre de Número Desconocido, si estás cotilleando en su teléfono mientras él sigue en coma. Adiós.

Me levanté y me acerqué a la ventana, mi rincón favorito del apartamento, para contemplar la ciudad. Necesitaba aclarar mis ideas. Si no podía quitarme de la cabeza a Srta. Equivocada, quizá debería pedirle ayuda a Harper.

Busqué su contacto y le envié un mensaje.

Yo: ¿Te acuerdas cuando hablamos de lo divertido que sería cenar juntos?

No esperaba una respuesta rápida, pero mi móvil vibró casi al instante.

Harper: ¿En serio me estás pidiendo que salgamos a cenar juntos seis meses después? Creo que eso fue en Nochevieja, Colin.

Yo: Quizás he tardado tanto porque estaba reuniendo el valor necesario para pedírtelo.

Harper: O puede que hayas tardado tanto porque no te acordabas de mi nombre.

Estuve a punto de reírme por lo acertado de su comentario. Había decidido escribirle la noche en la que me equivoqué y le mandé el mensaje a Srta. Equivocada, o mejor dicho, a Olivia. Y era cierto que no recordaba si Harper era su nombre o su apellido.

Nos habíamos conocido en Billy's Bar en Nochevieja, y aunque era una mujer despampanante, me dio la impresión de que también era alguien muy exigente. Eso era lo que me había hecho dudar durante tanto tiempo antes de contactar con ella.

Pero ya sabéis, momentos desesperados requieren medidas desesperadas.

Yo: HARPER O'RILEY (¿ves como sí me acuerdo?), déjame invitarte a cenar esta noche en M's y te garantizo que te lo pasarás bien.

Me vibró el teléfono.

Srta. Equivocada: Actualización. El tipo de *Sexual Healing* me ha seguido durante tres calles. Cuando me he girado para enfrentarme a él con el espray de pimienta, me ha dicho que no soy tan guapa y que debería disfrutar yo misma del espray.

Madre mía.

Srta. Equivocada: Así que ahora no paro de darle vueltas a qué es lo que habrá querido decirme con eso, y solo se me ocurre esto: A) Pensaba que debía usar el espray como una consolador o B) Quería que dejara de amenazarle con el espray y me lo metiera por donde amargan los pepinos.

Empecé a reírme, no pude evitarlo. Aquello era el colmo del absurdo. Me costó horrores no añadir: «O C) quería que te rociaras tú misma con el espray hasta quedarte ciega».

Pero justo cuando estaba considerando añadirlo, Harper me respondió.

> **Harper:** Nos vemos en M's. Mi tío trabaja allí como camarero, así que llamaré para reservar una mesa. ¿Te viene bien a las siete?

Vaya, tal vez no fuera tan exigente como pensaba.

> **Yo:** Perfecto, a las siete nos vemos.

Olivia

A pesar de que me temblaban las manos, terminé un artículo sobre la próxima inauguración de un restaurante de comida francesa en Capitol District y empecé a redactar otra columna para Mamá402. Odiaba lo alterada que me había dejado ese imbécil. De verdad. Siempre me había considerado una persona relativamente fuerte, pero en cuanto me había dado cuenta de que me estaba siguiendo, el pánico se había apoderado de mí.

Menos mal que llevaba encima el espray de pimienta.

Los hombres jamás entenderían la absoluta injusticia que suponía el hecho de que, físicamente, fueran más fuertes. Ya fueran altos, bajos, desmotivados o delicados; lo cierto es que la mayoría de ellos, si se lo proponían, podrían someterme sin ningún problema. Nunca sabrían lo que significaba no poder caminar sola sin estar en constante alerta. Y eso era algo que siempre me había sacado de quicio.

Menudos imbéciles.

Había esperado que Número Desconocido leyera mi historia, entrara en acción y me hiciera sentir mejor, pero seguía sin dar señales de vida. Lo que estaba empezando a agobiarme más de lo que quería reconocer. Por dos razones: primera, ¿por qué había desaparecido?, ¿acaso había hecho algo mal? Y segunda, ¿por qué la mera idea de que me ignorara me resultaba tan devastadora? Pero si ni siquiera lo conocía, ¿cómo podía afectarme tanto su silencio?

Eso sí, qué bien me había sentido escribiendo ese día.

Cada vez que escribo algo nuevo, siento lo que solo puede calificarse como una oleada de emoción. Da igual si se trata de un artículo sobre pañales (ya he escrito uno) o un relato que salga de lo más profundo de mi ser; mientras intento encajar todas las piezas, me siento llena de vida, vibrante y repleta de una energía eléctrica indescriptible. Supongo que cuando estoy en un proceso de creación, mi cerebro segrega las mismas endorfinas que se liberan en la llamada «euforia del corredor», lo que me convierte en una auténtica adicta a las palabras, que pulsa la barra de alimentación con el mismo apetito voraz de una rata de laboratorio recién entrenada.

Me pasé todo el día sumida en ese estado de felicidad creativa, sin parar más que para comer un *bagel* al mediodía y rellenar la taza de café las veces que me fue absolutamente necesario. Terminé justo a tiempo para llegar apurada a la cita que había concertado a última hora en el centro de donación de plasma. De modo que regresé a casa siendo cuatrocientos dólares más rica, lo que hizo que me sintiera bastante mejor. Will y Dana me iban a dejar a los niños a las siete para celebrar su cena de aniversario. Así que, siempre y cuando mis dos compañeros de piso tuvieran planes para la noche del sábado, podría disfrutar de un momento especial con mis sobrinos, sin que esos *haters* de niños se enterasen de nada.

Pero como cabía esperar dada mi suerte, al llegar a casa me encontré con Colin. Salió de su habitación justo cuando yo entraba. En cuanto me vio, esbozó una sonrisa amable; genuinamente cordial.

—Marshall, ¿qué tal te ha ido hoy la escritura?

No sabía muy bien cómo responder a su pregunta y, para complicar aún más las cosas, estaba el asunto de su aspecto. Se estaba preparando para salir y se le veía muy atractivo, como uno de esos magnates seductores a punto de invitar a cenar a una super-modelo.

—Bastante bien. —Bebí un sorbo del café que había llevado a casa—. Me ha cundido mucho.

Me miró como si estuviera esperando que le contara algo más; algo importante. Luego clavó la vista en mi café mientras empezaba a anudarse la corbata.

—¿Eres consciente de la cantidad de azúcar que lleva eso?

—Sí. Y también sé que, si sigo tomando este tipo de cosas, nunca tendré unos abdominales como los tuyos, así que ahórrate el sermón.

Me dedicó una de esas medias sonrisas suyas y dijo:

—Sabía que te habías fijado en mis abdominales.

—Por el amor de Dios, Colin, tus abdominales pueden verse desde el espacio. —Agité el vaso para soltar los trocitos congelados que había en el fondo—. No fijarse en ellos sería como no notar que los árboles son verdes.

—Gracias.

—Eh, que no se te suba a la cabeza. Solo estaba constatando un hecho. Si te soy sincera, no me gustan. Los abdominales tan marcados no son lo mío.

Colin asintió con la barbilla, aunque su sonrisa arrogante dejó claro que no me creía.

—Tomo nota.

Dejé el bolso en el suelo y apoyé los codos en la encimera.

—En realidad, me parecen un poco desagradables, pero como al resto del mundo parece encantarle, ¿quién soy yo para juzgar?

—¿Desagradables?

—A ver, no quiero ofenderte, simplemente los encuentro un tanto… mmm… excesivos.

Se miró la corbata y frunció el ceño.

—¿Estás diciendo que tengo unos abdominales desagradables?

—No desagradables de una manera mala… Además, es solo mi opinión. —Sonreí, complacida por haber logrado irritarlo tanto—. Seguro que al resto de chicas les vuelven locas.

—Así es.

—Me lo imaginaba, querido. —Hice un mohín y le saqué la lengua. Él me respondió enseñándome el dedo corazón—. Y si a eso le añades todos los caprichos de niño rico que te compras, seguro que todas caen rendidas a tus pies.

Bajó ambas cejas.

—No es que quiera tener este tipo de conversación con la hermana pequeña de Jack, que evidentemente está intentando sacarme de quicio, pero quiero que sepas que incluso sin todos esos caprichos de niño rico (¿qué narices significa eso?), me va bastante bien.

—¿Qué coche conduces, Beck?

—No vayamos por ahí.

—¿Un Tesla? ¿Un Mercedes? ¿Un BMW?

—No.

—¿Un Audi?

Se le tensó la mandíbula.

—¡Lo sabía! —Sonreí, satisfecha al saber que, por una vez, había conseguido sacarle de sus casillas—. Ese coche es un puro capricho de niño rico y lo sabes.

—Parece que alguien está celosa.

—Desde luego. —Levanté el vaso y pregunté—. ¿Qué planes tienes para esta noche? ¿Una reunión de la junta directiva? ¿Una fiesta benéfica? ¿Una recaudación de fondos para alguna campaña política?

—Voy a cenar con una amiga, y no es asunto tuyo.

—¿Una amiga, amiga? —pregunté, sin apartar la vista de su cuello mientras terminaba de anudarse la corbata—. ¿O una amiga especial?

Dejó escapar una risa ahogada.

—Aún está por verse. Es una amiga que me resulta atractiva, pero primero quiero asegurarme de que no está como una cabra.

—Vaya. —Me crucé de brazos y eché un vistazo al reloj de pared que había detrás de él. Solo quedaban cinco minutos para que Will me trajera a los niños—. Será mejor que te vayas si no quieres llegar tarde.

—Tengo tiempo de sobra...

—No, no lo tienes, porque debes comprarle un ramo de flores por el camino. —Tomé sus llaves del gancho de la pared y se las tendí—. Así que vete ya.

Colin enarcó una ceja.

—¿Por qué? ¿Qué estás tramando?

Puse los ojos en blanco de forma exagerada.

—Nada, por Dios. Eres un puto paranoico. Tienes que irte a cenar y yo estoy deseando tener un poco de paz y tranquilidad. ¿Acaso eso es mucho pedir?

Me miró a la cara durante un instante con esos ojos azules que tenía, demandando mi atención, hasta que al final cedió.

—De acuerdo, me voy ya, pero solo porque creo que necesitas estar un rato a solas de verdad. Disfruta del silencio, ¿de acuerdo?

Y sin más, se marchó. «Uf, qué poco ha faltado».

Will apareció tres minutos después y me dejó a los niños.

Que era justo lo que necesitaba. Jugamos un rato con los trenes y luego nos tumbamos en el suelo a ver *La patrulla canina*.

Envié varios mensajes cortos a Número Desconocido con la intención de hacer que su teléfono vibrara lo suficiente como para que por fin me respondiera. Aunque, si soy sincera, a esas alturas ya no esperaba ninguna respuesta. Algo que me decepcionaba bastante, por mucho que odiara admitirlo.

> **Yo:** Supongo que a estas alturas ya debes estar muerto, Número Desconocido, pero voy a necesitar una confirmación.

> **Yo:** Me estoy muriendo de aburrimiento con *La patrulla canina*.

> **Yo:** ¿Qué ciudad es capaz de confiar su seguridad a un adolescente y a sus mascotas?

Yo: Por cierto, mi favorito es Rubble.

Cuando me vibró el teléfono y vi que era él, solté un pequeño jadeo de sorpresa. Creo que una pequeña parte de mí incluso esperaba un mensaje de su madre, informándome de que estaba en coma. Hice clic en el mensaje y contuve la respiración.

Sr. Número Desconocido: Lo siento, no puedo hablar. Estoy en una cita.

Cualquier otro día, habría dejado de molestarlo, incluso habría mostrado mi fiel obediencia, pero después del incidente con el espray de pimienta y ese tío raro, estaba harta de los hombres y sus tonterías.

Iba a tener que hablar conmigo, sí o sí.

Yo: En una escala del uno al diez, ¿qué tal se le da conversar a tu cita?

No me respondió hasta pasados veinte minutos.

Sr. Número Desconocido: Solo puedo hablar un momento porque se acaba de ir al baño a colocarse una lentilla. La respuesta a tu pregunta es que es una conversadora bastante agresiva, si es que eso tiene algún sentido.

Yo: Lo tiene.

Yo: ¿Hasta qué punto conoces a doña Cita?

Sr. Número Desconocido: Solo he hablado con ella durante diez minutos en una fiesta en la que todos habíamos bebido bastante.

Yo: Bueno, siempre puedes ponerla a prueba con el examen definitivo para citas. Si no la supera, corta por lo sano.

Sr. Número Desconocido: ¿Podrías explicarme en qué consiste, por favor?

Yo: A ver, siempre me gusta proponer alguna locura que requiera un esfuerzo por parte de mi cita. Por ejemplo: deberíamos ir en coche hasta el aeropuerto, aparcar al final de la pista y ver los aviones desde el capó.

Sr. Número Desconocido: ¿Y eso en qué narices me puede ayudar ahora mismo?

Yo: Porque yo creo que hay dos tipos de personas: las que están tan felices de pasar un rato contigo que se apuntan a cualquier plan, y las que no. Si te pone alguna excusa como su pelo, o los zapatos que lleva o que tiene que madrugar al día siguiente, no es una mujer que vaya a estar dispuesta a todo para estar contigo.

Sr. Número Desconocido: Me parece raro, pero tiene su lógica.

Yo: Pues hazlo. Venga, atrévete.

Sr. Número Desconocido: Ahora vuelvo.

Dejé el teléfono y vi treinta segundos más de *La patrulla canina* antes de que los niños me pidieran que pusiera *Frozen II* y les preparara algo para picar. Hice unas palomitas que Dana había dejado en la bolsa de los pañales, y luego los tres nos sentamos en el elegante sofá de cuero de Colin.

Menos mal que no estaba en casa para verlo.

Colin

—¡No me puedo creer que vivamos tan cerca!

Yo tampoco me lo podía creer.

—El mundo es un pañuelo, ¿verdad? —dije.

—¡Dios mío! Podríamos ir caminando juntos al trabajo cuando haga buen tiempo.

—No creo que te gusten mis horarios —comenté mientras nos deteníamos frente a la puerta de mi apartamento y sacaba las llaves—. Pero ¿quién sabe?

No tenía ni idea de por qué la estaba llevando a casa. Nunca había sido de los que llevaban a una mujer a su casa en la primera cita; al menos no desde la universidad. Las alarmas empezaron a sonar en lo más profundo de mi cabeza, avisándome de que Olivia estaría dentro, pero mi cerebro había estado muy despistado últimamente, así que ¿qué narices sabía él?

Cuando abrí la puerta, lo primero que vi fue a Olivia de pie en el sofá.

—¡Mucho más allááá! —cantaba a gritos al compás de la película de dibujos animados que se veía en la televisión, mientras sus sobrinos corrían de un lado a otro en el salón, también cantando a pleno pulmón—. ¡Mucho más allááá!

El primero en vernos fue el más pequeño, que se detuvo de inmediato. Olivia, sin embargo, continuó saltando encima de mi sofá con una absurda camiseta de pijama del Monstruo de las Galletas y unos pantalones de franela a cuadros verdes.

—Mierda. —No tenía intención de decirlo en voz alta, pero esa maldita camiseta hizo que me acordara del trasero de Olivia con aquellas bragas con el lema de «Abajo los ricos».

—¿Y este quién es? —preguntó Harper, señalando al niño.

—El sobrino de mi molesta inquilina —contesté.

Olivia debió de oírnos hablar porque giró la cabeza en nuestra dirección al instante y se sentó en el sofá antes de ponerse de pie. Mientras cerraba la puerta de entrada la vi sonreírnos avergonzada.

—Eh… Os gusta *Frozen*, ¿no?

—Más que nada en el mundo —respondí con tono sarcástico.

Olivia se apartó el pelo despeinado de la cara.

—Creía que ibas a estar fuera hasta tarde.

Harper ignoró nuestra conversación, entró al salón y fue directamente hacia Olivia.

—Me encanta *Frozen*. Solía poner la banda sonora en el coche a todas horas.

—¡No me digas, yo también! —exclamó Olivia con una sonrisa de oreja a oreja—. Por cierto, soy Olivia, la molesta inquilina de Colin.

Harper me taladró con la mirada antes de decir a Liv:

—Pues no lo tengo yo tan claro, pareces encantadora.

Dejé las llaves en la encimera sin poder creérmelo. Harper, la tensa y crítica Harper, estaba sonriendo y hablando con Olivia como si fueran íntimas amigas. ¿No debería estar molesta, o celosa o algo por el estilo ante la presencia de Olivia?

—¿Alguien quiere beber algo? —pregunté, dirigiéndome hacia el mueble bar sin esperar realmente una respuesta. Ya me daba todo igual.

—Me encantaría un vodka con zumo de arándano —respondió Harper, sin apenas interrumpir su conversación con Olivia.

—Oh, ¿puedo tomar un poco de ese tequila del sol sonriente con bigote? —Olivia ni siquiera me miró, pero le dijo a Harper—: Lo probé la primera noche que estuve aquí y tiene una textura sorprendentemente suave.

—¿En serio? —Harper se volvió hacia mí y añadió—: ¿Puedo cambiar de bebida?

Mientras ambas se ponían a recitar las alabanzas de lo que parecía un puto anuncio de tequila, me empezaron a zumbar los oídos. Porque… joder… ¿se estaba refiriendo Olivia a la botella de…?

—¿Te refieres a la botella del Rey Sol?

Olivia me miró, claramente molesta por la interrupción.

—No recuerdo cómo se llamaba.

Alcancé la botella y confirmé que estaba medio vacía.

Me di la vuelta y le espeté:

—¿Abriste una botella de licor precintada que no era tuya?

Ella me miró sorprendida.

—Sí, ¿qué pasa?

—¿A quién se le ocurre hacer algo así?

Frunció el ceño y se puso a la defensiva, con los brazos en jarras.

—No creía que te fuera a importar tanto, puedo comprarte otra.

—¿Me vas a comprar una botella de cuatrocientos dólares?

Me miró boquiabierta. Al principio pensé que me iba a pedir perdón. Nada más lejos de la realidad.

—¡Por Dios! ¿Quién es tan tonto como para gastarse cuatrocientos dólares en una botella de alcohol?

Sentí el calor ascendiendo por mi cuello.

—Da igual el precio, no deberías…

—Y encima en una botella tan hortera. ¿En serio a alguien le pareció una buena idea hacer una botella con forma de cara para un tequila tan caro? —Miró a Harper antes de señalar la botella—. Es todo lo contrario al buen gusto. Te lo juro, una botella de Mad Dog es mucho más elegante.

Respiré hondo, me pellizqué el puente de la nariz y dije:

—A ver si lo he entendido bien, ¿te bebiste tú sola media botella de tequila la primera noche que pasaste aquí?

—Oh. —Bajó los brazos a los costados e hizo algo con la boca, como si se estuviera mordiendo el interior de la mejilla, antes de murmurar—: Bueno, no del todo. Cuando intenté abrir la botella, se me cayó sin querer un poco de tequila en el fregadero. En realidad solo me tomé un copa.

Así que Olivia había desperdiciado la mitad del contenido de la botella por el fregadero. Y no cualquier botella, sino la botella conmemorativa que mi hermana me había regalado el día que me gradué de la universidad. Una botella que habíamos acordado no abrir hasta que aguantara diez años sin entrar a trabajar en el negocio familiar.

—¿Cómo coño se te puede caer la mitad de una botella cuando estás intentando abrirla? Explícame ese milagro.

—Mmm, creo que es mejor que me vaya —señaló Harper, colocándose mejor el bolso en el antebrazo—. Ha sido un placer conocerte, Olivia.

Intenté no apretar los dientes mientras preguntaba:

—¿Seguro que no quieres…?

—Gracias por la cena, Colin —me interrumpió sin mirar atrás. Después atravesó a toda prisa el recibidor y salió del apartamento, cerrando de un portazo.

—Tengo que hacer pipí —dijo el niño mayor.

—Muy bien —respondió Olivia, mirándome con desdén—. No olvides lavarte las manos. —Alzó en brazos al pequeño y siguió mirándome como si le desagradara mi olor.

—¿Qué?

Ladeó la cabeza.

—¿No vas a seguirla?

—¿Por qué tendría que hacerlo?

—¿En serio me lo preguntas? —replicó como si fuera idiota—. ¿Tal vez porque es tu cita y te has comportado como un auténtico imbécil?

—En primer lugar, no me he comportado como un imbécil con ella, sino contigo.

Olivia soltó un resoplido.

—Por una botella de alcohol espantosa.

—Por una botella que tenía reservada para algo personal y que no tenías ningún derecho a abrir.

Me hizo un gesto para que me diera prisa.

—¿Y en segundo lugar?

—En segundo lugar, lo mío con Harper no iba a funcionar.

—¿Cómo lo sabes? A mí me ha parecido encantadora.

—Simplemente lo sé.

—Ah, claro, Colin, el cerebrito, lo sabe todo.

—Mejor ser un cerebrito que un espíritu libre gorrón e irresponsable. —Me habría gustado añadir «que se pone a hablar con extraños en plena calle», pero se suponía que no debía saber eso. Me había estado volviendo loco todo el día, preocupado por ese pervertido que la había seguido.

Vi cómo se le dilataban las fosas nasales y se colocaba el pelo detrás de las orejas con gesto brusco.

—Espíritu libre gorrón. Qué... Qué bonito por tu parte, Colin.

Justo en ese momento llamaron a la puerta, interrumpiéndonos. Eran Will y su mujer. ¡Gracias a Dios! Los niños corrieron hacia la entrada, emocionados por ver a sus padres, pero enseguida se pusieron a llorar y a abrazar a Olivia, suplicándoles que no los llevaran a casa.

Hablé con Will un instante y luego hice lo más inteligente y desaparecí en mi habitación.

Olivia

—¿Olivia?

Oí a Colin (menudo imbécil) a través de la puerta. Hablaba en voz baja, como si no quisiera despertarme en caso de que ya me hubiera dormido. Una parte de mí quería ignorarlo, pero mi lado más masoquista sentía curiosidad por lo que tuviera que decir.

—Pasa.

Abrió lentamente la puerta y me miró. Estaba serio, pero supuse que en su interior se debía de estar librando una dura batalla para no burlarse de mí.

Porque sabía que tenía un aspecto ridículo.

Estaba sentada en el colchón hinchable, con la espalda apoyada en la pared y las piernas extendidas, abrazada a un bote enorme de galletas saladas que le había robado a Jack, como si alguien fuera a arrebatármelo.

—Mira, Liv…

—Para. —Negué con la cabeza e hice un gesto hacia su torso—. Así, no. Parece una escena sacada de un chiste machista, contigo de pie frente a mí, exhibiendo tus abdominales y pectorales como un dios griego, mientras yo te miro sumisa, desde el suelo, como si fuera una plebeya. O te sientas a mi altura o hablamos por la mañana.

Enarcó una ceja.

—De acuerdo.

Se acercó, luciendo absurdamente irresistible con el pecho al descubierto, y se dejó caer a mi lado en el colchón hinchable, casi lanzándome al otro lado de la habitación.

La verdad es que no quería tener que mirarle la entrepierna con los Calvin Klein mientras hablaba, pero me había imaginado que se iba a sentar en la silla junto al escritorio, o tal vez en el suelo, justo enfrente de mí.

En ningún momento me había planteado que optaría por sentarse justo a mi lado.

—Ahora sí. —Me aclaré la garganta y evité mirar hacia abajo, donde su pierna rozaba la mía. Como no tenía ningún interés en hablar con alguien que había expresado en voz alta lo que siempre sospeché que pensaba de mí, volví mi cara hacía él y enarqué la ceja de la forma más expresiva que pude—. ¿Querías algo?

—Sí, quiero pedirte perdón.

—Ahórrate el discurso.

—Solo escucha. —Tenía una ligera sombra de barba incipiente en la mandíbula. Odié que le sentara tan bien. Tragó saliva y continuó—: Sé que siempre estamos lanzándonos comentarios sarcásticos, pero hoy he sido un gilipollas. Lo siento.

—Lo sientes, aunque ambos sabemos que hablabas en serio. —Miré el bote de galletas que me había colocado entre las piernas y acaricié la tapa con el dedo.

Colin soltó un suspiro y apoyó la cabeza en la pared.

—Solo en parte.

Entonces lo miré, esperando que se explicase. Él también me miró. La forma como tenía inclinada la cabeza hacia atrás hizo que me fijara de nuevo en su garganta (¿cómo era posible que una garganta fuera tan sensual?) y en esa nuez de Adán tan hipnotizante. Sin embargo, cuando volvió a hablar, fueron sus ojos azules los que captaron toda mi atención.

—Es cierto que tiendes a ser un… espíritu libre, pero no creo que seas ninguna gorrona. Y me ha dejado absolutamente impresionado lo que estás haciendo con tu vida. Has conseguido un trabajo fantástico y te estás esforzando mucho. Joder, acabas de romper con tu novio y aun así estás…

—¿Qué sabes de la ruptura? —¡Por Dios! ¿Es que todo el mundo sabía lo que había pasado? Y no me refería a lo del incendio, todo el país estaba al tanto de eso, sino a lo de la infidelidad de Eli y a que había encontrado a su alma gemela, que obviamente no era yo.

—Solo que no te ayudó con la mudanza y que estabas quemando sus cartas de amor. —Se enderezó y se volvió un poco hacia mí, provocando que el colchón hinchable chirriara—. Pero lo que quiero decirte es que estás poniendo tu vida en orden, y eso es algo admirable.

—Oh, qué alegría, he impresionado a Colin Beck.

Esbozó una sonrisa socarrona.

—Sí, deberías sentirte orgullosa, cielo.

No pude evitar sonreír, aunque puse los ojos en blanco.

—Jamás he conocido a alguien tan arrogante como tú.

Aquello hizo que sonriera de oreja a oreja, como si acabara de hacerle un cumplido.

—Ahora dime que me perdonas.

—De acuerdo, por esta vez, lo dejaré pasar.

—¿No podías limitarte a usar mis palabras?

—Por supuesto que no.

—Está bien. —Cambió de posición, haciendo que el colchón se moviera—. No sé cómo puedes dormir en este trasto.

—No está tan mal. No todos estamos acostumbrados a usar colchones de la marca Purple, así que esto no nos resulta tan incómodo.

—Un momento. —Se cruzó de brazos, resaltando aún más los bíceps, y me miró con sus intensos ojos azules—: ¿Y tú cómo sabes que tengo un colchón Purple?

—Porque tienes toda la pinta de usar uno. —Volví a poner los ojos en blanco, esperando parecer convincente.

—Y el otro día mi colcha olía a perfume.

—¿Y? ¿Prefieres que huela a cloaca? —Lo miré con los ojos entrecerrados y la barbilla en alto, desafiante, pero algo en mi expresión debió delatarme.

—Joder, dormiste en mi cama cuando estuve fuera, ¿verdad? —Se incorporó un poco. Parecía horrorizado, aunque también un poco divertido, mientras esperaba mi respuesta.

—¡Por Dios, no! ¡Jamás se me ocurriría hacer eso! —Me metí el pelo detrás de las orejas y murmuré—: Solo me he echado un par de siestas, encima de la colcha.

—Un par de siestas. —Asintió y apretó los labios—. Encima de la colcha.

—Supéralo, no es como si me hubiera tumbado en ella con zapatos o algo por el estilo. Esto es una mierda —dije, dando un pequeño saltito sobre el colchón hinchable—. Y tu cama impecable era demasiado tentadora.

Me miró con sonrisa sarcástica, sin decir una palabra, como si lo supiera todo sobre mí y eso lo irritara y divirtiera a partes iguales.

—Oh, venga ya —continué—, nunca te habrías enterado si no te lo hubiera dicho. Así que, olvídalo. —Tuve que morderme la mejilla para evitar que se me escapara una risita. Seguro que se debía a que estaba cansada—. En realidad, nunca pasó. Era una broma.

Negó lentamente con la cabeza y esbozó una sonrisa a regañadientes.

—Jamás he conocido a alguien tan caprichoso como tú.

—Solo tienes que mirarte al espejo, Beck. —Me crucé de brazos, imitando su postura.

Emitió una especie de sonido que no supe interpretar, puede que de acuerdo o de frustración, y se puso de pie. Me llamó la atención que él lograra levantarse del colchón con elegancia, mientras que yo siempre me tambaleaba antes de recuperar el equilibrio.

Se acercó a la puerta y me miró de forma extraña, como si estuviera pensando en un montón de cosas a la vez. Luego contempló el techo antes de bajar la vista y decir:

—Nos vemos mañana.

—Claro. —Dejé el bote de galletas en el suelo, junto al colchón y me incliné para quitarme los zapatos—. Bueno, a lo mejor no, mañana tengo una cita para tomar un *brunch* a las nueve —le informé mientras me desabrochaba la primera sandalia.

Su mirada pareció intensificarse aún más al decirle aquello.

—¿Ah, sí? ¿Y cómo conociste a don *Brunch?*

—Corriendo. —Al recordar la cara de Paul, deseé haberlo cancelado—. Estaba allí cuando salvé a esa anciana.

—¿Ah, sí? —Volvió a cruzarse de brazos—. ¿Y por qué no la salvó él en lugar de ti?

—Porque yo era perfectamente capaz de hacerlo, machista.

—Te vi las rodillas. —Cuando vi que bajaba la vista hasta mis piernas, se me hizo un nudo en el estómago—. No creo que fueras tan capaz.

—Da igual. —Dejé caer la sandalia al suelo—. Por cierto, ¿tienes algún plan para mañana por la tarde?

—¿Por qué?

Me encogí de hombros y respondí en voz baja.

—Porque quizá necesite echarme una siesta.

Hizo un gesto de negación con la cabeza, aunque estaba claro que quería sonreír.

—Vamos, Marshall. ¿Y si quiero echarme una siesta en mi cama?

—No te lo impediré.

Esbozó una sonrisa irónica y me miró con un brillo de diversión en los ojos.

—¿De veras?

Su mirada se animó al instante.

Mierda. Le había dicho eso en plan «me importa un bledo, haz lo que te dé gana», pero más bien había parecido una insinuación para que se echara la siesta conmigo.

—De veras. —Me quité la otra sandalia, intentando sonar lo más indiferente posible—. Mientras esté sobre esa cómoda cama tuya, me da igual lo que hagas.

Me miró con tal intensidad de arriba abajo, desde la coronilla hasta los dedos de mis pies descalzos, que lo sentí como un contacto físico. Luego dejó escapar un profundo suspiro, sacudió la cabeza como si estuviera confundido, se dio la vuelta y se marchó, cerrando la puerta tras de sí.

7

Olivia

—Síganme.

Caminé detrás de la encargada mientras nos llevaba a una mesa, tratando de no apretar los dientes, ya que Paul me había colocado la mano en la parte baja de la espalda y estaba intentando guiarme. ¡Cómo si no pudiera llegar sin su ayuda! Esa mañana, cuando me había sonado el despertador, me había planteado cancelar la cita, pero luego recordé que íbamos a Upstream y mi estómago persuadió a mi cerebro de seguir adelante.

En cuanto nos sentamos, apareció la camarera y, antes de que me diera tiempo a decidir qué quería, Paul se adelantó:

—Dos cafés, por favor. Y ambos tomaremos el bufé.

No iba mal encaminado, pero había decidido por mí sin consultarme antes.

Un fallo enorme, ¿verdad?

—¿Vamos a por algo de comida? —Paul sonrió y señaló el bufé para el *brunch* en el otro extremo del restaurante—. Me muero de hambre.

—Yo también. —Me levanté y me obligué a relajarme. Sí, estaba claro que no iba a ser el hombre de mi vida, pero eso no significaba que no pudiera pasármelo bien con él un rato—. Vamos.

Fuimos a por todas con el bufé, llenando los platos hasta arriba. Paul se detuvo en las barras de crepes, tortillas y ternera asada cortada por el chef, mientras que yo opté por un montón de beicon, dos rosquillas y una montaña de patatas fritas. Cuando volvimos a sentarnos, eché un vistazo a mi teléfono, que había dejado en la mesa junto a mi vaso de agua, y vi un mensaje de Número Desconocido.

Sr. Número Desconocido: ¿Qué haces?

Yo: No puedo hablar, estoy teniendo una cita para tomar el *brunch*.

Sr. Número Desconocido: ¿En una escala del uno al diez?

Yo: Es muy pronto para saberlo. Estamos en un bufé, así que tenemos la boca demasiado llena para hablar.

Oí un carraspeo y alcé la vista. Paul me estaba mirando. Llevaba una gorra de béisbol al revés, pero en esta ocasión con unas gafas Oakley encima. ¿Se estaría quedando calvo? No me importaba, pero verlo así dos veces seguidas hizo que me preguntara si estaba ocultando algo. Intenté poner mi mejor cara de arrepentimiento y dije:

—Lo siento. —Dejé el teléfono y tomé el tenedor—. Y bien, Paul, háblame un poco de ti. ¿De dónde eres? ¿A qué te dedicas? ¿Has asesinado a alguien? ¿Perteneces a alguna secta? Ya sabes, ese tipo de cosas.

Paul dio un mordisco a un cruasán y respondió mientras masticaba:

—Soy de aquí, trabajo como comercial, ¿crees que si lo hubiera hecho te lo diría?, y mi única religión es mi equipo de fútbol americano, los Huskers.

Asentí y pinché un montón de patatas.

—Vamos, que eres igual que mi hermano.

Mi teléfono volvió a vibrar. Vi quién era. Me moría de ganas por leerlo.

—Si es un tío increíble, entonces sí. —Mojó su crepe en un poco de kétchup (¡*Puaj*!) y dijo—: Te toca.

—Soy de aquí, escribo para el *Times*, solo me he cargado a personas que se lo merecían y, hasta la fecha, no soy miembro de ninguna secta.

Nos enfrascamos en una conversación trivial. Paul parecía ser un buen hombre. Cuando empezó a hablarme de su trabajo, no pude evitar echar un rápido vistazo a mi teléfono mientras sonreía y asentía.

Sr. Número Desconocido: ¿Sigues viva?

Sr. Número Desconocido: ¿Te ha asesinado el tío del *brunch*?

Miré a Paul; apenas se había dado cuenta de mi breve falta de atención

—… así que es más bien algo temporal.

Hice un gesto de asentimiento.

—Sí, sé a lo que te refieres. Esto… tengo que ir al baño. Vuelvo enseguida.

Me metí el teléfono en el bolsillo del vestido y corrí al baño. Nada más cerrar la puerta, tenía el teléfono en la mano.

Yo: Sigo viva. Aunque como me lanzó una mirada de CÓMO TE ATREVES A MANDAR MENSAJES, tuve que guardar el teléfono.

Sr. Número Desconocido: Ese tío no es tu padre. Puedes enviar mensajes si quieres.

Yo: ¿Y tú cómo sabes que no es mi padre?

Sr. Número Desconocido: *Puaj.* ¿Cómo va la cita?

Yo: Regular. Es atractivo y no me ha sacado de quicio, pero me recuerda a mi hermano, así que…

Sr. Número Desconocido: Vaya.

Yo: Sí, vaya.

Sr. Número Desconocido: Se me acaba de ocurrir una idea genial.

Puse los ojos en blanco, pero me reí.

Yo: Dispara.

Sr. Número Desconocido: Vuelve con tu cita, pero sigue enviándome mensajes. A ver cuántos mensajes tarda en decir algo. Yo digo que diez.

Yo: No me gusta poner a la gente en situaciones incómodas.

Sr. Número Desconocido: Cobarde.

Yo: No soy ninguna cobarde. Lo haré, pero solo porque quiero.

Sr. Número Desconocido: ¡Así se hace!

Cuando volví a la mesa, lo hice con una sonrisa enorme. Paul también sonrió, pero me miró como si estuviera esperando que rematara el momento con un comentario gracioso; algo que, obviamente, no tenía. Retomamos la conversación trivial. En lo que a cultura pop se refería tenía un sentido del humor bastante bueno. Cuando se puso a hablar de *The Bachelor,* me reí a carcajadas con sus comentarios. Todo iba tan bien, que decidí olvidarme del desafío de los mensajes.

Hasta que…

—… y sí, el tío era asqueroso, pero todo ese rollo del *Me Too* se ha descontrolado por completo. A este paso, ningún hombre con dinero va a poder estar a solas con una mujer.

Mastiqué muy despacio un trozo de beicon.

—¿A qué te refieres?

—Pues que hay mujeres, no todas, claro, pero sí muchas, que se inventan historias solo para hundir a los hombres.

Cogí el teléfono al instante. La cita había llegado a su fin.

Yo: Y el juego comienza ya.

Sr. Número Desconocido: Excelente. Hazme una de tus preguntas estrella.

Yo: Si tuvieras que elegir entre ducharte o lavarte los dientes, y solo puedes elegir una, ¿cuál sería?

Sr. Número Desconocido: ¿Para siempre?

Yo: Sí.

Levanté la vista. Paul estaba comiendo y mirando a la mesa de al lado.

Sr. Número Desconocido: Supongo que elegiría ducharme...

Yo: ¿Te das cuenta de que, si dejas de lavarte los dientes, nadie volvería a besarte?

Sr. Número Desconocido: Bueno, tampoco creo que fuera a tener mucho éxito oliendo mal.

—¿Quieres ir a por más comida? —preguntó Paul, mirándome expectante con las cejas alzadas.

—No, gracias. Ya estoy llena. —Dejé la servilleta sobre el plato—. Pero tú sigue.

Parecía perplejo, aunque volvió al bufé.

Yo: Creo que si tuviera que elegir entre dar un beso con lengua a alguien que no se ha lavado los dientes o acostarme con alguien que huele un poco mal, elegiría lo último.

Sr. Número Desconocido: Pero ¿qué dices?

Yo: Sí, ya lo sé, da repelús. Pero si solo fuera un polvo rápido, sin juegos preliminares, en una posición que no sea de frente, sería mejor que tener que lamerle los dientes sucios a alguien.

Paul regresó a la mesa y soltó un suspiro. Yo sonreí y puse los ojos en blanco, como si estuviera harta de la persona que me estaba mandando mensajes.

Sr. Número Desconocido: No me puedo creer que esté diciendo esto, pero puede que tengas razón.

—Y bueno, ¿qué vas a hacer el resto del día? —Paul no sonreía mientras tomaba un tenedor lleno de huevos, pero estaba intentando mantener una conversación—. Además de enviar mensajes de texto.

Reprimí una carcajada. ¿Cuántos mensajes de texto llevábamos? ¿Había acertado Número Desconocido?

—En realidad, voy a tener que trabajar casi todo el día.

Yo: Acaba de quejarse. ¿Cuántos mensajes llevamos?

—Vaya faena. —Paul se aclaró la garganta e hizo un gesto hacia mi móvil—. ¿Estás en medio de algo importante? Porque de ser así, podemos dejar esto para otro día.

Ah, mierda. Aunque sabía que no era el hombre indicado para mí, me di cuenta de que tampoco se merecía que le tratara así.

—No. —Dejé el teléfono y di un sorbo al café ya frío—. Lo siento. Soy toda tuya.

—¿En serio? —Ahora fue él quien esbozó una sonrisa de oreja a oreja—. Vale, entonces pidamos la cuenta.

—Oh, Dios mío. —Estaba convencida de que Paul creía que había sido muy gracioso, pero fui incapaz de fingir siquiera una sonrisa—. Es broma, ¿verdad?

Dejó de sonreír al instante, y parpadeó sorprendido mientras decía:

—Sí, por supuesto.

—Ah, vale. —Me aclaré la garganta y me obligué a esbozar una sonrisa cortés—. Eso imaginaba.

Resulta que el número de mensajes no importa cuando terminas discutiendo acaloradamente con tu cita. Pasamos de estar bien, hablando de restaurantes, a yo explicándole a gritos por qué los hombres que iban a locales como Hooters y Twin Peaks eran unos cerdos.

—No estoy hablando de las chicas que trabajan allí, Paul. —Sabía que lo mejor que podía haber hecho era dejarlo pasar, ya que no iba a tener más citas con él, pero aquello era un asunto que me ponía de los nervios. Y más cuando él acababa de decirme que a las camareras les gustaba que se fijaran en ellas—. Si una chica quiere usar su feminidad para ganar dinero con los idiotas que están dispuestos a pagar por mirar su cuerpo, bien por ella. Pero los hombres que eligen ir a propósito a un restaurante para echar un rápido vistazo a los pechos de una joven, mientras atiborran sus bocas machistas de comida me parecen patéticos.

—Vale, acabo de reconocer que me gustan las alitas de Hooters, entonces, ¿qué me estás dando a entender con eso?

Le lancé una mirada elocuente, porque no quería decirlo en voz alta.

—No, quiero saberlo. —Ahora estaba enfadado y había dejado de fingir lo contrario—. ¿Crees que soy patético?

Lo miré fijamente. Estaba claro que él pensaba que iba a negarlo. Y como esa semana ya había tenido a un tío diciéndome que me metiera el espray de pimienta por el trasero, no iba a tentar a la suerte siendo sincera. Así que cogí el bolso que había dejado debajo de la mesa y dije:

—Será mejor que me vaya. Gracias por el *brunc…*

—¿No vas a responder a la pregunta?

Empujé la silla hacia atrás y me puse de pie, lista para salir pitando.

—No creo que sea una buena idea.

—¿Estás de coña? —Negó con la cabeza y frunció el ceño—. No serás tan buena feminista si ni siquiera puedes…

—¡Por Dios! Sí, ¿vale? —Metí la silla debajo de la mesa y pegué el bolso a mi cuerpo—. Creo que eres patético. Gracias por el *brunch* y adiós.

Salí del restaurante tan rápido como pude y no me detuve hasta pasadas tres manzanas. Luego envié un mensaje a Número Desconocido mientras volvía a casa.

> La cita terminó conmigo llamándolo patético y él diciéndome que soy una mala feminista. #TodoUnÉxito.

Colin

—Hola.

Levanté la vista del portátil cuando Olivia salió a la terraza y entrecerró los ojos a causa del sol. Llevaba puesto un vestido estampado que daba la impresión de estar hecho de pañuelos atados. Los colores rojo, blanco y azul resaltaban su piel y su brillante melena oscura. Gracias a las gafas de sol que llevaba puestas, pude contemplarla sin miedo a ser descubierto.

—Hola, ¿cómo te ha ido la cita con el tío del *brunch*?

Cuando había leído su último mensaje, me había reído a carcajadas. Era tan típico de ella que ni siquiera me sorprendió. Sin embargo, esa había sido la última vez que intercambiábamos mensajes, a partir de ese momento estaba decidido a cortar toda comunicación con ella. No tenía ni idea de por qué había interrumpido su cita de esa mañana, aparte del ojo por ojo, ya que ella había hecho lo mismo con la mía la noche anterior, pero ya no volveríamos a chatear.

—Bien. —La luz del sol destacaba algunas mechas doradas en su pelo mientras miraba la ciudad—. He comido demasiado.

Estaba mintiendo. O por lo menos, omitiendo algunos detalles a propósito.

—¿Y el tío?

Se encogió de hombros y se cruzó de brazos.

—Majo, pero no es mi tipo.

Dejé el portátil en la mesa, junto a la silla la terraza.

—¿Y cuál es tu tipo?

Esbozó una pequeña sonrisa y negó con la cabeza.

—No. No te lo voy a decir. Si hay alguien capaz de arruinar mi idea de príncipe azul, ese serías tú, Colin Beck.

—Vamos, Liv. —¿Por qué narices estaba deseando oír esas palabras de sus labios?—. Te prometo que no haré ningún comentario.

—De acuerdo. —Puso los ojos en blanco—. Alto, guapo y que no sea un puto machista, ¿qué te parece?

Iba a regresar al interior del apartamento, pero entonces se detuvo en seco y miró al horizonte con la boca abierta de par en par. Seguí su mirada, o intenté hacerlo, pero frente a nosotros teníamos toda una ciudad, así que me fue imposible saber qué era lo que la había cautivado.

—¡Oh, Dios mío! —chilló. Me pareció ver lágrimas en sus ojos mientras esbozaba la sonrisa más feliz del mundo y se sacaba el teléfono del bolsillo—. ¡Es precioso!

—¿El qué?

—¿Ves ese cartel? —Sostuvo el teléfono en alto y empezó a hacer fotos, pero el único cartel que podía ver era uno del *Times* con un dibujo.

—¿Dónde?

—Allí. —Señaló precisamente ese cartel, pero luego su expresión cambió. Parpadeó y dijo—: Mmm, es una nueva promoción del *Times*. Está bien, ¿verdad?

—Sí, supongo... —Miré el cartel con más detenimiento. Parecía un simple anuncio—. ¿Me estoy perdiendo algo?

Sonrió con orgullo.

—Se trata de nuestra nueva columnista de paternidad. Escribe bajo pseudónimo, de forma anónima, pero sus columnas son graciosas y sarcásticas, no las típicas cosas aburridas sobre ser padre. Mañana saldrá publicada su primera columna, estoy deseando leerla.

—¡Madre mía! —Me recosté en la silla y me crucé de brazos, mirando alternativamente al cartel y a ella. «Está claro»—. Eres tú, ¿verdad?

—¿Qué? —Abrió los ojos como platos. Luego se quedó callada un segundo antes de decir—: No, por supuesto que no, no tengo hijos. Es solo que me ha hecho mucha ilusión ver...

—Reconócelo, Livvie. No sabes disimular. —Siempre había sido una pésima mentirosa y seguía igual—. Eres Mamá402, ¿a que sí?

Se mordió la esquina del labio inferior; un gesto que denotaba que estaba intentando decidir si contármelo o no.

—Vamos, confiésalo, Marshall.

—De acuerdo. —Su gesto pasó de una indecisión nerviosa a una alegría emocionada—. ¡Sí, soy yo! Pero no puedes contárselo a nadie.

Se desplomó en la silla que había junto a la mía y soltó un pequeño chillido mientras se frotaba las manos.

—Cuando hice la entrevista de trabajo, mi jefa asumió que, como solía escribir artículos en una página web sobre cotilleos de paternidad, tenía hijos. No la saqué de su error, y después de enviarles una columna de prueba, les gustó y me contrataron.

Aquello me pareció un camino directo al desastre.

—¿En serio?

—Sí, en serio. —Esbozó una sonrisa radiante—. Aunque es un secreto. Nadie puede saberlo, ¿vale?

—Entendido. —Me aclaré la garganta—. Pero ¿estás segura de que quieres seguir adelante con esta farsa? La verdad siempre termina saliendo a la luz. Yo creo que si se lo comentas ahora...

—¿Estás de coña? No puedo hacer eso. —Me miró como si me hubiera vuelto loco—. Ya es demasiado tarde. Si se enteran, seguro que me despidan.

—¿De verdad crees que no se acabará sabiendo en un lugar como Omaha?

Se cruzó de brazos y curvó las comisuras de la boca hacia abajo, poniendo una expresión de preocupación.

—Teniendo en cuenta la suerte que tengo, ambos sabemos que esto terminará explotándome en la cara, pero hasta que eso suceda, lo mejor que puedo hacer es disfrutar de este trabajo ideal, ¿no crees?

No me gustaba verla insegura. Olivia siempre había mostrado una audacia sin límites. Así que le dije:

—Eres una escritora magnífica, Liv. Estoy convencido de que, si les cuentas la verdad, encontrarán la forma de mantenerte en el puesto.

Se metió el pelo detrás de las orejas y esbozó una leve sonrisa.

—¿Y cómo estás tan convencido? Lo único que has leído mío fue esa nota que dejé en la encimera el otro día, hablando del encontronazo que tuve con ese vecino tan cascarrabias de al lado.

—Tu madre solía enviarnos a Jack y a mí enlaces a todos tus artículos de «¿A quién le sienta mejor el embarazo?». No soy mucho de cotilleos, pero siempre me impresionaba lo divertida e irónica que podías ser con las celebridades.

Se quedó sorprendida un instante, pero enseguida se rio y añadió:

—Ay, Dios, ¿mi madre tiene tu dirección de correo electrónico?

—Cuando Nancy quiere algo, tú se lo das sin rechistar.

—No hace falta que me lo digas. —Puso los ojos en blanco—. Y en cuanto a lo del asunto de escribir, el tiempo lo dirá.

Señalé mi MacBook.

—No tengo ni idea de cómo lo haces. Llevo aquí una hora, intentando escribir una carta medianamente decente para cerrar un trato con un cliente importante, pero es un desastre.

Frunció el ceño mientras una ráfaga de viento deslizaba unos cuantos mechones por sus mejillas.

—Pensaba que lo tuyo eran los números.

—Ese es el problema. —No estaba seguro de por qué le estaba contando aquello, pero respondí—: Lo son.

—Déjame echarle un vistazo. —Se colocó mi ordenador portátil en el regazo. Me sentía dividido entre la indignación por la total falta de respeto que demostraba a mi privacidad y la admiración a lo sumamente cómoda que estaba—. Seguro que no está tan mal.

La observé mientras la leía, preguntándome en qué universo paralelo nos encontrábamos para que la hermana pequeña de Jack me estuviera ayudando con mi trabajo. Vi cómo sus oscuras pestañas iban bajando hasta que, pasado un minuto, indicó:

—Envíamelo por correo electrónico.

—¿Qué?

Me tendió el portátil.

—¿Puedes enviármelo por correo electrónico? Es un buen comienzo, pero le falta personalidad. Parece que lo ha escrito un robot en lugar de alguien que realmente quiere cerrar un trato. Voy a modificarlo con lo que yo pondría, con el control de cambios activado, y luego tú puedes aceptar o rechazar mis sugerencias.

—¿Qué está pasando aquí?

Puso los ojos en blanco.

—Estoy intentando ayudarte.

—Pero ¿por qué? —Livvie nunca se mostraba amable conmigo—. Esto no es lo que solemos hacer.

Sonrió antes de sacudirse el polvo de la falda.

—Hoy me has pillado en un buen momento.

—Por cierto —comenté. Necesitaba que las cosas volvieran a su cauce—. Ese vestido parece hecho de un montón de pañuelos atados, ¿no?

—Claro que no, capullo. —Entrecerró los ojos, pero supe que no estaba enfadada. Se puso de pie—. Tal vez deberías dejar de pensar en mi vestido y centrarte en la ropa playera que llevas hoy. ¿Sabe tu abuelo que has saqueado su armario?

—Vamos, Livvie. —Me levanté y me acerqué a ella, acorralándola a propósito porque sabía que eso le molestaba—. No te pongas a la defensiva solo porque quemaste tus mejores prendas. Ambos sabemos que estoy espectacular con este atuendo de vacaciones.

Hice una pequeña pirueta y, a cambio, obtuve un ligero temblor en sus labios que me indicó que estaba deseando reírse.

—Ambos sabemos que solo te gusta porque te hace parecer más musculoso y siempre estás buscando ser el centro de atención.

—Deja a un lado el sarcasmo. —Le revolví el pelo y me reí de ella, porque hablaba de mi cuerpo como si le diera asco. No era el imbécil arrogante que ella creía que era, pero también estaba bastante seguro de que la visión de mi torso no asqueaba a nadie—. Solo disfrútalo, Marshall.

Tres horas más tarde, recibí un correo electrónico de Liv.

Colin:
No me has enviado la carta por correo, pero me acordaba de lo esencial. Por desgracia, la perfeccionista que llevo dentro no ha podido dejarlo pasar, así que te he redactado otra versión. Úsala si quieres; y si no, bórrala.
Liv

¿En serio? No la había molestado con el asunto porque a) no quería que se sintiera obligada, y b) desconocía si tenía experiencia en el ámbito de las ofertas comerciales, pero ella la había redactado de todos modos. Hice clic en el archivo adjunto, sin saber muy bien qué esperar y preocupado por si tenía que mentirle y decirle que usaría su versión.

Pero en cuanto empecé a leerla… ¡Madre mía! Lo había clavado.

Había convertido mis frías palabras en algo personal, pero sin perder un ápice de profesionalidad. Transmitían calidez, al mismo tiempo que un toque persuasivo.

Debía de haber pasado un par de horas trabajando en la carta porque era perfecta.

Me llevé las manos a la cabeza y solté un enorme suspiro de alivio. Ahora sí que podía enviarlo.

Todo gracias a Olivia.

Respondí a su correo electrónico:

Liv:
Has hecho un trabajo excepcional. Eres mi salvadora. ¡Te debo una GRANDE! Mil gracias.
Colin.

8

Olivia

Al día siguiente, nada más despertarme, cogí el móvil y abrí la página web del *Times*. Ver mi columna junto al elegante logo profesional le daba un toque oficial, casi como si la hubiera escrito otra persona. La leí tres veces antes de ponerme las zapatillas y salir corriendo hacia el quiosco de la esquina, donde compré cinco ejemplares impresos del periódico. No tenía ni idea de qué haría con todos ellos, sobre todo porque nadie sabía que la columna era mía, pero por alguna razón, me pareció importante conservarlos.

Estaba tan emocionada, que no pude evitar enviar un mensaje a Número Desconocido, aunque llevaba sin responderme desde el *brunch* del día anterior.

> **Yo:** Sé que no conoces los detalles y que, de repente, has enmudecido, pero me da igual porque ¡estoy tan emocionada! ¿Recuerdas esa oportunidad de la que te hablé, la que conseguí mintiendo?

Esperé diez segundos antes de enviar otro mensaje:

> Ah, es cierto: no estás ahí. Bueno, de todos modos, ¡esa oportunidad se ha concretado y hoy es el primer día!

Sabía que no recibiría respuesta alguna, así que no me quedé esperando.

Cuando regresé al apartamento, Colin estaba sentado en la barra del desayuno, leyendo el periódico mientras comía un *bagel,* vestido con un traje gris impecable y una corbata negra de lunares blancos. Parecía recién sacado de una revista de moda y desprendía un aroma embriagador. Nada más entrar, levantó la mirada.

El día anterior me había dicho que era su salvadora, lo que hacía que me sintiera como la mejor escritora del mundo, así que le dediqué una pequeña sonrisa.

Jack, que estaba comiendo un cuenco de cereales junto al fregadero, comentó:

—Podría decirte que ya estamos suscritos al periódico, pero solo nos dan un ejemplar y, por lo que veo, tú necesitas más.

Cerré la puerta detrás de mí y me quité las zapatillas. Mierda. ¿Cómo iba justificar todos esos periódicos? Por suerte, no fue necesario porque Colin dejó de comer su *bagel* e intervino.

—He leído tu artículo sobre ese nuevo restaurante. Buen trabajo. Me ha abierto el apetito.

—Gracias —repuse, ofreciéndole una mirada agradecida y encantada por tener algo concreto publicado ese día. Me había entusiasmado tanto con el artículo de Mamá402 que se me había olvidado por completo lo del restaurante francés.

—Quizás ahora que hay un artículo con mi nombre, mis padres por fin se crean que tengo un empleo.

—Seguro que se sienten muy orgullosos de ti —señaló Colin, tomando su taza.

Jack soltó un bufido; conocía demasiado bien a mi madre.

—¿Por haber escrito un artículo de quinientas palabras sobre un restaurante en cuyos platos siempre aparece la palabra *bourbon*? No creo. —Me acerqué y le quité a Colin un pedacito del lado más tostado del *bagel*—. Aunque, por ahora, se darán por satisfechos.

Dejé el *bagel,* y en cuanto vi que Colin me miraba atentamente, lamenté al instante haberle quitado ese trozo. Seguro que el *bagel* llevaba alguna especie de mantequilla de cacahuete saludable, lo que hizo que me entraran ganas de limpiarme la lengua con el dedo, pero aquello habría echado a perder la audacia de mi gesto, así que me lo comí sin poner cara de asco.

—Por cierto —dijo Colin—, también he leído la columna de Mamá402 de la que me hablaste, y tenías razón.

Se me aceleró el corazón. No porque la hubiera escrito bajo pseudónimo y no quisiera que Jack se enterara, sino porque Colin había leído algo que para mí era importante. Clavé la vista en su *bagel*, con una mezcla de temor y nerviosismo por conocer su opinión.

—¿En serio?

Se metió en la boca el último trozo de *bagel* y lo masticó antes de responder:

—Sí. Me da igual todo lo relacionado con la paternidad, pero el artículo era muy gracioso.

Lo intenté con todas mis fuerzas, os lo juro, pero me fue imposible no esbozar una sonrisa radiante.

—Te lo dije.

Jack dejó el cuenco en el fregadero y agarró una botella de zumo de naranja, ajeno a nuestra tácita conversación.

Colin esbozó una sonrisa traviesa y me lanzó una mirada llena de complicidad, antes de limpiarse las migas de las manos y llevar su plato al fregadero. Mientras lo enjuagaba, preguntó:

—¿Vas a trabajar aquí hoy o en la cafetería?

—Creo que aquí. —Tenía demasiado miedo de encontrarme con fanáticos de Hooters y tíos que creían en el poder curativo del sexo como para atreverme a volver a la cafetería tan pronto—. Pero hoy no traeré a ningún niño, palabra de *girl scout*.

Me miró con los ojos entrecerrados.

—¿Pero a ti no te expulsaron de las *girl scouts*?

—A las dos semanas de entrar —masculló mi hermano por lo bajo.

—Cierra el pico, Jack. —¡Dios! Se me había olvidado aquello—. No fue culpa mía que esa chica se diera un golpe en la cabeza con una tubería y perdiera el conocimiento. Yo solo estaba jugando tan tranquila con mi pelota hinchable. Lo que sucedió después no fue más que una serie de desafortunados accidentes.

Colin sonrió.

—Incluso por aquel entonces ya eras un auténtico desastre andante y parlante.

Puse los ojos en blanco.

—¿No tienes que irte a trabajar?

—Por supuesto. —Fue a su habitación y regresó al poco tiempo con un cartera de cuero colgada del hombro. No tenía ni idea de cómo se las apañaba para lucir tan impecable e impresionante, pero al verlo, sentí un cosquilleo en el estómago.

—Pareces el director de un banco, Beck.

Enarcó una ceja y sonrió con suficiencia.

—Y tú pareces querer bajarte del mundo, Marshall.

—Bueno —empecé, dejando que mi mirada se deslizara por los contornos de su cara y la suave curva de su labio inferior—, que tengas un buen día.

Colin dirigió su atención hacia la salida y dijo:

—Igualmente.

Acto seguido, se marchó.

Yo me quedé petrificada, contemplando la puerta durante, al menos, treinta segundos, preguntándome cómo sería, qué pasaría si…

—¿Qué coño ha sido eso? —Jack me estaba mirando con el ceño fruncido, como si algo no le cuadrara en absoluto—. ¿Ya no os odiáis?

Me encogí de hombros y le quité el zumo.

—Sí, pero no tanto como antes.

A partir de ahí, todo mejoró de manera sorprendente.

La columna despegó y, durante las semanas siguientes, se promocionó en muchas más vallas publicitarias y anuncios. En general, parecía que al público le gustaba lo que leía. Sí, había gente que creía que Mamá402 era demasiado impertinente y sarcástica, pero a la mayoría le caía muy bien.

Yo estaba en una nube, no podía creérmelo. Estaba tan satisfecha con mi carrera que parecía que mi teclado irradiaba entusiasmo. Entre las reseñas y artículos que firmaba con mi nombre y la libertad creativa que me proporcionaban las columnas de Mamá402, resultaba asombroso pensar que recibía un sueldo por ello.

Cuando Glenda me envió flores para felicitarme por nuestro éxito, lloré durante una hora. En parte, porque me sentía muy culpable por engañarla, pero sobre todo, porque estaba tan inmensamente feliz que me estresé.

Porque yo, Olivia Marshall, estaba logrando cosas increíbles. Pero sabía que esa calma no iba a durar para siempre.

La única pega que tenía era que Número Desconocido parecía haber desaparecido de la faz de la Tierra. Seguía enviándole mensajes, aunque más como una forma de hablar conmigo misma, de lanzar mis ideas al vacío, porque estaba convencida de que se había ido para siempre.

¿Por qué me afectaba tanto? Solo era un desconocido, ¡por el amor de Dios! Mi vida por fin empezaba a encauzarse. Eso debería haber sido suficiente. Sin embargo, de noche, cuando no podía dormir, me quedaba en la cama preguntándome qué podía haber pasado. ¿Habría sido yo? ¿Lo habría molestado en algo? ¿Había sido demasiado intensa?

¿O era él? ¿Estaba casado? ¿Muerto? ¿Se dedicaba a la política?

Estaba empezando a aceptar el hecho de que jamás lo sabría, pero había una pequeña parte de mí que no podía superarlo, como si realmente echara de menos a ese amigo desconocido. Sí, era una tontería, pero no podía evitarlo. Menos mal que el resto de mi vida iba viento en popa. De lo contrario, quizá me habría sentido devastada.

Colin

—Marshall.

Olivia levantó la vista de su portátil.

—¿Qué pasa?

Estaba acurrucada en el sofá, con esos ridículos pantalones de franela, mirando a la pantalla del ordenador con las gafas en la mitad de la nariz. Llevaba el pelo recogido en algo que en algún momento debió de ser un moño y estaba mordisqueando el extremo de un bolígrafo.

—¿Qué estás haciendo? —Era medianoche, Jack ya se había ido a la cama y yo luchaba por mantenerme despierto mientras veía las noticias. Liv, en cambio, parecía sumamente concentrada—. Veo que tus dedos no están golpeando el teclado, así que supongo que no estás escribiendo.

—En efecto. —Estiró las piernas y las apoyó en el reposapiés—. Estoy buscando casa. Me he acostumbrado tanto a tu apartamento que casi me había olvidado de que tengo que encontrar un lugar para vivir y que en pocos días me echarás a patadas de aquí.

—No soy un ogro. Si te portas bien, te dejaré quedarte un día más.

Me lanzó una mirada cargada de sarcasmo.

—No quiero que me hagas ningún favor, solo necesito encontrar un sitio decente en el que no me pidan una fianza desorbitada.

—¿Sigues ahorrando desde el incendio?

—Exacto. Gano lo suficiente para pagar el alquiler, pero no tengo bastante dinero para una fianza demasiado alta.

—¿Has pensado en pedírselo prestado a tus padres?

—Prefiero vivir en la calle. —Mientras hablaba, continuaba buscando ofertas de apartamentos—. La noche en la que volví les pedí cien dólares y mi madre no ha dejado de recordármelo.

—¿Aún no se los has devuelto?

—Claro que sí. Conozco a mi madre, así que les devolví ciento cincuenta dólares.

—¿Y eso no sirvió para callarla?

—Ni una mísera hora.

Me reí. Su madre era de armas tomar. Adoraba a Nancy, pero me recordaba mucho a un personaje de *Seinfeld*. Me senté en el brazo del sofá, junto a ella, y miré la pantalla de su portátil.

—¿La calle 108 con Q? Creía que te encantaba vivir en el centro.

Desde que se había mudado aquí, no paraba de admirar las vistas. Ambos compartíamos esa absoluta devoción por vivir en el centro.

—Pero no me lo puedo permitir, don Ricachón. Todo lo que hay por aquí es carísimo. Me temo que me va a tocar vivir en las afueras.

—Este edificio tiene estudios tipo *loft*; ¿les ha echado un vistazo?

—Creo que sí…

—Déjame. —La empujé un poco para hacerme un hueco en el sofá y le quité el portátil.

—¡Oye!

Solo necesité unos cuantos clics y, ¡zas!, apareció la página de nuestro edificio. Le señalé los planos de los estudios.

—¿Lo ves? Son estudios pero el altillo se usa como dormitorio, así da la sensación de ser más un apartamento de una habitación.

—Mira esos techos altos. —Entrecerró los ojos y se acercó, apoyándose en mí mientras me envolvía el aroma de su champú, *mi champú*—. ¡Madre mía! Son increíbles.

Negué con la cabeza. Aquel entusiasmo hizo que me acordara de Srta. Equivocada. A pesar de que era Olivia y la veía todos los días, echaba de menos la conexión que había tenido con esa supuesta desconocida.

—Y no son demasiado caros —continuó—. Seguro que piden una fianza descomunal. —Frunció el ceño.

—Deberías intentarlo; nunca se sabe.

Me miró de reojo y me dio un codazo.

—No me puedo creer que estés deseando que viva en tu edificio.

La empujé con una mano, haciéndola caer sobre el sofá.

—Solo estaba siendo amable, pero ahora que lo mencionas, puede que no sea buena idea tener «la suerte de Liv» en el edificio.

—Ya es demasiado tarde. Voy a enviar una solicitud.

—No, por favor.

—Me voy a quedar —canturreó con una sonrisa, dándome en la pierna con el pie mientras seguía tumbada—. Si me aceptan y puedo permitírmelo, estaré por aquí todo el tiempo. De hecho, creo que pediré uno de los estudios de arriba solo para poder tirarte cosas en la terraza.

—¡Cómo no!

Se sentó y se colocó las gafas.

—Puede que incluso entrene a palomas para que defequen en esos muebles tan lujosos que tienes en la terraza.

—Que te crees tú eso.

—Nunca se sabe. —Recuperó el ordenador e hizo clic en el enlace de «Enviar solicitud»—. Sé que no me va a llevar a nada, pero lo estoy haciendo para que te arrepientas de haber intentado ayudarme.

Aquello me hizo reír.

—¿Por qué, exactamente…?

—No tengo ni idea. —Sonrió. Y hubo algo en esa sonrisa que hizo que me fijara en su labio inferior—. Puede que porque es la manera en la que siempre nos hemos relacionado.

—Entiendo. —Me levanté y me alejé de ella. Lo último que necesitaba era dejarme llevar por su encanto y olvidarme de quién era. «La hermana de Jack. La hermana pequeña de Jack Marshall, imbécil»—. Llama a la oficina por la mañana y habla con Jordyn. Es una mujer estupenda y puede enseñarte algún estudio.

—¿Jordyn? —Arqueó las cejas de forma exagerada—. Tiene pinta de ser muy atractiva.

—Y también está muy embarazada. —Apagué la televisión y dejé el mando en la mesa—. Buenas noches, Liv.

Casi tenía cerrada la puerta de mi habitación, cuando la oí decir:

—Que tengas dulces sueños, Colin.

Y justo antes de poner a cargar el teléfono, envié un correo rápido a Jordyn a la oficina de alquileres. No me estaba entrometiendo, porque lo que hiciera Olivia no era asunto mío, pero si necesitaba una recomendación para conseguir una vivienda que le encantara, estaba dispuesto a ayudar.

Además, todavía le debía una por esa carta tan increíble que me había escrito.

Y qué narices, cuanto antes encontrara un lugar para vivir, antes la perdería de vista.

9
Olivia

Me pasé todo el día siguiente viendo apartamentos. El problema fue que el primero que vi fue el estudio disponible en el edificio de Colin. Era pequeño, pero absolutamente perfecto: electrodomésticos y suelos nuevos, unos techos con estilo y el altillo disponía de un vestidor y un aseo, así que parecía mucho más amplio de lo que realmente era. Y, por supuesto, ofrecía unas vistas a la ciudad que me hacía sentir viva por dentro. El alquiler también se ajustaba a mi presupuesto, aunque no tenía muy claro si iba a cumplir con los requisitos de renta.

Miré un par de apartamentos más en el centro, pero no estaban en muy buen estado y no podía permitírmelos. Así que me fui más lejos, a las afueras, y visité algunos pisos muy antiguos y básicos. Antes de darme cuenta, estaba a dos calles de la casa de mis padres.

Vaya señal más desalentadora.

Pero ya que estaba en la zona, decidí hacerles una visita.

—¿Mamá? —Abrí la puerta principal y entré. Mis padres nunca cerraban la casa hasta que se acostaban, así que nunca tenía que preocuparme en sacar las llaves—. ¿Dónde estás?

—En el sótano.

Bajé corriendo las escaleras, esperando encontrármela viendo la televisión sola, pero estaba con cuatro mujeres de su congregación. Ellie, Beth, Tiff y esa señora cascarrabias que siempre me miraba con los ojos entrecerrados, como si fuera a robar la cesta de la colecta.

—Oh. Hola a todas. —Les sonreí, deseando no haberme puesto los vaqueros ajustados y la camiseta de tirantes con la frase «SUMMER GIRL». Ahora que tenía un trabajo remunerado, podía y necesitaba comprar ropa, pero como trabajaba desde casa, no me preocupaba mi guardarropa y me daba un poco de pereza ir de compras—. ¿Qué tal?

—¿Qué haces aquí, cariño? —Mi madre me miró con recelo y añadió—: No habrás perdido tu trabajo, ¿verdad?

—¿Por qué...? —Apreté los puños para evitar mostrarme desagradable delante de sus amigas—. ¿Por qué piensas eso?

—Porque estamos en pleno día, querida —respondió, examinándome de arriba abajo, como si estuviera evaluando todos mis fallos—. Y vas muy desaliñada. ¿Necesitas dinero para ir de compras?

Apreté aún más los puños.

—No, mamá, tengo dinero. Pero gracias. No he tenido tiempo para renovar mi armario porque he estado muy liada con el trabajo.

¡Punto para mí!

—Ah, es verdad. Tu padre ha estado guardando todos tus artículos. Le gustó mucho la historia sobre el restaurante que echa alcohol en todos los platos.

Sentí unas gotas de sudor resbalando por mi nariz mientras las amigas de mi madre me miraban con cierto desdén.

—Ahora que hablamos de eso —comentó mi madre, acercándose a Tiff—. No entiendo qué pretende el periódico con esa nueva madre en versión dibujo animado. ¿La habéis leído?

El sudor empezó a correr por mi frente.

—Con tanta publicidad que le han dado —continuó mi madre—, esperaba algo de más calidad, pero se nota que es obra de una jovencita sabelotodo que prefiere ser graciosa en lugar de útil.

Me mordí los labios y respiré hondo.

—Venga ya, Nancy. Yo me reí mucho —dijo Tiff.

—Yo también —señaló Beth.

—Desde luego, es diferente. —Ellie ladeó la cabeza un poco y luego añadió—: Aunque me gustó.

La cascarrabias se limitó a mirarme, como si todavía intentara discernir si era una delincuente o no, pero me dio igual. Que pensara lo que le viniera en gana; al resto le había gustado mi trabajo.

—Tengo que irme. Estoy buscando apartamentos, pero como estaba por la zona, he pensado en venir a saludaros. —Saqué las llaves del bolsillo—. Dile hola a papá de mi parte, ¿vale?

Mi madre apretó los labios.

—Podrías decírselo tú misma si nos llamaras de vez en cuando.

—No suelo llamar a nadie. —Me mordí el labio—. Odio hablar por teléfono.

—Pero ¿a quien no le gusta hablar por teléfono? —Mi madre miró a sus amigas como si estuviera hablando de un asesino sociópata—. Como se nota que los de tu generación habéis olvidado las buenas maneras.

Me obligué a sonreír.

—Bueno, esta joven sin modales tiene que irse. Nos vemos, mamá.

—Deberías venir el domingo a comer espaguetis.

—Vale. —Un domingo de espaguetis guardando los modales. Maravilloso—. Adiós.

Después de aquello, visité otros cinco apartamentos y luego fui a unos grandes almacenes a comprar algunas cosas y dos conjuntos con los que no pareciera una estudiante de instituto. Cuando llegué a casa, estaba anocheciendo y estaba agotada. Guardé la compra, me puse el pijama y me senté en el sofá. Jack estaba en casa de Vanessa, su nueva «amiga», y parecía que Colin ya se había ido a dormir, porque no se oía ningún ruido detrás de su puerta, así que tenía todo el salón para mí.

Lo que me venía bien porque, aunque había avanzado con *Matrimonio en un mes*, todavía me quedaban tres episodios más para ponerme al día. Me tumbé y encendí la televisión, pero me distraje con el móvil y las redes sociales. Cada vez que el *Times* publicaba alguno de mis artículos, revisaba de forma obsesiva todos los comentarios que recibía, y por «obsesiva» me refiero a actualizar la página cada tres o cuatro minutos.

Cuando iba por mi quincuagésima actualización, vi que tenía un mensaje de voz. No solía escuchar los mensajes porque, como le había dicho a mi madre, odiaba hablar por teléfono. Pero este era de un número desconocido, así que hice clic en él.

«*Hola, Olivia, soy Jordyn de la oficina. Solo quería informarte de que hemos aprobado tu solicitud. Por favor, llámame mañana para hablar de la firma del contrato y fijar la fecha de la mudanza.* Gracias».

¿Qué? No podía creérmelo. Volví a escuchar el mensaje. ¡Dios mío! ¿De verdad iba a vivir en un estudio tipo *loft* perfecto para mí, por el mismo precio que todas las antiguallas de las afueras que había visitado esa tarde?

Corrí a la puerta de Colin y llamé con suavidad.

—¿Colin?

No quería despertarlo, pero, en el fondo, deseaba hacerlo. Estaba exultante, aunque, al carecer de amigos, no tenía a nadie con quien compartir la buena noticia.

Colin abrió la puerta. Llevaba una camisa desabrochada, unos pantalones de vestir y una corbata suelta alrededor del cuello.

—¿Adivina qué? —En mi cabeza apareció la imagen del estudio y no pude evitar chillar de entusiasmo—. ¡El estudio es mío!

—No me digas. ¿En serio? —Esbozó una amplia sonrisa, la más bonita que le había visto nunca—. ¡Enhorabuena!

Volví a chillar y nos abrazamos. Fue un abrazo puramente amistoso, de celebración, pero mi cerebro dejó de funcionar en cuanto sentí sus manos en la cintura.

El olor de su cuello.

La abultada musculatura de sus hombros.

Cuando me aparté de él… ¡Madre mía! Sus ojos azules ardían de deseo. Me humedecí el labio inferior, dispuesta a balbucear alguna tontería, pero entonces tomó mi cara entre sus manos y su boca se encontró con la mía.

No hubo titubeos, acercamientos tímidos o miradas furtivas a los labios del otro para insinuar el deseo de besarse. No, fue un beso claro y contundente.

Me aferré al algodón blanco que cubría sus hombros mientras él me besaba con el fervor de quien degusta una fruta madura y llevara una eternidad anhelando su dulzura. Me besó con una pasión salvaje y dominante, provocándome con mordiscos que me hacían ronronear contra su boca, pero la manera en que me sujetó el rostro, no dejó lugar a dudas de que todas las decisiones estaban en mis manos.

Me giré un poco, apoyándome en el marco de la puerta para que él pudiera presionar su cuerpo en el mío.

Y vaya si lo hizo.

Fue puro fuego, pasión y deseo insaciable. Me moría por envolverle la cintura con las piernas y tomar la decisión más insensata posible.

Sin embargo...

—Colin —jadeé su nombre entre besos ardientes—. ¿Qué estamos haciendo?

—Joder, Liv. —Su mirada transmitía una oscuridad y una intensidad palpable mientras seguía besándome, rozando con su incipiente barba mi piel de una manera absolutamente deliciosa—. No tengo ni idea.

Apoyé las manos en sus bíceps (¡Ay, Dios!) y se los apreté ligeramente.

—Deberíamos... —Esa lengua estaba haciendo estragos en mí—. Deberíamos parar.

—Lo sé. —Me mordisqueó el lóbulo de la oreja, enviando escalofríos por todo mi cuerpo—. ¿Por qué narices estoy besando al mayor dolor de cabeza que conozco?

Le clavé las uñas mientras seguía haciéndome cosas perversas con la boca.

—Porque soy irresistible, imbécil arrogante.

—Si tú lo dices.

Volvió a besarme. El marco de la puerta se clavó en mi espalda mientras nuestros cuerpos se apretaban el uno contra el otro con tal intensidad que podía sentir todo su cuerpo. Cada. Centímetro.

¡Dios bendito!

—Colin. En serio. —Conseguí separar la boca lo suficiente para repetir—: ¿Qué estamos haciendo?

Justo en ese instante, oímos a Jack metiendo las llaves en la cerradura y nos separamos de golpe. Parpadeé a toda prisa, igual que él.

—No convirtamos esto en algo incómodo, ¿de acuerdo? Ambos nos hemos dejado llevar por la emoción y hemos perdido la compostura. Aquí no ha pasado nada, ¿vale?

Asentí y me toqué los labios, intentando no mirar el pecho desnudo al que había estado pegada unos segundos antes.

—Vale.

Jack entró, cerró la puerta de un portazo, dejó caer una bolsa de Taco Bell sobre la mesa y se sentó sin apenas mirarnos. Yo aproveché para murmurar un «Buenas noches, chicos» y me fui a mi habitación.

Colin

Joder. ¿De verdad acababa de suceder eso?

Me quité la ropa y la lancé sobre la silla junto a la ventana, demasiado alterado para colocarla. Después, me puse a deambular por el dormitorio, como un animal enjaulado, volviéndome loco por mi estúpido comportamiento.

Había besado a Olivia.

Había besado a la hermana pequeña de mi mejor amigo como un auténtico gilipollas. ¿Por qué? Ah, sí, porque ella me había abrazado. Era un enorme patán que había perdido el control por el simple aroma de un perfume y la sensación de unas manos en mis hombros.

¿Tan débil era?

Jack me mataría si se enteraba. Lo que estaría completamente justificado, dicho sea de paso. Le había visto perder los estribos con los niñatos que se acercaban a su hermana en el instituto y sabía que hoy no sería diferente.

Yo habría reaccionado igual si Olivia hubiera sido mi hermana (gracias a Dios que no lo era).

Pero lo peor de todo era que, mientras me maldecía a mí mismo por lo estúpido que había sido, no podía dejar de pensar en la forma en que ella había respondido a mis besos. Porque había sido exactamente igual a lo que me había descrito en aquel mensaje que le envió a Número Desconocido. Le gustaba hacerlo de forma salvaje y apasionada, contra la pared, ¿verdad?

Sus besos habían sido un preludio de esa descarnada intensidad.

Tras otra hora de recriminaciones, me puse las zapatillas y salí a correr. Estaba claro que mi cabeza no iba a dejar de darle vueltas al asunto, así que, al menos, intentaría agotar mi cuerpo para que el sueño me venciera y pudiera librarme de todos esos pensamientos.

10

Olivia

—¡No me lo puedo creer!

—Lo sé. —Llevé dos copas de *prosecco* a la mesa. Sara estaba sacando nuestra comida del envase: raviolis fritos y una *focaccia* de Caniglia's, y me miraba como si me hubiera crecido una segunda cabeza. Esbocé una tímida sonrisa y murmuré—: Yo tampoco me lo creo.

Me había llamado la noche anterior, justo después del beso y en pleno colapso mental, para ver si me apetecía que quedásemos a comer juntas y ponernos al día. Le dije algo desesperado, algo así como: «¿Puede ser mañana mismo, por favor?» y, por suerte, aceptó tomar algo rápido. No tenía planeado contarle nada sobre el beso, pero en cuanto entró al apartamento y me preguntó cómo estaba, le solté toda la historia mientras nos bebíamos la primera botella de vino.

—Entonces… mmm —dijo, conteniendo la risa a medida que abría la caja de raviolis que nos acababa de entregar el repartidor—… ¿eso significa que hay algo entre tú y el señor Beck?

Me senté y tomé un ravioli.

—No, no, no, estaba emocionada y lo abracé…

—Para. —Negó con la cabeza y se sirvió algunos raviolis—. En ninguna situación normal un abrazo amistoso termina en un sobeteo contra el marco de una puerta. Prueba de nuevo.

Aquello me hizo reír.

—Fue algo mucho más intenso que un sobeteo, Sara.

Sara soltó una carcajada.

—En serio, aunque sabes que tengo razón. Tiene que haber algo más si no hay alcohol de por medio para que un abrazo de «¡Oh, ya tengo apartamento!» se convierta en un prerrevolcón en toda regla.

—De acuerdo. —Dejé el ravioli en el plato (olía raro) y cogí la copa de vino—. Supongo que... de pronto, ha surgido una conexión entre nosotros. Una especie de química sexual. Pero también sé que no le gusto.

Sara frunció el ceño.

—¿Qué?

—A ver, supongo que ahora *sí* le gusto. —Di un sorbo al vino y recordé la intensidad con la que me había mirado la noche anterior—. Pero eso no significa que me respete. Simplemente me ve como un desastre absoluto de mujer.

Sara dio un mordisco a uno de los raviolis empanados y me miró mientras masticaba.

—Si te soy sincera, me da miedo verlo. —Pasé el dedo por el tallo de la copa de vino—. Seguro que se está arrepintiendo por haber cometido una estupidez así.

—¿No lo has vuelto a ver desde el beso?

Negué con la cabeza, un tanto avergonzada porque esa mañana me había arreglado por si me encontraba con Colin.

—Cuando me he levantado, ya se había ido.

Y en ese preciso momento, como si de una señal se tratase, se oyó el sonido de una llave introduciéndose en la cerradura de la puerta de entrada y sentí un revoloteo en el estómago. Tomé una profunda bocanada de aire, intentando parecer despreocupada y relajada.

Sara sonrió con picardía, alzó la copa y me brindó un pequeño gesto de asentimiento a modo de apoyo.

—Tranquila. Puedes con esto.

La puerta se abrió y Colin entró por ella.

Ay, Dios.

¿Por qué siempre tenía un aspecto tan impecable?

Me concedí un segundo para realizar un rápido y lujurioso repaso: ojos azules, traje elegante, pecho ancho, hombros amplios, nuez de Adán. Y luego centré toda mi atención en la *focaccia* de la mesa. Me incliné hacia delante y le quité el envoltorio mientras le comentaba a Sara:

—No me puedo creer que todavía les quedara *focaccia*.

Sentí su mirada sobre nosotras cuando se dio cuenta de nuestra presencia.

—Cuando hice el pedido, me dijeron que había tenido mucha suerte, porque todos los días se suelen agotar en menos de quince minutos. —Sara dejó su copa de vino y (bendita fuera) sonrió como si nos lo estuviéramos pasando fenomenal—. ¿De verdad está tan buena?

Partí un trozo y me lo puse en el plato antes de empujar el resto de la *focaccia* hacia ella.

—Desde luego que sí.

—Hola —nos saludó Colin. Dejó su cartera junto a la puerta, fue hacia la cocina y me lanzó una mirada extraña, recorriéndome la cara como si esperara algún tipo de reacción por el beso e intentara buscar respuesta a mil preguntas.

—Hola —repuse, mirando a Sara y tratando de no sonreír mientras ella me ofrecía una mirada silenciosa—. Por cierto, esta es Sara. Sara, este es Colin, el compañero de piso de mi hermano.

Colin esbozó una cálida y amigable sonrisa que me provocó un cosquilleo en la boca del estómago, le tendió la mano y se la estrechó.

—Un placer conocerte. Aunque…

Sara ladeó la cabeza y sonrió.

—¿No fuimos juntos al instituto? —Colin soltó la mano de Sara y se metió las suyas en los bolsillos—. Me suena mucho tu cara.

Vi que Sara estaba encantada de que la recordara y ambos comenzaron a hablar de una clase en la que coincidieron, a la que también iba un tal Gerbil que se dedicaba a vender cecina a hurtadillas.

El vino empezaba a producirme esa sensación cálida y reconfortante y no pude evitar sonreír al ver a Colin comportarse como todo un príncipe encantador. Cuando terminaron de recordar los viejos tiempos, intervine:

—Sara, ¿sabes que Colin tiene un colchón Purple?

Ella soltó una risita.

—¿En serio?

Colin entrecerró los ojos y me miró de la misma forma que hacía un momento, como si intentara averiguar algo. Después tragó saliva y asintió con una sonrisa.

—Soy culpable.

—Qué envidia —indicó Sara.

Ladeé la cabeza y lo observé con el ceño fruncido. ¿Qué estaba haciendo? ¿Dónde se había metido el Colin sabelotodo y arrogante?

—Nunca es tan simpático —le comenté a Sara.

—¿Cómo? —Colin centro su atención a mí y se rascó la mandíbula con una mano—. Soy simpático.

Puse los ojos en blanco y tomé un pedazo de *focaccia*.

—Solo porque voy a dejar de vivir aquí.

—Es un hombre —comentó Sara—. Un hombre nunca es tan simpático como cuando se sale con la suya.

Me reí. Colin esbozó una media sonrisa y se rascó una ceja.

—Seguro que el día que me vaya se dormirá con una sonrisa en la boca. —Volví a reírme y me llevé la copa a la boca para beberme lo que quedaba.

—Y vestido con un traje impecable —bromeó Sara, aunque le lanzó una sonrisa amable.

Colin parecía estar pasando un buen rato. Se acercó a la mesa y agarró la botella de vino. Le preguntó a Sara dónde vivía. ¿Qué le pasaba? Entrecerré los ojos al ver lo sumamente cortés que estaba siendo, ofreciéndole una sonrisa amable y sincera.

¿Por qué se estaba mostrando tan atento? Me estaba poniendo nerviosa.

Observé como llenaba su copa, pero al ver su carísimo reloj que asomaba por debajo del puño de la manga, me golpeó el recuerdo de aquel momento durante la noche anterior en que, mientras me sostenía la cara, se me había enredado un mechón de pelo entre los eslabones.

No había sentido nada más que leve tirón sin importancia, eclipsado por la sensación de sus dedos sobre mi piel, su boca apoderándose de la mía, su respiración agitada contra mis labios y la presión de su cuerpo empujándome contra el marco de la puerta.

¡Dios mío!

Sara mencionó algo sobre su bebé y Colin se rio. No pude evitar pensar que era el hombre más encantador del planeta.

¿Qué se traía entre manos?

Colin

Oí a Sara hablar de su bebé, de su marido y de su casa en la zona oeste, pero mi mente estaba enfocada en la chica que tenía al lado. Me estaba costando una barbaridad no mirarla. Me había pasado la noche en vela, consumido por la culpa y el recuerdo constante de ese beso. Así que, a las cinco de la mañana, había decidido levantarme e ir a trabajar.

Me pase medio día tratando de olvidar lo ocurrido. Necesitaba hablar con ella en privado para asegurarme de que todo seguía igual entre nosotros, pero al mismo tiempo, temía quedarme a solas con ellas. ¿Qué me estaba pasando?

—Disculpe, camarero. —Olivia se aclaró la garganta. Cuando volví la vista hacia ella, me estaba lanzando una sonrisa socarrona, claramente embriagada por el vino—. Yo también quiero que me llene la copa.

—Por supuesto, señorita. —Pero entonces me fijé en sus labios rojos y en la marca de pintalabios en el borde de la copa y la sangre se me calentó al instante. «Mierda, mierda, mierda». Tragué saliva y le serví el vino, incapaz de pronunciar palabra alguna.

¿Hablar? ¿Cómo se hacía eso?

Sentí que me observaba, y cuando levanté la vista de su copa, hasta las pecas que salpicaban su nariz y mejillas (¿cómo no las había notado antes?), vi que estaba con el ceño fruncido. Tenía la cabeza ladeada, los ojos entrecerrados y no dejaba de parpadear.

Parecía completamente confundida.

«Lo mismo que yo, Marshall. Exactamente lo mismo que yo».

11
Olivia

Una semana después llegó el día de la mudanza. Bueno, para ser más precisos, el atardecer de la mudanza, ya que tuve que esperar todo el día a que se secara el barniz del increíble suelo de madera. Como estábamos a mitad de mes, me habían prorrateado el alquiler, así que no tenía ningún motivo para demorar más el traslado.

Aún no había tenido la oportunidad de darle las gracias a Colin por su recomendación, más que nada porque, desde el beso, había estado evitando quedarme a solas con él. Salvo por ese peculiar rato que pasamos con Sara, él actuaba normal y se comportaba como siempre.

Absolutamente imperturbable.

Yo hacía todo lo posible por actuar con normalidad, pero cada vez que lo veía, los recuerdos inundaban mi mente, excitándome, y tenía que luchar con todas mis fuerzas para no quedarme mirando embobada esos labios tan talentosos.

Deslicé la caja que tenía llena de ropa hacia el salón. Jack estaba viendo la televisión y Colin había desaparecido.

—No me puedo creer que solo tengamos que llevar una caja y un colchón hinchable. —Mi hermano levantó la caja y la llevó hasta la puerta—. Va a ser la mudanza más fácil del mundo.

—Sí, ojalá todo el mundo tuviera la «suerte» de perder todas sus pertenencias en un incendio. —Puede que el hecho de que aún no tuviera nada concreto que trasladar reflejara lo patética que era.

—Colin ya ha bajado porque quería medir algo.

—¿Qué narices quería medir?

—No lo sé, creo que le ha gustado tu tarima de madera.

—Qué tío más raro.

—Desde luego —respondió con una sonrisa—. Yo me encargo de la caja si tú llevas el colchón.

—Sí. —Metimos todo en el ascensor y bajamos a mi planta. «Mi planta». Estaba entusiasmada. Salí al pasillo prácticamente corriendo, golpeando las paredes con el colchón hinchable, emocionada por volver a entrar en ese encantador *loft*.

—Qué tonta eres —se rio Jack mientras intentaba adelantarme, cargando la pesada caja.

Cuando llegué, la puerta estaba entreabierta y la empujé con el colchón inflable.

—¿Qué narices estás midien...?

—¡Livvie! —Dana se acercó corriendo hacia mí y me quitó el colchón de las manos—. Este estudio es increíble.

—Dana, ¿qué haces aquí? —Ahora que ya no tenía el colchón tapando mi campo de visión, vi que Will y los niños también estaban allí, junto a Colin, y una pila de *pizzas* y cervezas en la encimera—. Madre mía, ¿vamos a celebrar una fiesta?

Colin y mi hermano se rieron y sentí cómo me ardían las mejillas.

—Te hemos comprado dos taburetes para la barra, como regalo de bienvenida —explicó Dana con una sonrisa, tirando de mí hacia la zona de la cocina—. Pero si no te gustan, los cambiamos.

—Son perfectos. —Eran altos, del mismo tono de madera que los armarios y cada uno tenía un gran lazo rojo en la parte trasera—. Me encantan.

Brady corrió hacia mí y alzó los brazos para que lo levantara; cosa que hice sin dudar. Kyle hizo un puchero y susurró la palabra «caca» porque, aunque sabía que no le estaba permitido decirla, podía usarla para hacerme reír.

—No me puedo creer que me hayáis traído *pizza*. —Me hacía mucha ilusión que hubieran venido a acompañarme el día de mi mudanza. Abrí la caja superior y cogí con una porción con el queso aún derretido—. ¿Me ayudáis a sacar las cosas de la caja?

Will frunció el ceño.

—¿Caja?

Colin sonrió y aclaró.

—Por el incendio. Todas sus pertenencias caben en una sola caja.

—Yo más bien diría que es lo que cabía esperarse de la reina de todos los desastres —murmuró Jack.

Colin y yo intercambiamos una sonrisa cómplice, pero antes de que empezara a darme vueltas la cabeza, Kyle subió corriendo las escaleras hacia al altillo y abrimos unas cervezas. Y antes de darme cuenta, la mudanza se convirtió en una reunión amena entre amigos.

Nos sentamos en el suelo, bebimos cervezas y comimos *pizza*, recordando los viejos tiempos e infundiendo vida y calidez a mi nuevo hogar. A pesar del auténtico caos que estaba hecha, la primera noche en mi nueva casa fue perfecta, digna de una película.

Cuando salí a la terraza para enseñarle las luces a Kyle, Colin nos siguió.

Enarqué una ceja.

—¿Tú también quieres ver las luces?

Apoyó las manos en la barandilla y contempló la ciudad.

—En realidad, quería darte las gracias.

Kyle gritó algo sobre un tren y corrió hacia el interior, cerrando la puerta de la terraza y dejándome a solas con Colin bajo la luz de la luna. Aunque estábamos rodeados del bullicio propio de la ciudad, reinaba la calma. Coloqué los dedos en la barandilla de hierro y pregunté

—¿Por mudarme?

Me miró con un brillo de diversión en los ojos.

—Por la carta que redactaste.

Puse los ojos en blanco.

—Ya me diste las gracias por eso, Einstein.

—Lo sé. —Se acercó más a mí y me golpeó el hombro con el suyo de forma amistosa—. Pero hoy el cliente ha firmado el contrato.

—¡Dios mío! —jadeé—. ¿Has cerrado el trato?

Colin sonrió y asintió.

—Sí.

La adrenalina me recorrió de inmediato, desbordándome de alegría al comprobar que mi intento por ayudar a Colin había surtido efecto.

—¡Felicidades!

—Tampoco es para tanto —dijo. Miró algo por detrás de mi hombro, pero por su expresión supe que estaba intentando minimizar algo que era importante para él.

—Bueno, lo sea o no, has hecho un gran trabajo —repuse, devolviéndole el golpe en el hombro.

Kyle volvió a salir junto con mi hermano. Venían a avisarnos de que se marchaban porque Brady estaba cansado. Cuando todos empezaron a recoger sus cosas y se dirigían hacia la salida, fingí estar apenada, pero estaba deseando tener el apartamento para mí.

Era la primera vez que vivía sola y me moría por comenzar esa nueva etapa.

Di las gracias a todos y me despedí de cada uno con un abrazo. Cuando Colin enarcó una ceja con ironía mientras caminaba hacia mi puerta de entrada (una puerta monísima, por cierto), puse los ojos en blanco.

En cuanto se fueron, me puse a correr por el apartamento, bailé al ritmo de Prince que sonaba en el móvil, contemplé la ciudad desde la terraza y me imaginé los muebles que compraría con mis siguientes sueldos, incluso pensé en comprarme algún escritorio en oferta de una conocida tienda.

No fue hasta horas después, cuando por fin me tumbé en el altillo en mi colchón hinchable, que empecé a relajarme. Estaba tan feliz que no podía dormir. Después de una hora en la que intenté conciliar el sueño sin demasiada suerte, envié un mensaje a Número Desconocido.

Colin

Srta. Equivocada: Sé que para ti ya no existo, pero no puedo dormir; eres el único al que puedo molestar.

Suspiré y simplemente miré el teléfono; ¿cuándo iba a dejar Liv de enviarme mensajes?

Srta. Equivocada: Acabo de mudarme a un nuevo apartamento y creo que estoy demasiado emocionada para dormir. Es la primera vez que vivo sola.

Jamás lo habría imaginado. Era tan independiente que había supuesto que, en algún momento desde el instituto hasta ahora, habría tenido su propia vivienda.

Srta. Equivocada: Ojalá no estuvieras en coma, porque necesito tu contribución a nuestras absurdas conversaciones para poder conciliar el sueño. Una pequeña parte de mí quiere preguntarte: ¿acaso hice algo malo?, pero no soy de esas chicas patéticas, así que, si eres tan susceptible, ¡que te den!

Me sentí fatal por haberla ignorada de ese modo. Era cierto que no había tenido otra opción, pero no me gustaba la inseguridad que transmitían sus palabras.

Volvió a vibrarme el teléfono. No parecía dispuesta a parar.

Srta. Equivocada: Si te soy sincera, el motivo principal por el que no puedo dormir es porque lo hago sobre un colchón hinchable. Lo que está bien para una o dos noches de acampada, pero ya llevo un mes durmiendo sobre esta cosa. Y por la mañana tardo un rato en levantarme porque tengo la espalda hecha polvo.

No me extrañaba que se hubiera echado la siesta en mi cama.

Srta. Equivocada: Estoy planteándome tirarlo por la terraza y dormir en el suelo.

Podía imaginármela haciéndolo.

Srta. Equivocada: Pero ¿qué es lo más raro que está pasando esta noche en mi apartamento? Oh, gracias por hacerme esta pregunta, alma en coma. Lo más raro es que, como todavía no tengo televisión, reina un silencio sepulcral. Tanto, que podría oír a una cucaracha si estuviera correteando por aquí. Que no lo está, porque mi apartamento es estupendo. Pero si lo estuviera, la oiría sin dudarlo.

Ah, joder. No supe por qué, pero pensar en ella tumbada sobre ese lamentable colchón hinchable, sin ningún mueble, hizo que me sintiera fatal. Tanto que debí de perder la maldita cabeza y, sin pensármelo dos veces, abrí el cajón de mi mesita de noche y saqué mi viejo iPhone. Había dejado de usarlo hacía años, después de transferir todas mis llamadas al móvil del trabajo, pero nunca había dado de baja la línea.

Olivia

Cuando me vibró el teléfono, pensé que el corazón se me saldría del pecho.

Luego vi que no se trataba de Número Desconocido, sino de un número anónimo, y odié lo decepcionada que me sentí. Abrí el mensaje.

¿Qué tal el nuevo apartamento, fracasada?

Aquello me hizo reír y escribí:

¿Quién eres?

Me levanté y bajé las escaleras. Tenía sed y, aunque no me apetecía mucho beberme una Bud light, al menos estaba fría. El teléfono me volvió a vibrar mientras abría la nevera.

Soy Colin. ¿Quién si no?

Se me escapó una risa que resonó en el apartamento vacío. Agarré la cerveza y cerré la puerta.

Yo: ¿Cómo iba a saberlo? ¿Nos hemos mandado mensajes alguna vez?

Colin: Te tengo en mis contactos, así que he supuesto que era mutuo. No sé, puede que Jack te haya llamado alguna vez desde mi móvil.

Yo: Claro. Reconoce que ya me estás echando de menos.

Colin: ¿Echar de menos qué? ¿El ruido que haces? ¿Tu desorden? ¿Tu tendencia a ensuciar todas las toallas del baño y dejarlas tiradas en el suelo?

Yo: Ahora que lo mencionas, ¿puedo usar tu acondicionador mañana?

Colin: ¿Por fin me pides permiso?

Yo: Ya no soy tu compañera de piso.

Colin: Nunca lo has sido.

Yo: Ah, es verdad. Era tu inquilina molesta.

Colin: Creía que ya me habías perdonado lo de aquel comentario.

Yo: Sí, pero quiero usar tu acondicionador, así que...

Colin: ¿Te das cuenta de que ahora que vives sola vas a tener que comprar todas las cosas que necesites?

Yo: (Suspiro). Lo sé.

Colin: No es tan terrible.

Yo: Eso lo dices tú.

Colin: Bueno, no has respondido a mi pregunta. ¿Qué tal tu nuevo apartamento?

Tomé la cerveza y salí a la terraza. Olía a verano y todavía hacía calor. Una cosa que me encantaba era que, si me inclinaba de una manera específica, podía ver las luces de neón brillantes del Pazza Notte, mi restaurante favorito. Tecleé:

Yo: Absolutamente perfecto. Por cierto, ¿te he dado las gracias por la recomendación?

Colin: Supuse que ese había sido el motivo del beso.

Casi se me cayó el teléfono por la barandilla de la terraza. No supe qué responder ni por qué lo había sacado a colación, pero en cuanto leí la palabra «beso», el corazón empezó a irme a mil por hora.

Colin: Tranquila. Solo estaba bromeando, pero has dejado de responder muy rápido.

Puse los ojos en blanco, pero sonreí.

Yo: Que te den, Beck.

Colin: Sí, creo que eso es lo que querías... darme.

Yo: Si mal no recuerdo, fuiste tú quien empezó.

Colin: Puede que tengas razón, pero tú te entregaste por completo, Livvie. Reconócelo.

Yo: No me desagradó. ¿Te vale así?

Colin: ¿Y si tu hermano no hubiera llegado a casa en ese momento? Creo que habríamos...

Yo: No lo digas.

Colin: Terminado en mi cama.

Por Dios. Abrí la puerta y regresé al interior oscuro, estupefacta. Luego subí las escaleras hasta el altillo prácticamente corriendo, me mordí el labio y contesté:

Yo: Puede ser.

Colin: Ambos sabemos que sí.

Me reí. Era divertido coquetear con Colin. ¿Quién lo habría imaginado?

Yo: Entonces, ¿puedo echarme una siesta de media hora mañana?

Colin: ¿En serio? Pensé que ya había recuperado mi cama.

Yo: Sigo sin dormir bien por culpa del colchón hinchable, tonto. Solo te pido media hora cuando no estés en casa. No seas tacaño con tu Purple.

Colin: Está bien. Puedes echarte media hora, pero me debes una.

Me tumbé en el colchón hinchable y volví a reírme, sintiendo un revoloteo de mariposas en el estómago. Después me puse de costado, me arropé con la sábana y cerré los ojos, disgustada por sentir esas mariposas tan clichés.

Yo: Te juro por Dios que haría casi lo que fuera por un rato a solas disfrutando de ese colchón. Así que, tenemos un trato.

Colin: Por cierto, eres consciente de que tu hermano nunca puede enterarse de lo que pasó, ¿verdad?

Me acordé de Jack chillando a Milo, mi novio del instituto, cuando nos descubrió besándonos en el jardín.

Yo: Está claro. Nos mataría a los dos.

Colin: Buenas noches, Olivia.

12

Olivia

—Me lo he pasado muy bien, Olivia.

Sonreí y deseé que me alcanzara un rayo. Glenda me había llamado y me había invitado a comer para hablar sobre la columna. Durante un buen rato, todo fue maravilloso. Comimos una *pizza* deliciosa en Zio's y mi jefa estuvo graciosísima, pero entonces empezó a contarme cosas sobre sus hijos y hacerme preguntas sobre los míos, y tuve que darle respuestas muy vagas e intentar desviar la conversación con distracciones del tipo: «Ay, Dios, ¿ese de ahí no es Tom Brady?» para que dejásemos de hablar del asunto.

Pero fue un recordatorio constante de que, tarde o temprano, aquello iba a acabar mal. Era solo cuestión de tiempo. Sin embargo, en lugar de centrarme en el desastre, decidí disfrutar del momento.

—Sí, deberíamos repetirlo pronto. —Terminé mi Pepsi *light* y dejé el vaso sobre la mesa—. Gracias por la invitación.

—¡Cielos, Glenda! ¡Sabía que eras tú! —Una chica que parecía de mi edad se acercó a nosotras para darle un abrazo a Glenda y luego me ofreció una sonrisa radiante. Tenía unos dientes perfectos—. ¿Cómo estás?

Ambas hablaron un momento para ponerse al día, así que me dediqué a picotear el borde de la *pizza* que había dejado en el plato. Ojalá hubiera pedido dos porciones en lugar de una. Cuando terminaron, ambas se despidieron con un abrazo, la chica se marchó y Glenda volvió a prestarme atención.

—Lo siento, Liv, es una antigua becaria que tuve. Hacía mucho tiempo que no la veía.

—Ah, no te preocupes, por favor.

—Bueno, ¿por dónde íbamos?

Sinceramente, no me acordaba.

—Creo que te estaba agradeciendo que me hayas invitado a comer.

—Bueno —se recostó de nuevo en su silla—, solo quería tener un detalle contigo porque estamos encantados con la columna. Es exactamente lo que queríamos, aunque mejor. Bob cree que hay muchos lectores que, aunque no son padres, siguen tus artículos.

—¿En serio? —No tenía idea de quién era Bob, pero no iba a preguntar. Si Bob creía que a la gente le gustaba lo que hacía, yo era feliz—. ¡Qué bien!

Cuando salimos del restaurante, me abrazó y me dijo:

—Sabía que había acertado contigo, Olivia. Enhorabuena por el éxito que estás teniendo.

Caminé las dos primeras manzanas de regreso a casa con una sonrisa de oreja a oreja, asombrada por mi buena suerte. Pero al llegar a la tercera, empecé a preocuparme. Aquello era demasiado bueno para ser verdad. En lo que a mí respectaba, las cosas nunca habían funcionado así. Sabía que al final alguien descubriría que Mamá402 era yo y que no tenía hijos y que la noticia llegaría a Glenda y todo se iría al garete.

Era solo cuestión de tiempo.

Me vibró el teléfono.

Colin: ¿Ya te has echado la siesta en mi cama?

Sonreí y respondí:

Yo: Pero si solo son las dos.

Colin: ¿Y?

Yo: Que solo los borrachos y los universitarios de residencias se echan la siesta tan pronto. Ahora mismo voy para casa. Lo más seguro es que me tumbe en tu cama en cuanto llegue.

Colin: ¿Dónde estás?

Yo: Acabo de comer con mi editora.

Colin: Vaya, qué sofisticada.

Yo: Sin duda. Soy la más sofisticada.

Colin: ¿En qué restaurante?

Yo: En Zio's.

Colin: ¿Pediste la *pizza* New York King?

Yo: ¿Por qué no me preguntas directamente si me pedí la *pizza* de vómito y heces? Qué desagradable.

Colin: ¿No te gustan las salchichas?

Yo: No.

Colin: Creía que eras una obsesa de la carne.

Yo: ¿Estás haciendo alguna insinuación subida de tono sobre penes?

Colin: ¿Y ahora quién es la desagradable, pervertida? Me estaba refiriendo, literalmente, a que pensaba que eras alguien a quien le gusta los alimentos que antes eran animales.

Yo: No me gustan las mezclas de carne que se introducen en tripas.

Colin: En serio, Marshall, tienes una forma única de expresarte.

Yo: Lo sé.

Me resultó curioso lo cómoda que estaba intercambiando mensajes con Colin. No sabía cómo ni por qué, pero la conversación estaba siendo tan fluida que, por primera vez, no eché de menos a Número Desconocido.

Colin ocupó su lugar.

Colin: Bueno, no me ensucies mucho la cama, fracasada.

Yo: No te preocupes, solo voy a comer un plato de espaguetis y albóndigas encima de ella.

Colin: No me sorprendería que lo hicieras.

Decidí ir directamente a su apartamento. Mi precioso estudio me estaba esperando, pero necesitaba dormir una siesta antes de que Colin volviera a casa y perdiera la oportunidad. Todavía tenía las llaves de su casa, así que entré como si siguiera viviendo allí.

El lugar estaba exactamente igual, aunque un poco más ordenado. Solo había pasado un día, pero había esperado notarlo diferente. Les quité un Dr. Pepper de la nevera y me dirigí al dormitorio de Colin, pero me detuve al ver el despacho.

Estaba irreconocible.

No había ninguna prenda tirada, ningún colchón horrible y el escritorio estaba pulcramente organizado. Era evidente que Colin había vuelto a trasladar su material de oficina allí, ya que, a diferencia de cuando estaba yo, había carpetas y pósits por toda la superficie de cristal. No supe por qué, pero me quedé un poco impresionada al ver su letra tan pulcra y profesional.

Raro, ¿verdad?

Entré en su habitación y estaba igual que siempre. La cama hecha, la colcha color gris carbón perfectamente estirada, las almohadas en su lugar. Parecía recién sacada de una revista de decoración. La madera oscura de las mesitas de noche y de la cómoda brillaba como si acabaran de limpiarla, y el aire olía a pino.

Y a Colin.

Me quité los zapatos porque sabía que, en cuanto me subiera a esa cama y apoyara la cabeza en la almohada, tardaría unos treinta segundos en dormirme. Me tapé con la colcha y configuré la alarma para que me avisara en cuarenta minutos, pero quince minutos después, mi teléfono sonó.

—¿Diga? —Me senté y parpadeé, todavía conmocionada por el abrupto despertar.

—Hola, Olivia, soy Jordyn de la administración de fincas. Te llamo para avisarte de que los empleados de la tienda de muebles acaban de devolver tu llave, así que han terminado.

Me rasqué la cabeza y dije:

—¿Qué?

—Los de Nebraska Furniture Mart. Acaban de dejar algo en tu apartamento.

Me bajé de la cama de Colin y estiré la colcha.

—¿En mi apartamento?

—Mmm, sí. ¿Va todo bien?

Cogí el bolso y los zapatos del suelo y fui hacia la puerta.

—Sí, todo bien, pero no tenían que enviarme nada. ¿Estás segura de que era mi apartamento?

—Mira, Olivia, ha venido un cliente para que le enseñe un apartamento, tengo que dejarte. —Ahora parecía molesta—. Avísame si hay algo más que pueda hacer por ti, ¿vale?

—Oh. —Quizás habían adelantado el envío de mi escritorio y Jordyn se había equivocado de tienda—. Sí, claro.

Mientras subía en el ascensor, me di cuenta de que no podía tratarse del escritorio; lo había pedido la noche anterior y me lo estaban enviando desde un almacén en Minneapolis. Tal vez Dana había cambiado los taburetes o algo parecido. Salí en mi planta con la esperanza de no tener que deber dinero por unos muebles que no eran míos.

Colin

—Me sorprende que, por fin, te hayas decidido a venir. —Jillian se recostó en su silla, se cruzó de brazos y sonrió al ver a nuestros padres salir del comedor—. Ahora mamá va a estar insoportable durante meses, recordando el día en que su adorado Colin decidió unirse a nosotros para comer en el club.

Para ser sincero, yo también estaba bastante sorprendido. Solía evitar hacer cualquier actividad con mis padres en el club, pero cuando mi madre, que acababa de recuperarse de un ataque al corazón, me llamó la noche anterior, cedí y acepté unirme a ellos para una comida rápida.

—Pero papá no compartirá con ella esos entrañables recuerdos, ¿verdad? —Firmé la cuenta y se la entregué al camarero, preguntándome por qué a mi familia le gustaba tanto ese lugar. Destacaba por su madera oscura y atmósfera a riqueza ancestral, con un toque formal y pretencioso. Mis padres tenían la costumbre de comer allí al menos dos veces por semana.

—Porque nunca te callas y lo dejas hablar.

A Jill eso se le daba fenomenal. Siempre dejaba que mi padre hablara sin parar, sin decir una sola palabra, porque sabía que era inútil. A mí, en cambio, se me daba fatal.

—Me pone de los nervios que todos se comporten así. Parece el puto rey del mundo. Es absurdo. ¿Quién se atreve a decir cosas como «a tu edad, solo los miembros de una fraternidad y los actores en paro siguen compartiendo piso» y salir impune?

—Venga, Colin, tienes que entenderlo. —Mi hermana se terminó la copa de vino y la dejó sobre la mesa—. Es la forma que tiene de desahogarse porque echa de menos a su pequeño príncipe.

—Creo que nuestro padre hace tiempo que dejó claro que no soy eso.

—Cierto —resopló Jillian—. Pero discutes con él por todo.

—Solo discuto con él por lo que me importa, y cuando me ataca a propósito, me niego a aceptarlo sin más y no hacer nada.

Mi padre era un hombre decente. Iba a misa todas las semanas en St. Thomas, trabajaba duro, procuraba que su mujer disfrutara de unas buenas vacaciones y contaba chistes graciosos en el campo de golf.

Pero él y yo vivíamos en un enfrentamiento constante desde octavo curso.

Educación pública versus educación privada; yo elegí la equivocada a la temprana edad de catorce años. Después de terminar la primera fase de secundaria, él quiso que fuera a Creighton Prep, pero yo utilicé el vínculo madre-hijo para ponerla de mi lado y exigimos que fuera a un instituto público. Cedió porque estaba demasiado ocupado como para perder el tiempo discutiendo con mi madre, pero hasta el día en que me gradué, no dejó de señalar la terrible educación que estaba recibiendo cada vez que no respondía al instante a alguna de sus preguntas sorpresa.

Luego llegó la discusión de universidad estatal versus Notre Dame; nunca superó que me negara a asistir a su *alma mater* (y la *alma mater* de mi abuelo y la de mi bisabuelo). Intentó cortarme los fondos para tenerme bajo su control, pero cuando obtienes la nota máxima en el examen de acceso a la universidad, las becas fluyen como el agua. Así que pude mandarlo a la mierda e ir a la Universidad de Nebraska con Jack.

Sin embargo, mi pecado final fue no estudiar Derecho. Él y todos los Beck que me precedieron habían consagrado sus vidas a erigir una próspera y destacada firma de abogados. En su cabeza, yo iba a dejar que su sueño muriera porque elegí «juguetear» con los números como un mero contable en lugar de elegir la carrera adecuada.

El problema era que no podía. Había visto a mi padre, a mis tíos y a mi abuelo consagrar sus vidas al poder. No les apasionaba su trabajo, pero sí todo lo que este les brindaba: prestigio, influencia, dinero y contactos.

Lo único que yo quería era ser un tío normal que disfrutara de su profesión. Me encantaba el desafío que me planteaban los números, así que ¿por qué no dedicarme a eso como modo de vida? Y ese pensamiento tan disparatado fue el que me convirtió, a mí, el chico con un máster en Matemáticas, en la oveja negra de la familia.

Esa también fue la razón porque la que nunca acepté un centavo de ellos después de graduarme en la universidad. Trabajé al máximo para mantenerme por mi cuenta, para comprar bienes de valor, como el apartamento y mi coche, simplemente para demostrarle al mundo que la opinión de mi padre sobre mi carrera no podía estar más equivocada.

Había alcanzado el éxito sin la ayuda del ilustre Thomas Beck.

—La verdad es que es divertido veros discutir. —Jillian recogió el bolso del suelo—. Ojala vinieras más a menudo.

En ese momento me sonó el teléfono y me sentí un poco contrariado. Me gustaba estar con mi hermana y no quería que me interrumpieran. Aunque era abogada y estaba contenta con el estilo de vida de los Beck, había conseguido mantener los pies en la tierra lo suficiente como para entenderme.

Saqué el teléfono del bolsillo, pero al ver que era Olivia, mi humor mejoró bastante. Me llevé el teléfono al oído.

—Marshall.

—Beck. —Se aclaró la garganta—. Mmm… aquí hay una cama.

Me recosté en la silla e intenté imaginarme cómo habría reaccionado al llegar a casa. Regalarle la cama había sido una idea descabellada, pero ella no tenía ninguna y todavía le debía una por la carta.

—¿Dónde?

—Ya sabes dónde. En mi apartamento.

—¿Te refieres al colchón hinchable?

—Sabes que no. —Oí que su voz se desvanecía y murmuraba—. Aunque ahora que lo pienso, no tengo ni idea de dónde está ese trasto.

—No te vayas por las ramas y céntrate, Liv.

—¿Por qué hay una cama aquí que es exactamente igual que la tuya?

—Bueno, estoy seguro de que no es exactamente igual. La mía fue un encargo especial.

—No te andes por las ramas, Beck, ¿sabes algo de la cama que hay en mi habitación?

—Sí. —No sabía si tenía que estar divirtiéndome con todo aquello, pero estaba disfrutando de lo lindo. Miré a Jill. Me estaba observando con una leve sonrisa en los labios—. Resulta que no me hace especial ilusión que la gente duerma siestas en mi cama, así que pensé que esta era la mejor solución.

—¿Me has comprado una cama de un millón de dólares, igual que la tuya, para que no me echara la siesta en tu apartamento?

—No me estás prestando atención, Marshall; no es igual que la mía. Jamás me gastaría tanto dinero en alguien que podría derramar un kilo de queso de nachos sobre ella en cualquier momento.

La oí soltar una pequeña risa.

—Vale, entonces, ¿qué significa esto? ¿Tengo que dejarte dormir en ella?

—No me gusta mezclarme con la plebe.

—¿Por qué has sido tan considerado conmigo?

—No se trata de ser considerado o no. Recuerda que tú me ayudaste a cerrar un trato con un cliente importante cuando no tenías por qué haber hecho nada. —Miré a mi hermana y puse los ojos en blanco, como si la llamada no tuviera ni pies ni cabeza—. Solo estaba devolviéndote un favor.

—Entiendo. —Parecía feliz y confundida—. Mmm... Tampoco tiene ninguna connotación sexual, ¿verdad? En plan, como me has comprado una cama, ahora tengo que acostarme contigo en ella.

Mierda. Como si me hicieran falta más imágenes de Liv en la cama. Había pasado de encontrarla la chica más molesta del planeta a estar obsesionado con ella sin ninguna razón aparente. Aunque todavía me parecía tremendamente irritante, no podía dejar de pensar en la forma en que ponía los ojos en blanco o en la intensidad que mostraba su rostro cuando escribía cien palabras por minuto en su portátil.

Me alejé de la mesa y bajé la voz.

—No, no tiene ninguna connotación sexual, aunque tampoco rechazaría favores de gratitud íntimos si te sientes inclinada a ello.

—¿De gratitud?

—Así es.

La oí volver a reírse.

—Bien, pues estoy increíblemente agradecida, Colin. Ha sido una sorpresa preciosa y creo que, en cuanto cuelgue, me voy a echar una segunda siesta en mi propia cama.

—¿Ya te has echado en...?

—Oh, sí. Por cierto, tu cama es increíble.

Me reí. Pues claro que se la había echado. Entonces dijo:

—Cuando vuelvas a casa, deberías venir a ver mi nueva cama, es impresionante.

Ni loco iba a bajar a ver su cama. Necesitaba poner mucha, mucha distancia entre mi libido y la hermana pequeña de Jack.

«La hermana pequeña de Jack, la hermana pequeña de Jack, la hermana pequeña de Jack».

—La mía es mejor —repuse.

—Bueno, después de mi segunda siesta, voy a comer *pizza* de la que sobró en mi terraza y comprar sábanas y una colcha *online*, así que prepárate, porque aquí, en el sexto, la diversión está prácticamente asegurada si decides unirte.

—Lo tendré en cuenta —respondí, sabiendo que no lo haría.

—Bueno, pues adiós, Colin.

—Adiós, Liv.

Nada más colgar, mi hermana exclamó:

—¡Cielo santo, Col! ¿Con quién hablabas? Estabas radiante.

Puse los ojos en blanco y me levanté.

—A ti te lo voy a decir. ¿Lista?

Se levantó y empujó su silla.

—Como no me hayas contado toda la historia antes de llegar a nuestros coches, te rayaré el Audi y llamaré a mamá.

—De acuerdo. —Saludé con un gesto de la barbilla a uno de los compañeros de golf de mi padre mientras salíamos del comedor—. Te haré un resumen, pero prométeme que no te vas a reír.

—Me temo que no puedo hacer semejante promesa.

13

Olivia

Me volví hacia la puerta cuando oí que llamaban. Estaba sentada en un taburete, viendo un antiguo episodio de *New Girl* en el portátil y comiendo *pizza*. Al ver a Zooey Deschanel con ese aspecto tan adorable, había sacado mi neceser de maquillaje y había intentado recrear su *look*.

Pero no había funcionado.

Así que ahora llevaba los labios pintados de un rojo brillante que, aunque me favorecía, me daban un aire demasiado provocador, como si fuera el tipo de mujer dispuesta a devorar un helado de la forma más sensual posible solo para llamar la atención de todos los hombres a mi alrededor. Y los ojos perfilados en negro, con rabillo incluido; un estilo con el parecía recién salida de un videoclip de rock de los ochenta, más que una protagonista al lado del encantador Nick Miller.

Y para empeorar aún más las cosas, iba vestida con mis viejos pantalones de sóftbol, porque cuando los vi en la caja, había recordado lo cómodos que eran y quise comprobar si todavía me quedaban bien.

—¿Quién es? —Me levanté e intenté calcular cuánto tiempo tardaría en subir corriendo al altillo para cambiarme a toda prisa los pantalones. Colin había dicho que no vendría, y nadie más, aparte de mis hermanos y Dana, sabía dónde vivía.

—Soy Colin.

Cómo no.

—Si vienes buscando favores de gratitud, será mejor que vuelvas por donde has venido.

—He traído ropa de cama.

Descorrí el cerrojo y entreabrí la puerta, dejando la cadena puesta. Llevaba una camiseta negra, unos vaqueros y (¡Ay, sí!) esas gafas. Daba la sensación de que estaba intentando parecer un empollón sexi o algo similar.

—¿Ropa de cama para mi cama?

Ladeó la cabeza.

—¿Para qué otra cosa traería ropa de cama?

«Dios bendito».

—Espera un momento.

Cerré la puerta y empecé a quitar la cadena.

—Tienes que prometerme que no harás ningún comentario sobre mi aspecto.

—Esto se pone interesante.

Cuando abrí la puerta del todo, su rostro se iluminó con una sonrisa de oreja a oreja.

—Vaya, vaya, ¿qué tenemos aquí?

—Que te den.

Entró al apartamento con un montón de ropa de cama en los brazos y me examinó de arriba abajo con una sonrisa socarrona.

—¿Quién intentas ser? ¿Cher versión Taylor Swift?

—¿Cher? —Le quité la ropa de las manos y la deje en la isla—. ¿Dónde ves tú aquí a Cher?

Apretó los labios, como si estuviera conteniendo la risa.

—He visto todo ese maquillaje y…

Hizo un gesto hacia mi pelo y mi cara.

—Da igual. —Coloqué las manos en la cintura e intenté mostrar la serenidad que sin duda tendría de no haber llevado los pantalones y la camiseta de tirantes de una conocida marca de cerveza—. Entonces, ¿quieres ver la cama?

Soltó una pequeña risa y volvió a contemplarme de arriba abajo, pero esta vez sentí sus ojos sobre mí. Esta vez lo hizo con una mirada juguetona, no de mofa.

—Oh, sí.

Ese «¡Oh, sí!» dejaba entrever muchas cosas, pero decidí hacer caso omiso.

—Saca unas cervezas de la nevera y ven a ayudarme a hacer la cama.

Ni siquiera lo miré a la cara mientras me hacía con el montón de sábanas y subía las escaleras. No había pretendido que sonara sugerente, y tampoco tenía ni idea de por qué le había pedido que me ayudara con la cama. ¿En qué narices había estado pensando? Por suerte, él no hizo ningún comentario. Cuando oí que abría la nevera, supe que me había hecho caso.

Al llegar arriba, sentí un poco de vergüenza al ver una lata de cerveza vacía en el suelo junto a la cama y una caja abierta de cereales. Estuve a punto de darles una patada para esconderlas debajo del armario, pero luego recordé que Colin estaba familiarizado con mis malos hábitos.

Coloqué el montón de sábanas en el murete que ofrecía una panorámica del resto del apartamento y acaricié la blancura impecable del tejido.

—Dios mío, Beck, ¿son sábanas de lino?

Colin apareció en el último escalón y (¡Madre mía!) su atractivo me cortó la respiración. Esas gafas sobre el puente de su nariz eran irresistibles.

—Sí, ¿pasa algo?

Me eché a reír.

—Eres todo un divo, Beck.

A pesar de tener una expresión seria, me miró con un brillo de diversión en los ojos.

—Estamos en verano, Liv, el lino es perfecto: ligero y transpirable para que no te dé calor, pero con más peso que una sábana convencional. Te va a encantar.

Sí, tenía razón. Lo sabía porque le había mentido. Cuando se había ido a Boston, había dormido entre sus sábanas y me había quedado extasiada al sentir su frescura sobre mi piel, aunque no sabía que era debido al lino.

—Te prometo que te las devolveré en cuanto compre algunas.

Ese mismo día, había pedido un sofá y una televisión en Amazon, así que ¿por qué no incluir también ropa de cama? Al fin y al cabo, ahora tenía un trabajo estable.

—Considéralas un regalo. Las lavé después de comprarlas, pero nunca las he estrenado

—Mmm, gracias. —Desdoblé la sábana bajera, que Colin evidentemente había doblado a la perfección, y la sacudí—. Pero sigo sin entender por qué estás siendo tan amable conmigo. Me parece un gesto tan raro en ti que hasta me asusta un poco.

—Primero, no es algo tan raro en mí. Soy un tío de lo más amable.

—Salvo conmigo.

—En eso te doy la razón. —Se acercó y agarró un extremo de la sábana, estirándola hacia la cama—. Y segundo, esto es como una especie de garantía para que no vuelvas nunca. Si lo único que se necesita para que te alejes definitivamente del nido es un colchón y unas sábanas, es un pequeño precio que estoy dispuesto a pagar.

—¿Lo ves? —Me moví con él hacia la cama, sosteniendo mi extremo y un poco ensimismada al vernos hacer algo tan íntimo y cotidiano juntos—. Esto es exactamente lo que necesitaba para dejar de sentirme culpable por ser un caso de caridad. En realidad, estás siendo un poco gilipollas al comprarme una cama tan lujosa como la tuya.

—No es igual que la mía —murmuró, metiendo su lado debajo de la esquina del colchón—, es una versión mucho más barata.

—Claro que sí. —Metí la sábana alrededor de mi esquina del colchón y luego me desplacé hacia los pies de la cama con el otro extremo en la mano.

—Puedes creer lo que quieras, Marshall.

—Oh, lo haré, Beck.

Agarró la sábana superior del montón y la sacudió mientras yo abría una cerveza. Después observé divertida como no solo la colocaba sobre el colchón, sino que rodeaba la cama cuatro veces, metiendo todas las esquinas y dejándola sin una arruga.

Dejó la cama tan bien hecha que parecía la de un hotel.

Luego lanzó una almohada sobre el colchón y se quedó un momento quieto para inspeccionar su trabajo.

—Muchas gracias. —No podía seguir manteniendo la compostura porque mi corazón estaba lleno de ternura hacia Colin—. No me importa si el motivo era sacar mi molesto trasero de tu apartamento. Esto es lo más bonito que alguien ha hecho por mí en toda mi vida.

Lo vi tragar saliva y me quedé cautivada por el movimiento de su garganta. Tan fuerte, bronceada y masculina.

—Todo el mundo se merece recibir un regalo de vez en cuando.

—Vaya. —Parpadeé—. No me esperaba oír eso de tu boca.

—¿Qué se supone que quieres decir con eso?

—Nada. —Cogí la cerveza y comencé a bajar las escaleras—. Simplemente no me pareces alguien propenso a hacer regalos.

—¿Me estas llamando tacaño? —Me siguió escaleras abajo. Oía su voz justo detrás de mí—. Pero ¿qué narices?

—No tacaño. —Dejé la cerveza en la isla y me volví para enfrentarlo—. Quizá demasiado cerebral como para pensar en regalos considerados.

Ahora estábamos muy cerca, y Colin acortó aún más la distancia, dando otro paso hacia mí.

—Permíteme decirte que soy increíble en lo que a dar regalos se refiere.

—¿Y ahora es cuando empiezas a contarme lo increíble que también eres en la cama? Ahórrame el número de orgasmos, Beck.

Sonrió. Una sonrisa lenta que comenzó con una mirada traviesa y terminó convirtiéndose en algo tremendamente seductor.

—Vale.

—Vale.

—Pero sabes que soy un tipo de números.

—Venga ya, Beck, no lo hagas.

Soltó una risita.

—No iba a hacerlo.

—Bien.

—Pero ambos lo sabemos.

—¿El número?

—Las infinitas posibilidades de mis números.

Ahora la que se rio fui yo.

—Creo que necesito otra cerveza.

Me miró fijamente con sus ardientes ojos azules durante un minuto, dejándome paralizada, mientras ambos permitíamos que nuestras mentes se dirigieran hacia pensamientos más eróticos. Pero luego se aclaró la garganta y dijo:

—Me voy a ir para que puedas dormir.

—Gracias. —La decepción se apoderó de mí. No había sido consciente de que deseaba que esa tensión sexual desembocara en algo, pero me dejó bastante abatida que se fuera. Sonreí y dije—: Supongo que es verdad que no me has regalado la cama para echar un polvo.

Apretó la mandíbula antes de darse la vuelta y dirigirse hacia la puerta de entrada, como si de pronto tuviera mucha prisa por irse. Lo seguí, y justo cuando puso la mano en el pomo, me miró y murmuró:

—¿Tú y yo, Liv? No nos haría falta ninguna cama.

Clavé la vista en él mientras todo se desvanecía a mi alrededor.

—Cierto.

Agarró el pomo de la puerta.

—Pero sería una idea terrible.

—La peor.

Había tal tensión en el ambiente que parecía que ambos estábamos jadeando mientras nos mirábamos.

—Será mejor que me vaya.

—Sí.

Se dio la vuelta y abrió la puerta. Justo en ese momento, me oí decir a mí misma:

—A menos que...

Colin la cerró de un portazo y se giró hacia mí.

—¿A menos que...?

Me encogí de hombros y di un paso adelante. De pronto estaba resuelta a llevar a cabo esa horrible decisión.

—A menos que establezcamos unas reglas básicas.

—¿Como cuáles? —Colin dio otro paso adelante. Sus labios quedaron justo encima de los míos y me miró con los ojos entrecerrados y con tal intensidad que casi me resultó intimidante.

—Como, mmm... —empecé, pero Colin me mordisqueó el labio inferior, haciendo que mi respiración se volviera entrecortada—... esto no significa nada, sin ataduras, nadie lo sabrá nunca y nada de situaciones incómodas.

—Joder, me encantan tus reglas.

—Y... —continué mientras empezábamos a besarnos al tiempo que retrocedíamos al interior del apartamento—... cero romanticismo.

—Me parece genial. —Colocó sus enormes manos debajo de mi trasero y me alzó. Yo le rodeé encantada la cintura con las piernas—. Dios, en lo único que he pensado desde que entré aquí ha sido en devorar esos labios rojos.

—Con esas gafas de empollón sexi puedes devorarme lo que quieras.

Se le formaron pequeñas arrugas de diversión en los ojos.

—Eres una pervertida.

—Tal vez. —Comenzó a besarme con fervor, utilizando todo el poder de su lengua, dientes, labios y aliento. Llevé las manos a su pelo y hundí todos los dedos en él.

—Por cierto —susurró, apartando la boca de la mía—, esos pantalones de béisbol que llevas son un afrodisiaco de lo más potente.

—Cierra el pico, imbécil, no te esperaba...

—Lo digo en serio, Livvie, no te haces una idea.

Sus palabras me produjeron una cálida sensación por dentro. Le lamí la comisura de la boca mientras le agarraba la parte inferior de la camiseta.

—Creía que odiabas mis abdominales.

—Cállate y ayúdame.

Me llevó hasta la isla y me sentó allí, dejándome prácticamente sin aliento por la expectación, mientras se quitaba la camiseta. Sí, ya había visto su pecho antes, pero nunca había tenido la oportunidad de deleitarme la vista con él. Lo miré con ojos soñolientos y exclamé:

—Ay, Dios.

Tenía un cuerpo perfectamente definido, una mezcla de piel bronceada y fuerza contenida.

—Asqueroso, ¿verdad?

Asentí y susurré con reverencia:

—Sí, repugnante.

Recorrí sus pectorales con las manos, pero entonces las cosas se pusieron realmente calientes. Fue como si ambos estuviéramos ansiosos de hacer todo lo que aún no estábamos haciendo. Me quité la camiseta y él se deshizo de sus zapatos, luego me desabrochó el sujetador y yo su cinturón.

En lugar de una exploración lenta de nuestros cuerpos, fue como un esprint hacia la meta principal. Necesitábamos sentir; no queríamos perder el tiempo en preliminares. Nuestras manos estaban en todas partes; las bocas fundidas la una en la otra, reacias a separarse.

Le susurré en la boca, con la intención de preguntar: «Estamos seguros de lo que vamos a hacer?», pero en lugar de eso dije: «Preservativo», a lo que él murmuró algo en sentido afirmativo mientras yo seguía poseyendo su boca con la mía.

¿Se podía morir por esto? Sentía que estaba a punto de fallecer mientras se me aceleraba el pulso, se me entrecortaba la respiración y cada molécula de mi cuerpo vibraba de energía, completamente entregada a Colin Beck. Cuando usé los talones para acercarlo aún más, gruñó y luego soltó un taco cuando le mordí en el hombro.

Y entonces, por fin, estuvo ahí, caliente, tenso. Lo sentí tan increíblemente bien en mi interior que le clavé sin querer las uñas en los hombros. Siempre había pensado que lo de las uñas era un cliché, pero en ese momento, fui físicamente incapaz de retraer mis garras.

Me obligué a no cerrar los ojos para poder mirarlo. Sus fosas nasales se ensancharon, tenía la mandíbula tensa y los ojos intensos clavados en los míos mientras me hacía sentir cosas increíbles con su cuerpo. Fue tan irreal, tan deliciosamente bueno, que a mi alrededor desapareció la cocina, el apartamento y el mundo entero. El tiempo se desvaneció con nosotros consumiéndonos en la encimera de granito. Colin me hizo explotar por dentro en lo que no sé si fueron segundos u horas. Toda mi existencia se redujo a ese momento, al lugar en el que estábamos unidos, sin importar nada más.

—Ah, joder, sí, Liv —dijo con voz áspera, jadeando contra mi boca—. Vamos

—No me metas prisa —respondí entre dientes.

Se rio y gruñó en mi oído.

—Jamás osaría hacer eso, Marshall. Tómate todo el tiempo que necesites. Podría quedarme aquí toda la eternidad.

Sus palabras me hicieron temblar, algo que tuvo que sentir porque gimió algo parecido a un «joderestoyenlagloria» entre el espacio de mi cuello y mi hombro, y me apretó el trasero con tanta fuerza que estuve segura de que me dejaría marca.

Cuando por fin levantó la cabeza, esbozó una media sonrisa y preguntó:

—¿Acabamos de estrenar tu nueva cocina?

—Sí. —Cogí mi camiseta, que colgaba del grifo—. Algún día, cuando mi madre se presente sin avisar y deje el bolso justo aquí, sonreiré, sabiendo lo mucho que le molestaría todo esto.

Colin

«Pero ¿qué coño acabo de hacer?».

Abrí la nevera de Olivia y saqué una de las tres latas de cerveza que quedaban de la noche de la mudanza, intentando mantener la compostura, pero lo cierto es que estaba completamente desconcertado.

Me había acostado con Olivia Marshall.

Me había *acostado* con Olivia, la irritante hermana pequeña de Jack.

¿En qué había estaba pensando? Jack me iba a matar, y tendría todo el derecho a hacerlo. Me sentía como el mayor cabrón del mundo. Había estado decidido a no bajar a ver su nueva cama, pero de alguna manera, después de llegar del trabajo, mi pene debió de convencer a mi cerebro de que podía llevarle las sábanas y marcharme sin más.

Una soberana estupidez.

En cuanto Olivia saliera del baño, la convencería de que habíamos cometido un error garrafal, le pediría que no dijera nada y me iría de allí como alma que llevaba el diablo.

«*Mierda*».

Quizá lo mejor que podía hacer era mudarme. A otro país.

Cuando Olivia apareció, estaba a mitad de un trago de cerveza y casi me atraganto.

Porque… ¡Madre mía!

Solo llevaba puesta la camiseta de tirantes que le llegaba justo a la parte superior de los muslos y su melena larga y oscura estaba revuelta. Parecía recién levantada. Cuando la vi, y sobre todo cuando esbozó esa sonrisa tan típica suya, me quedé sin aliento.

—Tenemos que hablar, Beck. Vamos a tomar un poco el aire. —Me dio la espalda y se dirigió hacia el salón. Yo la seguí sin rechistar, apretando los dientes con tanta fuerza que me dolieron. Hice acopio de todas mis fuerzas para mantener la vista clavada en su nuca, en lugar de en su perfecto trasero.

—Me alegra que pensemos lo mismo —murmuré mientras la veía abrir la puerta corredera y salir a la terraza oscura.

Salí tras ella y cerré la puerta detrás de mí. Olivia se apoyó en la barandilla y contempló la ciudad. Fue entonces cuando me permití un momento de debilidad y bajé la mirada, aunque estaba demasiado oscuro como para ver algo más que la curva de la zona baja de su espalda.

«Mierda».

—No sé en qué estábamos pensando ahí dentro —comentó con la voz un poco ronca en la penumbra—, pero estoy segura de que ambos coincidimos en que ha sido un error colosal.

Me senté en la silla de la terraza que venía con el apartamento y dije:

—Estoy de acuerdo.

—Y seguro que también estamos de acuerdo en que Jack no puede enterarse nunca de lo que ha pasado.

—Nunca. —Desde abajo nos llegó el sonido de un claxon. Me crucé de brazos, preguntándome cómo era posible que no tuviera frío. Era una noche sorprendentemente fresca para la época en la que estábamos, y Olivia estaba de pie, en ropa interior y una camiseta de tirantes como si se tratase de una noche cálida de verano.

—Bien. —Se aclaró de nuevo la garganta y se volvió hacia mí con una sonrisa en los labios mientras la luz del interior de su apartamento le iluminaba el rostro—. Pues… entonces… creo que es hora de que te vayas. Así podremos dejar atrás este error cuanto antes.

Por alguna razón, su sonrisa me molestó. Aunque había pensado soltarle el mismo discurso que ella me estaba diciendo, la forma en que sonrió y me pidió que me fuera no me sentó bien. De modo que le dije:

—Sí, quizá debería irme. Pero no sé si me apetece.

—¿Qué? —Frunció el ceño, tal y como supe que haría.

Ladeé la cabeza y dejé que mis ojos la recorrieran de arriba abajo. «No, no, no… mala idea».

—Piénsalo. Hemos tenido relaciones sexuales; ya hemos cometido el error. Si volviéramos a hacerlo esta misma noche, formaría parte de ese mismo error.

Parpadeó varias veces, como si estuviera reflexionando lo que acababa de decirle, y se cruzó de brazos.

—No, no funciona así.

—¿Me estás diciendo que cada vez contaría como un error nuevo?

—Sí. —Colocó un pie encima del otro, como si fuera un flamenco. No me preguntéis por qué, pero me resultó de lo más sexi.

—Entonces, ¿me estás diciendo que si ahora mismo subiéramos a tu cama, lo hiciéramos cuatro veces y luego decidiéramos contárselo a Jack, tendríamos que decirle: «Oye, que nos acostamos cinco veces», en vez de: «Vaya, resulta que nos hemos acostado juntos»?

Puso los ojos en blanco, pero se notaba que quería sonreír.

—No seas tonto.

—¿Ves? Me estás dando la razón.

—En parte —repuso, ahora sí, con una sonrisa y negando ligeramente con la cabeza—. Estoy de acuerdo en que los errores de tipo sexual se cuentan por sesión, y no por orgasmo, pero eso no significa…

—Ven aquí, Marshall. —Estaba solo a un par de pasos de mí, pero no lo suficientemente cerca—. Estás demasiado lejos.

Su sonrisa cambió, se tornó más seductora mientras bajaba los brazos a los costados y cerraba la distancia que nos separaba. Pero no solo se acercó, continuó avanzando y se colocó entre mis rodillas separadas, de forma que tuve que alzar la vista para mirarla.

—Mira, esto es lo que pienso. —Coloqué las manos en su cintura y apreté. Y entonces… ¡Santo Dios! Olivia se subió a mi regazo como si fuera lo más natural del mundo.

—A ver, cuéntamelo todo.

Me rendí. Su sonrisa provocadora hizo que se esfumara cualquier duda que tuviera al respecto. Así que le dije:

—Si esta va a ser nuestra única «sesión», ¿no nos estaríamos haciendo un flaco favor al no dar lo mejor de nosotros mismos? No me malinterpretes, me ha encantado lo que hemos hecho en la encimera…

—A mí también.

—Pero tengo más que ofrecer. Poseo algunas habilidades que me gustaría mostrarte.

Aquello la hizo reír.

—Vamos, que lo que en realidad quieres es asegurarte de que sepa lo bueno que eres en la cama antes de que no volvamos a acostarnos nunca —concluyó, arrugando la nariz.

—Exacto. —Me costó mucho no reírme, sobre todo con ella mirándome de esa manera—. ¿No te pasa lo mismo? ¿O es que no tienes habilidades...?

Puso los ojos en blanco.

—Te aseguro que las tengo.

—No sé si creerte.

—¿En serio, Beck?

Se acercó y me susurró algo tan increíblemente atrevido al oído que mis dedos se tensaron por instinto en su espalda. No sabía si podía hacer eso con la lengua, pero estaba más que dispuesto a averiguarlo.

—Joder, Marshall. —Me levanté, la lancé sobre mi hombro como un bombero con la manguera y abrí la puerta—. Vamos.

Ella chilló mi nombre.

—Oh, sí... grítalo —dije entre risas. Me dispuse a subir a la habitación y, mientras se retorcía, le di una palmada en el trasero, lo que le hizo reír a carcajadas.

Una de las cosas que había olvidado de Olivia antes de que regresara a Omaha era lo divertida que siempre había sido. Ya estuviera teniendo un traspiés o haciendo una de las suyas, desde el día en que la conocí siempre había sido de risa fácil. Todavía recordaba ese primer encuentro. Había ido a casa de mi amigo Jack, y su peculiar hermana pequeña no dejó de seguirnos, entonando canciones de la banda sonora de *Annie*. Hasta el día de hoy, podía oírla berreando la letra de *Tal vez*.

Al haberme criado en una familia muy seria, encontraba su risa un poco adictiva.

Subí corriendo las escaleras, y cuando llegamos a su habitación, la dejé caer en la cama. Se estaba riendo, con el pelo todo revuelto. Entonces se incorporó, se apoyó en los codos y enarcó una ceja.

—¿Listo para mostrarme esas habilidades?

Era todo piernas, camiseta de tirantes y un aura sexual que la envolvía por completo. No tenía ni idea de si, alguna vez, volvería a verla del mismo modo. El aroma de su perfume, el tono verde de sus ojos, la curva de su boca rosada; todo confluía para hacerme pedazos.

—Nací listo, cielo. —Me subí a la cama y gateé hacia ella.

Cuando me cerní sobre su cuerpo y tuve sus ojos justo debajo de los míos, la vi parpadear y tragar saliva.

Era menos atrevida de lo que dejaba entrever.

Recordé sus mensajes a Número Desconocido sobre que solo le gustaba rápido y salvaje. ¿Le asustaba la intimidad a fuego lento? Su mirada de largas pestañas me atrapó, y creo que murmuré algo como «Que Dios me ayude» antes de bajar la cabeza y besarla. Fue un beso lento y ardiente que encendió una llama en todo mi cuerpo mientras ella me rodeaba el cuello con los brazos y gemía en mi boca.

Continúe con esa lenta intensidad, preguntándome por qué me importaba tanto que ella me lo estuviera permitiendo. Cada beso apasionado y prolongado lo sentí como un pequeño triunfo, potenciado por su desinhibida participación.

Ojos cerrados, suspiros profundos… Dios mío.

Pero no quería tentar a la suerte.

—Marshall. —Me aparté y la observé mientras abría despacio sus ojos color esmeralda.

—¿Mmm? —Me sonrió con la mirada desenfocada, moviendo las manos hacia mi nuca.

—Deja de distraerme con esos besos lentos. —Le mordí el labio inferior y le agarré el trasero con ambas manos—. Tengo que mostrarte mis habilidades.

—Ya era hora —dijo con una gran sonrisa. Me dio un tirón en el pelo antes de agarrarse el dobladillo de la camiseta y quitársela—. Me estaba quedando dormida.

—¿En serio?

Empecé a tocarla y ella dejó escapar un jadeo entrecortado.

—Bueno, casi dormida.

Y entonces todo explotó y las pocas prendas que llevábamos desaparecieron en un instante. Los besos prolongados se convirtieron en un encuentro frenético de bocas: dientes, labios y lenguas chocando, mordiendo, tirando, chupando mientras rodábamos en su nueva cama. Nuestros cuerpos encajaban de una forma tan perfecta que, durante unos minutos, perdí la audición.

Todo desapareció, excepto la electricidad que vibraba en ese altillo.

—Eso ha estado bien —jadeó ella cuando la levanté un poco sobre el colchón.

—¿Te gusta? —Le mordisqueé el cuello y repetí el movimiento. Me arañó la espalda y me clavó las uñas en el trasero.

—Mucho. Una habilidad excelente.

—Gracias —logré decir. Me estaba costando lo indecible mantener el control—. Te tengo, Liv.

Dejó caer la cabeza hacia atrás mientras se movía conmigo, completamente ajena a lo asombrosas que eran sus habilidades. Quise decírselo, pero a esas alturas había perdido la capacidad de hacer cualquier cosa que no fuera apretar los dientes y prepararme para lo que viniera a continuación.

14

Olivia

Colin se quedó dormido alrededor de las tres de la mañana. Lo supe por cómo respiraba.

Tenía la espalda apoyada contra su pecho y sus brazos me rodeaban. Aún me costaba creer lo asombrosa que había sido la noche.

Y no porque me sorprendiera que Colin fuera bueno en la cama; por alguna razón, había sabido que así sería. Sino porque también se había mostrado dulce, divertido y un poco romántico. La manera en que me había sostenido el rostro mientras me besaba, la pasión en esos ojos azules… sentí un revoloteo en el estómago al pensar en eso. Y aún seguía en mi cama, ¡por el amor de Dios!

Sí, esa noche había sido un error, no cabía duda, pero no era un error del que me fuera a arrepentir. Había sido demasiado bueno para eso. Si Colin hubiera sido cualquier otro chico, en ese momento estaría al borde del pánico y fantaseando con que se convirtiera en mi novio.

Menos mal que sabía que ese no ocurriría.

Por mucho que me hubiera sorprendido con su ternura, seguía siendo solo sexo. Solo dos cuerpos respondiendo a la química. Y nunca volvería a suceder. En el día a día, nunca habríamos funcionado como pareja, así que aquello solo había sido una forma de aprovechar unos cuantos buenos momentos antes de que saliera el sol.

Sonreí y enterré el rostro en la funda de lino de la almohada que olía al detergente de Colin. ¿Quién se habría imaginado que el mejor sexo de mi vida sería con Colin Beck?

Cerré los ojos y dejé que el suave sonido de su respiración me arrullara para dormir.

Mi teléfono.

Me senté en la cama, tratando de despertarme mientras mi teléfono sonaba desde el lugar donde lo había dejado cargando en el suelo. Durante un instante, me sentí completamente confundida antes de mirar hacia abajo y descubrir que estaba recostada sobre un adormilado Colin.

Que me estaba sonriendo con cara de satisfacción.

Mierda. Solo necesité mirarlo una vez para que todo lo sucedido la noche anterior acudiera en tropel a mi mente.

¡Cielo santo!

Había sido una noche increíble; Colín me había hecho sentir demasiadas cosas. El rubor tiñó mis mejillas mientras él sonreía.

—Hola —le dije.

Enarcó una ceja.

—Buenos días.

El teléfono seguía sonando y tuve que gatear sobre Colin para alcanzarlo. Una parte de mí se alegró por la distracción, porque necesitaba ordenar mis pensamientos y actuar con calma con todo lo relacionado con Colin. Miré la pantalla. Era Glenda.

—Vaya. —Agarré la sábana, me envolví con ella y me senté a los pies de la cama por si Colin quería seguir durmiendo—. ¿Hola?

Vi cómo Colin salía de la cama, recogía sus pantalones del suelo y se los ponía. Me pareció algo demasiado íntimo como para seguir mirando.

—Olivia, soy Glenda. Mira, voy a ir directamente al grano.

Su voz sonaba rara. Parecía enfadada. Se me hizo un nudo en el estómago. Algo iba mal. Muy mal. Me levanté de la cama y me reacomodé la sábana antes de bajar las escaleras para continuar con la llamada. No quería que Colin me oyera.

—De acuerd…

—Beth, de Recursos Humanos, también está en la llamada por si necesitamos su ayuda, ¿vale?

«Ay, Dios».

—Mmm, sí, claro.

—Nos ha llegado información de que no tienes hijos. ¿Es eso cierto?

Empezaron a pitarme los oídos y sentí náuseas.

—Mmm, en realidad sí, pero si me dejas explic…

—Entonces te inventaste que tenías dos hijos para conseguir este trabajo, ¿correcto?

—¡No! —El corazón empezó a latirme desaforado mientras intentaba encontrar una forma de explicarlo—. Bueno, sí, más o menos. ¡Dios! Empezó como un pequeño malentendido, y luego no supe cómo…

—No podemos tener una columnista que hable sobre paternidad y no tenga hijos. —La voz de Glenda sonaba tan fría que sentí una punzada en la garganta—. Pero lo que es más importante aún, uno de los valores fundamentales del *Times* es la integridad, Olivia. La deshonestidad resulta inaceptable y no vamos a tolerarla en ninguna circunstancia.

Parpadeé a toda prisa, sintiendo una oleada de calor y frío al mismo tiempo. También me sentí la peor persona del mundo. Traté de contener las lágrimas.

—Lo siento mucho. ¿Podemos reunirnos y…?

—No nos queda más remedio que rescindir tu contrato. —Estaba claro que a Glenda no le interesaba escuchar mi versión. No la culpaba—. Ahora Beth seguirá con la llamada y te informará sobre la opción de mantener el seguro médico después del despido y sobre el acuerdo de confidencialidad. Cuídate.

Y así, sin más, Glenda colgó y me dejó con la amable empleada de Recursos Humanos, leyéndome el acuerdo de confidencialidad. Mientas la escuchaba explicar las consecuencias legales de revelar secretos, pensé en los míos propios.

¿Cómo se habían enterado?

El único que sabía que yo era Mamá402 era Colin, pero él no se lo diría a nadie, ¿verdad? Además, ¿a quién se lo iba a contar?

Estaba demasiado ocupado, y absorto en sí mismo, como para delatarme ante el periódico.

Todavía recordaba lo que me había dicho aquel día en la terraza: «¿De verdad crees que no se acabará sabiendo en un lugar como Omaha?».

En ese momento, como si lo hubiera convocado con el pensamiento, Colin bajó las escaleras, encarnando la viva imagen del pecado. Parecía recién salido de una revista de campo, descalzo, con los pantalones hechos a medida, su corte de pelo perfecto y su estructura ósea despidiendo feromonas que casi se podían tocar.

Y entonces, mientras contemplaba toda esa sofisticación, lo supe: había sido él. No cabía otra posibilidad. Tenía claro que no había llamado directamente al periódico para delatarme ni nada por el estilo, pero también estaba segura de que se lo había debido de contar entre risas a mi hermano o a alguno de sus amigos ricachones.

Lo más probable era que, en algún momento, hubiera visto el cartel y hubiera contado la historia de la estupidez que estaba cometiendo la cabeza de chorlito de su amiga.

Mierda, sabía que todo era demasiado bueno para ser verdad: el trabajo y también mi «amistad» con Colin. ¿En qué narices había estado pensando cuando decidí confiar en el chico que en sexto curso me dijo que iba maquillada como si fuera una anciana borracha?

Le di la espalda y seguí escuchando los detalles sobre cómo continuar con mi seguro médico antes de que la chica de Recursos Humanos finalizara tanto la llamada como mi relación con el periódico.

En cuanto colgué, Colin apareció frente a mí y preguntó:

—¿Quién era? ¿Qué pasa?

Negué con la cabeza y parpadeé a toda prisa, pero fui incapaz de contener las lágrimas.

—Era… Dios… Cómo no. —Al verlo dar un paso hacia mí, alcé la mano para detenerlo—. Mira, Colin, ¿puedes irte, por favor?

Frunció el ceño y me miró como si estuviera preocupado. «Venga ya». Contempló cada centímetro de mi cara.

—Claro que puedo, pero quizá pueda ayudarte.

—No puedes —dije con voz quebrada.

—Pero tal vez…

—Ya me has ayudado bastante, ¿vale? —Me sequé los ojos, pero mi voz sonó ronca mientras me cruzaba de brazos y decía—: Gracias por el sexo, *Col*, pero tienes que irte.

—¿*Col*? —Retrocedió como si acabara de darle una bofetada—. ¿Qué acaba de pasar?

—¿Qué acaba de pasar? —sollocé. Otra lágrima cayó por mi mejilla, pero ya no estaba triste. Ahora ardía de rabia. Miré a ese imbécil con ojos entrecerrados—. Que confié en Colin Beck, eso es lo que ha pasado. Y que me han despedido.

—¿Qué? —Parecía confundido—. ¿Te han despedido?

—Sí. Por lo visto no les gusta que sus columnistas sobre paternidad no sean padres.

—Ah, vaya, ¿se han enterado? —Alzó ambas cejas—. Espera, ¿no creerás que yo…?

—Por supuesto que lo creo, Colin. Eres el único que lo sabía.

Durante un instante, pareció quedarse sin palabras («Cómo jode que te pillen, ¿verdad?»), pero luego dijo:

—Livvie, ¿Por qué iba yo a…?

—¡Porque eres así, Colin! —Bajé los brazos a los costados. Me moría de ganas de gritar—. Eres un imbécil arrogante que siempre se lo ha pasado en grande riéndose de mí. Estoy segura de que pensaste que era muy gracioso que estuviera mintiendo en mi trabajo y terminaste contándoselo a los patanes de tus amigos del club mientras comías caviar y jugabas al golf.

Me miró completamente atónito.

—¿En serio eso es lo que piensas de mí?

—Sí. Y seguro que ahora les contarás lo de anoche. Tu padre dirá que de tal palo tal astilla e invitará a todos a una ronda de alcohol. —Apreté la sábana a mi alrededor—. Voy a ducharme. Por favor, no sigas aquí cuando salga.

Abrí la puerta del baño despacio y escuché.

Nada.

Todo estaba en silencio, lo que confirmaba que Colin se había ido. Gracias a Dios. Había aguantado todo lo que pude mientras me duchaba, en caso de que aún estuviera allí y quisiera hablar, pero ahora que tenía la confirmación visual de que se había ido, me derrumbé.

Me puse a llorar desconsoladamente en medio de ese silencio sepulcral, mientras me obligaba a pensar en todo lo que había sucedido. Había perdido mi trabajo, había confiado en un cretino, me había acostado con ese cretino y ahora tenía en camino unos muebles que no podía pagar y un apartamento fabuloso que superaba con creces mi presupuesto.

Que, por cierto, era nulo.

Estuve llorando cerca de una hora, abrumada por todo lo que acababa de perder.

Después me puse furiosa.

Porque pensar en Colin con uno de sus sofisticados trajes, bebiendo martinis con mujeres que se parecían a Harper mientras decía: «Conozco a la chica que escribe esa columna. Es la misma que incendió su apartamento, ¿os acordáis? Sí, es un desastre total que ni siquiera tiene hijos», resultaba tan devastador como el colapso de mi incipiente carrera. Y más aún si a esa imagen añadías un salón lleno de gente rica riéndose de mí.

Quité las sábanas de Colin de la cama y las metí en una bolsa de basura. En un primer momento pensé en dejarlas en su puerta, pero conociendo mi suerte, seguro que Jack se las encontraba y tendría problemas. Así que al final llevé la bolsa al contenedor de basura y tiré un juego de sábanas de lino caras que estaban nuevas.

A última hora de la tarde, ya no me quedaban emociones. Entré en ese estado de ánimo apático que siempre me embargaba después de mandar todo a la mierda. Envié algunos currículums para empleos de edición de contenido y escribí un correo electrónico a una de las empresas *online* que me había ofrecido trabajo como *freelance* antes de que me contrataran en el *Times*. Todos eran puestos aburridos que no requerían creatividad alguna, pero al menos pagarían las facturas.

Fui al supermercado de la esquina y compré para cenar unos perritos calientes, una caja de cereales y Coca-Cola Light. Cuando llegué a casa, no supe que hacer. Al no tener televisión, el apartamento estaba demasiado silencioso y ya me había cansado de trastear con el teléfono sin ton ni son. Tenía una cama y dos taburetes, eso era todo.

Mi casa estaba vacía, como yo.

Seguía pensando que Colin me enviaría algún mensaje de disculpa, pero como era de esperar, no lo hizo. Seguro que ni siquiera le preocupaba.

Imbécil.

Intenté no pensar en la noche anterior con todas mis fuerzas, ya que no me traería nada bueno, pero después de estar tumbada sobre mi colchón sin sábanas durante una hora, incapaz de conciliar el sueño, decidí enviar un mensaje a Número Desconocido.

> **Yo:** Sé que no nos conocemos, pero nos hicimos amigos. Al menos podías haberte despedido. Ahora mismo, mi vida es un desastre y me siento bastante sola. En este momento me vendría bien un amigo anónimo con el que hablar. Es una lástima que seas tan patético.

Conecté el teléfono al cargador y apagué la luz.

Que le dieran también a Número Desconocido.

Todos los hombres eran un asco.

Pero entonces me vibró el teléfono. Miré hacia abajo en la oscuridad.

> **Sr. Número Desconocido:** No puedo decirte por qué desaparecí, pero no fue por algo que tú hicieras. Siento mucho haberte dejado sola. Sé que estás enfadada, pero si necesitas hablar, aquí estoy.

Quería seguir enfadada, pero necesitaba hablar. Estaba desesperada por hablar con alguien que no me conociera, ni supiera nada de la situación en la que me encontraba. Encendí de nuevo la luz.

> **Yo:** ¿Qué dirías si te dijera que me he acostado con el mejor amigo de mi hermano, que me han despedido del trabajo por mentir y que he descubierto que ese amigo de mi hermano es el culpable de revelar el secreto que me ha costado el empleo?

Colin

Me quedé mirando el teléfono en la mano sin saber qué hacer. Mierda.

Me sentía fatal por Liv, pero también estaba muy enfadado con ella. Era injusto que la hubieran despedido de un trabajo que la apasionaba y en el que era realmente buena. La conocía lo suficiente como para saber que en ese momento estaría dolida y desesperada por cómo iba a pagar el alquiler de su nuevo apartamento.

Por eso le había enviado ese mensaje de disculpa como Número Desconocido.

Pero...

¿Cómo se le ocurría pensar que era yo el que lo había contado? No solo era una idea absurda en sí misma (¿a quién se lo iba a contar?), sino que su acusación apresurada había demostrado claramente la opinión que tenía de mí. Después de vivir juntos durante un mes, creía que, de algún modo, nos habíamos hecho amigos.

Y luego vino el sexo.

Por eso me había quedado estupefacto cuando me dijo que era igual que mi padre. Ni siquiera me había imaginado que conocía o recordaba a mi padre. Pero resultó que sí, y creía que yo era como una versión de él en el club de campo. Mi peor pesadilla.

Le respondí:

Yo: Diría que has estado ocupada.

Olivia: De la peor manera posible.

No iba a hacerle ninguna pregunta. Solo quería que se sintiera un poco mejor y luego el Sr. Número Desconocido volvería a ignorarla.

Yo: Vaya una mierda.

Me salió el aviso de que ella estaba escribiendo y luego…

Olivia: El sexo fue increíble. Hasta los actores porno nos habrían tenido envidia.

Ah, joder. No podía estar más de acuerdo. Pero no me sentí bien leyendo aquello, sobre todo cuando se suponía que no era un mensaje destinado a mí.

Yo: Asombroso.

Olivia: ¿Verdad? A ver, lo nuestro no tenía ningún futuro. Incluso estuvimos de acuerdo en que no iba a volver a suceder, pero me lo pasé realmente bien con él. Hasta que me desperté en la peor mañana de mi vida.

No pude contenerme más.

Yo: ¿Y cómo sabes que fue él quien lo contó?

Olivia: Porque nadie más lo sabía.

Yo: ¿Estás segura?

Olivia: Absolutamente. Además, es el tipo de imbécil capaz de joderme solo por diversión.

Le envié un último mensaje antes de apagar la luz e irme a dormir, frustrado por no poder hacer nada para remediar esa absurda situación.

Yo: Bueno, al menos el sexo fue bueno.

15

Olivia

—Cariño, más despacio con las tortitas.

Puse los ojos en blanco mientras masticaba con la boca llena.

—No me mires así —me reprendió mi madre—. Tienes veinticinco años, por el amor de Dios.

Respiré hondo y miré al otro lado de la mesa a Dana, que parecía estar intentando contener la risa. Era domingo y me había ido a desayunar con mi familia a un restaurante de una conocida cadena de establecimientos especializada en desayunos. Aunque las tortitas estaban deliciosas, la compañía estaba poniendo a prueba mi paciencia.

Nada más entrar, mi madre me había dicho:

—¿Es cierto que ya te han despedido?

Había pasado una semana desde que todo había sucedido, así que supuse que debía de dar las gracias porque me hubiera concedido todo ese tiempo sin mencionarlo. La gerente del restaurante me miró como si fuera un fracaso andante mientras le explicaba a mi madre el «malentendido» que había tenido con mi antigua jefa.

—¿De verdad no sospechabas que te contrataron para una columna sobre paternidad creyendo que eras madre? Vamos, por favor —replicó mi madre.

Mi madre podía ser muchas cosas, pero no tonta.

Me había sentado en el otro extremo de la mesa, junto a Dana y Will, con la esperanza de que me ignorara y cambiara de tema, pero lo único que conseguí fue que mi madre siguiera haciéndome preguntas, en voz más alta.

—¿Y cómo piensas pagar ese lujoso apartamento en el que vives ahora?

Para colmo, Kyle y Brady estaban en casa de los padres de Dana, así que tampoco podía contar con mis pequeños compañeros de juego.

—¿En serio hacéis esto todos los domingos? —Miré a mi hermano y a su mujer y negué con la cabeza, impresionada por su paciencia, y murmuré—: ¿Merece la pena? A ver, las tortitas están ricas, pero hasta ahí.

—Esto lo hace porque eres su favorita. —Will dio un sorbo a su café y continuó—: Eres su niña mimada, por eso siempre ha sido un poco más controladora contigo.

—Eso no es cierto, su favorito es Jack.

—¿A que sí? —Dana sonrió y apoyó la barbilla en la mano. Se notaba que estaba disfrutando de un desayuno sin niños—. Para ella, Jack no hace nunca nada malo. —Se inclinó un poco más sobre la mesa y pregunto—: Por cierto, ¿estás bien? Si necesitas ayuda con el alquiler o cualquier otra cosa, podemos…

—Estoy bien. —Mi cuñada era la persona más amable del mundo y yo me sentía la mayor fracasada porque considerara necesario ofrecerme dinero—. Ayer conseguí un trabajo *freelance,* creo que podré arreglármelas con eso hasta que encuentre algo más estable.

—¡Enhorabuena!

—¿Enhorabuena por qué? —preguntó mi madre desde el otro extremo de la mesa, metiéndose de lleno en la conversación—. ¿Has recuperado tu empleo?

Solté un suspiro.

—¿Desde que me lo has preguntado hace diez minutos? Me temo que no.

—¿Entonces? —Me miró con una ceja enarcada.

—He conseguido un trabajo *freelance* con el que podré ir tirand…

—¡Jack! —Mi madre se olvidó de mi existencia en cuanto mi hermano entró por la puerta.

Puse los ojos en blanco, volví a echar sirope y mermelada a las tortitas y me metí un buen pedazo en la boca solo para fastidiar a mi madre. Qué típico de Jack llegar tarde y provocar una alegría absurda en mi madre, mientras que yo, que había sido puntual, solo recibía sus críticas. Me concentré de nuevo en el charco de sirope que tenía en el plato y pasé de su exultante charla hasta que la oí decir:

—Y has vuelto a traer compañía, ¡qué bien!

Alcé la vista, esperando encontrar a la última conquista de Jack, pero casi me ahogo con el trozo de tortita cuando vi a Colin, sonriendo a mi madre.

«Mierda, mierda, mierda». ¡Cómo no iba a estar Colin allí! Me había arreglado todos los días de la semana para tener un aspecto radiante por si me lo encontraba en el ascensor. Y justo la mañana en que decido no maquillarme y ponerme unos pantalones de chándal junto con una camiseta de «Pilla unas cervezas», me topo con él.

—Me lo pasé tan bien la última vez que desayunamos juntos, que incluso habría venido sin Jack —explicó Colin a mi madre con una sonrisa llena de picardía. Sentí una punzada en el pecho. Iba vestido con unos vaqueros, un suéter de lana y esas malditas gafas. No supe si quería darle un puñetazo en la cara o ponerme a llorar como una niña pequeña.

—Apretaos un poco y hacedles hueco. —Mi madre sonrió a Colin y le hizo un gesto a mi padre para que se moviera y que Colin pudiera sentarse a su lado. Menos mal que yo estaba en el otro extremo de la mesa y fuera de su alcance, aunque conociendo a mi madre, era capaz de obligarme a sentarme con la pareja de ancianos de la mesa de al lado si no había sitio suficiente para el amigo de su hijo.

Volví a prestar atención a mi plato, que parecía a punto de desbordarse por la ingente cantidad de sirope, y cogí la última tortita. Al sentir su mirada sobre mí, sumergí toda la tortita en el líquido y me metí la mitad en la boca.

«Así es, imbécil, me importa tan poco tu presencia que estoy comiendo como una cerda. Chúpate esa».

—Livvie estaba a punto de contarnos una buena noticia —señaló mi madre con tono animado, como si los chicos hubieran interrumpido un momento de celebración. Luego me señaló con el tenedor y dijo—: Continúa, cariño.

—Mmmff. —Levanté un dedo mientras intentaba tragarme un trozo de tortita del tamaño de mi puño. Toda la familia, incluidos mis abuelos, la tía Midge y el tío Bert, me miraban como si estuviera ofreciendo un espectáculo lamentable.

«Sí, ya lo sé».

—Oye, Liv, ¿se te ha acabado el maquillaje? —se burló Jack en voz baja—. Tienes un aspecto horrible.

En cuanto tragué y le saqué el dedo corazón a mi hermano (lo que hizo que mi madre jadeara escandalizada), me aclaré la garganta y dije:

—Yo no lo llamaría una buena noticia, pero ayer conseguí un trabajo como *freelance*.

—¿Eso qué es? —preguntó tía Midge con el ceño fruncido—: ¿A tiempo parcial?

—Creo que no llega ni a eso —indicó mi madre—. Es como un trabajo en el que tú marcas tu propio ritmo, ¿no?

—Bien hecho, cariño —murmuró mi padre, dando un mordisco a una tostada con mermelada de uva.

«Será mejor que mamá no te vea comiendo eso», pensé, al mismo tiempo que ella le espetaba:

—No te comas eso, querido. —Negó con la cabeza como si fuera un niño desobediente—. Sabes que te hincha.

Nunca entendí que quería decir con eso exactamente, pero me pasé toda la infancia temiendo que mi padre terminara «hinchándose».

—Mi hermana ganó una fortuna como *freelance* —dijo Colin a todos los presentes, mirándome a los ojos—. Normalmente solo significa que te pagan por proyecto.

—¿En serio? —Mi madre miró con asombro a Colin y luego se volvió hacia a mí—: ¿Eso es lo que haces?

De nuevo no supe cómo reaccionar. Colin estaba siendo amable, intentando ayudarme con mi familia. Sabía que debía sentirme agradecida. Pero ¿tan patética me consideraba que tenía que intervenir para hacerme quedar bien? ¿Tanta lástima me tenía?

Seguro que era más bien culpa.

Y a mí no me hacía falta que nadie me ayudara por lástima.

—En realidad, Colin se equivoca. —Lo miré directamente a los ojos azules—. Este trabajo *freelance* es a tiempo parcial y el salario es nefasto. Ni siquiera se le puede llamar trabajo.

Lo vi apretar los dientes. Bien, lo había cabreado. Sin embargo, al segundo siguiente, mi madre volvió a captar su atención a base de halagos y adulaciones y, ¡gracias a Dios!, por fin se olvidaron de mí. Diez minutos después, cuando Colin se levantó de la mesa para atender una llamada telefónica, me despedí a toda prisa de mi familia y me marché.

Pasé toda la tarde redactando descripciones de automóviles para concesionarios en mi nuevo y apasionante trabajo *freelance*. Como no paraba de quedarme dormida en el taburete, decidí tomarme un descanso y salí a la terraza a disfrutar de la lluvia. El clima, frío y deprimente (normalmente, mi favorito) parecía de lo más apropiado para el estado emocional en el que me encontraba.

Me acurruqué en la misma silla que había compartido con Colin y miré el paisaje urbano lluvioso. Necesitaba una forma de recuperar el ánimo, de sentir entusiasmo por el futuro. Si había sido capaz de superar a Eli y al incendio, seguro que también podía superar a Colin y a mi reciente despido, ¿verdad?

Necesitaba que pasara algo.

Abrí los contactos del móvil y seleccioné a Número Desconocido. Sabía que era arriesgado, sobre todo porque hacía poco que había vuelto a hablarme, pero estaba harta de esperar a que las cosas se resolvieran por sí solas.

Iba a hacerlo. ¡Y que les dieran a las consecuencias!

> **Yo:** Sé que esto no fue lo que acordamos al principio, pero creo que deberíamos conocernos en persona. Estoy segura de que hay mil razones por las que esto no debería suceder, pero me dan igual. Estaré en Cupps, la cafetería, el viernes por la tarde, a las siete. Espero que no vuelvas a pasar de mí.

Colin

Joder.

¿Qué narices estaba haciendo Olivia? A mí y a sí misma. Miré el teléfono, que estaba sobre el escritorio, mientras trabajaba en el presupuesto de bienes inmuebles del próximo año, sin poder creerme lo que estaba leyendo. En ese momento su vida estaba en un momento crítico. ¿En qué iba ayudarla que la dejaran plantada? ¿De verdad no sabía que yo, o mejor dicho, él, no se iba a presentar? Después de haber pasado tanto tiempo sin dar señales de vida, ¿en serio creía que ese tío iba a acudir a la cita?

Dios.

No había esperado encontrármela en el desayuno de los Marshall (nunca iba), y algo en la manera en que me miró mientras se comía esas tortitas me desconcertó.

Fue algo así como si la echara de menos, y eso era inquietante.

Era la hermana de Jack, joder. «La hermana de tu mejor amigo, imbécil».

Seguro que solo estaba confundido por el sexo increíble que había tenido con ella. Pero Olivia solo era Olivia Marshall, la eterna listilla experta en meter la pata. Era imposible que la echara de menos.

Ni hablar.

Me quité las gafas y me froté los ojos. No me gustaba la idea de que plantaran a Liv, pero ella misma se lo había buscado al proponer esa cita. El Sr. Número Desconocido y Srta. Equivocada habían acordado mantenerse en el anonimato, y que estuviera atravesando un mal momento no era motivo suficiente para cambiar las reglas.

Una lección dura, sí, pero una lección que ella misma había provocado.

Olivia

—Suena tremendamente aburrido —dijo Sara, haciendo señas al camarero para que le rellenara el vaso—. Pero si ayuda a pagar las facturas, yo también escribiría descripciones de automóviles.

—En eso estoy. —Crucé las piernas y di un sorbo a mi ron con Coca-Cola. Cuando Sara me había llamado para invitarme a tomar algo, no me había apetecido mucho, pero ¿qué otra cosa podía hacer? Normalmente, a esa hora del día, salía a la terraza y me ponía a observar a la gente que todavía conservaba su empleo regresar a casa. Patético, ya lo sé.

Llevaba sin salir de casa desde el desayuno con mi familia, hacía tres días. Así que la parte funcional de mi cerebro aceptó la invitación y me obligó a ducharme.

—Seguro que encuentras otro trabajo enseguida. Eres una escritora fantástica. —Sara se echó hacia atrás en su taburete y negó con la cabeza—. Sigo sin poder creerme que fueras Mamá402. Me encantaba tu columna.

—Gracias. —Me sentó bien escuchar aquello, incluso después de mi estrepitoso fracaso.

—Y ahora, mira. En realidad te he invitado porque tenía un motivo oculto. —Se cruzó de brazos—. ¿Has salido con alguien después de lo de Eli? Porque tengo un cuñado que es encantador, está soltero y creo que le encantarías.

Sí, no le había contado que me había acostado con Colin.

Bebí otro sorbo. La sola idea de volver a salir con alguien hacía que me entraran ganas de arrancarme todo el pelo del cuerpo. Y no porque estuviera obsesionada con ese cretino de gran verborrea y un cuerpo de infarto, sino porque no estaba lista.

Esa noche, cuando Colin había empezado a darme esos besos lentos y apasionados, me había agobiado, aterrada por caer bajo la influencia del romanticismo. Por suerte, había acelerado el ritmo, pero eso me había recordado que no estaba prepara para implicarme emocionalmente con nadie; salvo con Número Desconocido, y solo porque ya nos conocíamos un poco.

—Gracias, pero no. Creo que aún no estoy lista.

—Puede que no sepas que estás lista hasta que empieces a salir con alguien. —El camarero dejó la copa en la barra delante de Sara. Ella le sonrió y continuó—: Seguro que solo estás asustada porque Eli se portó como un capullo.

Eli. Sara había mencionado su nombre y… *nada*. Hasta ese momento, no me había dado cuenta de que Eli había perdido todo su poder sobre mí. ¿Cuándo había sucedido? De pronto, él ya no significaba nada; oír su nombre ya no me provocaba ninguna emoción.

Desde luego, era un avance. Puede que acostarme con Colin hubiera actuado como una especie de catalizador para un cambio emocional.

Seguía pensando que era un patán de proporciones estratosféricas, pero al menos había servido para algo.

Además de la satisfacción sexual que me había dado, por supuesto.

—¿Qué está pasando por esa cabecita tuya? —Sara me estaba mirando con una sonrisa de oreja a oreja. Ahí fue cuando me percaté de que me había sumido en mis propios pensamientos—. Pareces estar en otro mundo.

Una parte de mí quería contarle lo de Colin para que me diera su opinión, pero me daba demasiada vergüenza. Todavía me sentía una completa idiota por haber confiado en él. En lugar de eso, le dije:

—¿Te acuerdas de Número Desconocido, el tío con el que estaba intercambiando mensajes? Pues creo que voy a quedar con él para tomar un café.

Colin

—Nick.

Nick DeVry, que trabajaba en el despacho contiguo al mío, se asomó en el umbral de la puerta.

—¿Qué pasa, tío?

Nick era un buen tipo. Tenía una barba poblada y vestía como un golfista, con polos modernos y pantalones que no le quedaban del todo bien.

—Entra, por favor.

Nick hizo lo que le pedía y cerró la puerta. Seguía teniendo la sonrisa propia de un niño pequeño, pero era tan inteligente que lo veía convirtiéndose en director financiero en cinco años.

—Necesito que me hagas un favor que no tiene nada que ver con el trabajo, Nick, y siéntete libre de decir que no.

—Me estás asustando.

—No, no es nada raro. Solo quiero que acudas a una cita a ciegas para tomar un café durante una hora.

La noche anterior, después de cinco cervezas y mucho cavilar, se me había ocurrido un plan que podía funcionar. Lo único que necesitaba era que alguien se presentara en la cafetería y fuera amable con Liv para que luego ella pudiera pasar página y seguir con su vida. Le conté a Nick una versión algo tergiversada de la historia, diciendo que Número Desconocido era un amigo mío bastante imbécil que tenía pensado dejarla plantada.

—En circunstancias normales, me mantendría al margen, pero esta chica ha pasado por momentos complicados y creo que una decepción de ese tipo podría hundirla. Solo necesitaría que te dejes caer por allí, le digas que eres Número Desconocido y te tomes un café con ella. Eso es todo. Muéstrate un poco aburrido para que no se encariñe contigo, por supuesto. Así ella podrá irse sintiéndose mejor, y yo te compraré una botella entera de whisky escocés.

Nick empezó a negar con la cabeza.

—Tiene que ser muy fea para que no lo hagas tú mismo.

—Ya te lo he dicho. Me conoce, así que no puedo ser yo. Es la hermana pequeña de un amigo.

—Eso no responde a la pregunta sobre su aspecto.

—Es preciosa. —Y lo era. La noche en que se subió a mi regazo en su terraza, empezaron a pitarme los oídos por lo abrumado que sentí—. Pero es como un cachorrito torpe y desvalido. Solo anímala un poco y lárgate.

En cuanto me miró, supe que lo había convencido. Le encantaba complacer a la gente y era un entusiasta del whisky escocés.

—Solo lo hago por el Glenfarclas de veinticinco años.

—¿Dónde narices voy a encontrarlo?

—Tengo un contacto. —Se acercó y se sentó en la silla frente a mí—. Apunta. Clark Ehlers. Dundee Scotch Co.

Iba a salirme caro, pero no podía dejar a Olivia esperando sola en una cafetería. Pasé los diez minutos siguiente dándole a Nick toda la información que podría necesitar para la cita. Cuando lo vi salir de mi despacho, estaba seguro de que todo iba a salir bien.

16

Olivia

Me puse pintalabios rojo y añadí un toque de polvos a la nariz. No solo me había maquillado para una ocasión especial, sino que también me había esmerado en ondular mi cabello. Lo mejor de todo era que la noche estaba fresca, por lo que podía combinar mi vestido negro con un cárdigan de punto negro, medias y botas.

Porque, como todo el mundo sabe, si la temperatura baja de veintiún grados se pueden llevar botas y un cárdigan, ¿verdad?

Apagué la luz del baño, sin creerme todavía que por fin fuera a conocer a Número Desconocido. Sentí náuseas. Estaba tan nerviosa y emocionada que a veces se me olvidaba que existían auténticos motivos para sentir cierta desconfianza hacia él.

Había dejado de dar señales de vida en varias ocasiones, por lo que probablemente ocultaba algo, como cuerpos enterrados, muñecas hechas de pelo humano, una multitud de esposas... Estaba convencida de que no iba a aparecer por la cafetería. Eso se le daba de fábula.

Intenté recordármelo cada vez que sentía mariposas en el estómago de camino a la cafetería. No se iba a presentar, así que no había razón para estar nerviosa. Cuando llegué allí, tomé una profunda bocanada de aire, agarré el pomo y abrí la puerta.

Apenas había accedido al interior cuando oí una voz grave detrás de mí:

—¿Srta. Equivocada?

Tragué saliva y, cuando me di la vuelta, todo pareció transcurrir a cámara lenta mientras echaba un primer vistazo a Número

Desconocido. No sé qué me había esperado, pero el hombre que tenía frente a mí era de mi altura, con una barba tupida y una sonrisa enorme. Parecía estar listo para jugar una partida de golf con sus hermanos de fraternidad.

—¿Número Desconocido?

Asintió y volvió a sonreír. Y luego nos dimos un abrazo torpe.

—He conseguido una mesa junto a la ventana —me dijo.

—Ah, genial. —Lo seguí. No estaba exactamente decepcionada porque era un hombre atractivo, pero había esperado sentir algún de tipo de conexión o familiaridad con él, y eso no estaba ocurriendo.

Me senté en la mesa e intercambiamos una sonrisa nerviosa.

—No me puedo creer que por fin nos estemos conociendo —dije.

—¿Verdad? —asintió y sonrió de nuevo.

—Todo esto es tan raro. Bueno, tú también estabas allí y sabes cómo sucedió, pero aun así.

—¿Verdad? —repitió.

Mmm… dos «verdad» en menos de un minuto no era tan malo, pero tres sí resultaría sospechoso.

—Te mandé un mensaje preguntándote qué llevabas puesto y me respondiste que el vestido de novia de mi madre. —Se río—. El resto ya es historia.

—Sí, así es como lo recuerdo yo también.

—¿Y te acuerdas del tipo al que le gustaban las alitas de Hooters con el que te peleaste?

—Sí. —Le hice señas a la camarera—. Y bueno, ¿cómo te llamas Número Desconocido? Ahora podemos decírnoslos, ¿no?

Sonrió.

—Sí, creo que sí. Soy Nick DeVry.

Así que Número Desconocido tenía un nombre. *Nick.*

—Yo, Olivia Marshall. Encantada de conocerte, por fin. —Dos sonrisas nerviosas en una mesa diminuta. Me aclaré la garganta—. ¿Y a qué te dedicas, Nick?

—Trabajo en el sector financiero. Aburrido, lo sé.

Sonreí, molesta porque la palabra «financiero» me había hecho pensar en Colin al instante.

—Sí, pero un aburrimiento bien pagado, ¿verdad?

—Así es. ¿Y tú?

—Soy escritora.

«Por favor, que no pregunte en dónde trabajo».

La camarera se acercó a nuestra mesa y me tomó el pedido. Luego me vibró el móvil. Mientras Nick pedía un trozo de tarta, miré el mensaje.

Sara: ¿Qué tal?

Yo: Parece majo.

Sara: Vaya. ¿No ha habido chispa? Lo siento, cariño.

Yo: Gracias.

Me metí el teléfono en el bolsillo del cárdigan.

—¿En qué zona de la ciudad vives, Nick? ¿Te has criado aquí? Háblame un poco de ti.

Se recostó en su silla y se acarició la barbilla, o el punto donde pensé que podía estar debajo de toda esa barba.

—Soy de Kansas y vivo en Millard.

—Así que te van los suburbios.

—Exacto. —Dejó de acariciarse—. Pero puedo ser tan callejero como los del centro.

—Sí, claro.

Me miró con un brillo de diversión en los ojos.

—No me hagas demostrarlo.

Sonreí.

—¿Y cómo me lo demostrarías?

—Bailando *break dance*, por supuesto.

—Me temo que ahora sí que voy a necesitar pruebas.

Y entonces Nick me sonrió, se puso de pie y empezó a hacer el paso *moonwalk* en medio de la atestada cafetería.

—Me lo he pasado genial contigo, Olivia.

—Lo mismo digo.

Nos detuvimos frente a mi edificio. Estaba más que lista para terminar la cita. Nick era un tío estupendo, pero en persona no teníamos ni un ápice de la química que había en nuestros mensajes de texto. Nada de nada. Sinceramente, no podía imaginarme a Nick teniendo pensamientos subidos de tono. Y mucho menos plasmándolos en un mensaje. Ni tampoco burlándose de mí. Solo era... agradable.

Tragué saliva y lo miré a la cara detenidamente. Sí, era guapo. Odié ese molesta sensación de aversión, porque lo único que sentía por Nick era rechazo.

Qué decepción.

No, no iba a permitir que eso fuera todo. Di un paso adelante y lo besé. Un beso de prueba. Quizás ese beso lo cambiara todo. Llegados a ese punto no me importaba forzar las cosas; necesitaba una victoria.

Nick emitió una especie de silbido al respirar por la nariz, y luego giró la cabeza y se dejó llevar por completo.

Me besó como si no hubiera mañana.

No supe si tenía una lengua exageradamente grande o si solo estaba comprobando si podía metérmela entera en la boca, pero el caso es que besarlo me afectó a la respiración. En mi boca estaban ocurriendo tantas cosas que no pude obtener el aire suficiente. Me beso con fervor y con una gran cantidad de saliva. Y no, no estaba funcionando.

Por no hablar de que tuve la sensación de que se me había metido un pelo de barba en la garganta.

Me aparté y sonreí.

—Gracias de nuevo por el café. Buenas noches, Nick.

Colin

Nick me envió un mensaje después de la cita.

Parece simpática y creo que ha ido bien.

Perfecto.

Seguía esperando que Liv enviara un mensaje a Número Desconocido, pero estaba sorprendentemente callada. Subí al gimnasio e hice pesas. Cuando llegué a casa, tenía un mensaje esperándome.

Srta. Equivocada: Gracias de nuevo por lo de esta noche, me lo he pasado bien.

Quería terminar con esto de una vez, así que respondí:

Yo: Estoy de acuerdo.

Srta. Equivocada: Por cierto, en cuanto al beso...

Tuve que leerlo dos veces. Y luego una tercera. ¿Beso? ¿Se habían besado? ¿Nick había besado a Olivia?

Yo: Sí, hablemos del beso.

Esperé, nervioso, paseando de un lado a otro y bebiendo agua. Luego le envié un mensaje a ese desgraciado.

Yo: ¿La has BESADO? ¿Por qué cojones has besado a Olivia?

Cuando mi teléfono por fin vibró, los dos me estaban respondiendo al mismo tiempo.

Nick: Fue ella la que me beso, colega.

Olivia: Ha sido una mala idea. Hagamos como que no sucedió, ¿de acuerdo?

Empecé a responder a Liv, pero Nick me envió otro mensaje.

Nick: ¿Por qué? ¿Te ha dicho algo?

—Mierda. —Respondí primero a Olivia como Número Desconocido.

Yo: ¿Seguro que QUIERES olvidarlo?

En cuanto le di a «Enviar», Nick volvió a escribir.

Nick: Mira, no quiero cabrearte, pero, en serio, creo que es una chica genial.

Yo: NO. Está completamente vedada.

Tan pronto como lo mandé, Olivia volvió a responder:

Olivia: Sí. Aprecio mucho nuestra amistad a través de los mensajes y no quiero que cambie.

Nick: ¿Podemos hablarlo?

Dios, estaba a punto de perder los nervios.
Envié un último mensaje a Nick:

> **Yo:** Mañana hablamos, pero que sepas que esa chica está como una cabra y tiene un montón de problemas. Te aseguro que no quieres meterte en algo así. Por cierto, ya he encargado tu whisky.

Olivia

En cuanto Nick desapareció de mi vista, volví a salir y me dirigí hacia Old Market; todavía no tenía ganas de volver a casa. Había creído que conocer a Número Desconocido iba a ser la gran solución a la mediocridad en la que se había sumido mi vida, pero tras ese decepcionante encuentro, lo que de verdad necesitaba en ese momento era comer algo delicioso.

Porque ahora la sensación de mediocridad era más grande que nunca.

Por suerte, cuando llegué a la heladería Ted y Wally's, no había mucha gente esperando en la cola; algo nada habitual, ya que, al ser un lugar muy popular como punto de encuentro poscita, solía estar lleno a esas horas de la noche. Me acerqué al mostrador, presioné la nariz contra el cristal y me entraron ganas de comérmelo todo.

—Un batido de chocolate, por favor. —Era un cliché total, pero lo único que quería hacer era comer de forma compulsiva hasta llegar al punto de vomitar o quedarme dormida con un bigote de chocolate. Pagué con tarjeta, tomé el batido que me tendió un sonriente chico con unas dilataciones enormes en las orejas y le di las gracias.

Cuando me di la vuelta para salir de la heladería, casi me choqué con Glenda, literalmente. Murmuré algo parecido a un «ayDiosmíoslosiento» justo antes de que ambas nos miráramos incómodas y pasásemos a la fase de «nos conocemos, la cosa no acabó bien y, ¡vaya!, qué embarazoso es encontrarnos».

—Hola, Olivia. —Ella recuperó la compostura antes que yo y me sonrió—. Este es mi marido, Ben. Ben, esta es Olivia Marshall.

Ni siquiera me había fijado en el hombre que la acompañaba. Intenté sonreír.

—Mmm, un placer conocerte. —Me aclaré la garganta—. Me alegro de verte, Glenda.

—Lo mismo digo —repuso con un tono muy amable.

Me di la vuelta y me dirigí hacia la puerta con ganas de llorar, porque, sí, la echaba de menos. Pero justo cuando estaba a punto de agarrar la manija, me giré y la llamé.

—¿Glenda?

Estaba hablando con su marido, seguro que sobre mí, pero alzó la vista y dijo:

—¿Sí?

Regresé a la fila.

—Solo quería pedirte disculpas. Me caes genial y me siento fatal por haberte mentido. —Sabía que los demás clientes de la heladería estaban escuchando, pero me dio igual—. Nunca quise… simplemente tenía tantas ganas de conseguir ese trabajo que pensé que era mejor no corregir tu error.

Glenda me dedicó una de sus amables sonrisas maternales.

—No pasa nada, Olivia.

—Gracias por decir eso. —Tragué saliva—. No me puedo imaginar lo que debiste pensar al enterarte. Solo se lo conté a una persona, pero resultó ser la persona equivocada. Aun así, estuvo muy mal por mi parte. Lo siento mucho.

—Oh. Mmm. —Enarcó una ceja—. No sé a quién se lo contaste, pero la persona que me lo contó a mí fue Andrea.

—¿Andrea? —No tenía idea de a quién se refería. Su marido se había apartado un poco y estaba fingiendo echar un vistazo a la oferta de helados.

—Andrea Swirtz. Mi antigua becaria, ¿te acuerdas de ella? —Se colocó mejor las gafas—. La vimos el día que comimos en Zio's.

«¿La becaria?». ¿Y cómo se había enterado ella?

—Dijo que nos había oído hablar de la columna —continuó Glenda— y que decidió llamarme movida por su «conciencia». —Puso los ojos en blanco—. Por lo visto, fue al instituto contigo. Ya sabes cómo son estas cosas.

No recordaba a ninguna Andrea Swirtz, pero iba a buscarla en cuanto llegara a casa. «Menuda arpía».

—Tengo que irme, Olivia. —Glenda hizo un gesto hacia su marido—. Pero no te guardo ningún rencor, ¿vale? Tómatelo como una lección y sigue adelante.

Era tan amable que estuve a punto de volver a ponerme a llorar. Al final, logre decir algo así como: «Valelosientobuenasnoches» y me marché de allí con mi batido.

Entonces, cuando ya llevaba andando una manzana, tuve que sentarme en un banco al darme cuenta de lo que había descubierto.

¡Cielo santo!

Colin no se lo había contado a nadie.

Cuando me acordé de la cara que puso cuando lo traté tan mal y lo comparé con su padre, quise morirme. Saqué el teléfono y le mandé un mensaje.

> Colin, perdóname. Sé que no fuiste tú quien contó lo de mi trabajo. Siento MUCHÍSIMO haber sido tan bruja, sobre todo después de habernos acostado juntos.

Me levanté y anduve otra manzana antes de comprobar si tenía algún mensaje nuevo.

Nada.

Le envíe otro mensaje.

> Debes de estar muy cabreado conmigo. Solo quiero que sepas que lamento mucho haberte tratado así. No te lo merecías. Soy la peor persona del mundo.

Seguí andando un poco más hasta llegar a casa. Cuando accedí al vestíbulo del edificio, le envié otro mensaje.

> Vale. Entonces me vas a ignorar. Me lo merezco, pero por favor, perdóname. Sé que siempre nos estamos metiendo el uno con el otro, pero ese día me pasé y estoy de lo más arrepentida. Si quieres bajar y hablar, dejaré la puerta abierta. Mientras tanto, estaré ahogando mis penas en *ramen*.

Le di a «Enviar». pero en cuanto entré en el ascensor, pulsé el botón de su planta.

Necesitaba que me escuchara.

Respiré hondo antes de llamar a su puerta. «Por favor, que Jack no esté en casa, y que tampoco haya ninguna mujer con él». Cuando estaba metiendo la mano en el bolsillo para echar un vistazo a mi teléfono, la puerta se abrió.

Y allí estaba él.

—Hola. —Su rostro no reveló nada. Fue como si yo hubiera llamado a su puerta para venderle una aspiradora. Se le veía impaciente, como si quisiera que me diera prisa.

Estaba tan distante que me resultó difícil respirar.

—¿Podemos hablar un momento?

Colin miró hacia atrás.

—Tu hermano…

Lo agarré por la parte delantera de la sudadera y lo saqué al pasillo.

—Solo necesito un segundo. ¿Por favor?

Cerró la puerta tras de sí. Cuando vi cómo se movía su nuez de Adán al tragar, algo saltó en mi interior. Le solté, pero al instante eché de menos la solidez de su pecho.

Dejé de mirarle la garganta y pregunté:

—¿Has leído mis mensajes?

Se le tensó la mandíbula.

—Tengo el teléfono cargando en el despacho. ¿Ha pasado algo?

Ahora fui yo la que tragó saliva. Decírselo en persona era mucho más difícil que por mensaje.

—Mira, Colin. Con respeto al otro día…

—Olvídalo. —Volvió a tensar la mandíbula—. No importa.

—Sí, claro que importa. Me equivoqué…

—Olvídalo, Liv. Ya dejamos claro que fue un error y…

—Deja de interrumpirme. No estoy hablando del sexo, ¿vale?

Justo en ese momento, mi hermano apareció, abrió la puerta y nos miró a ambos.

—¿Qué estáis haciendo aquí afuera?

—Nada —respondió Colin.

—Hablar —dije yo al mismo tiempo.

Dios, ¿me habría oído Jack gritar la palabra «sexo»?

—A ver si lo adivino —comentó mi hermano con la cejas levantadas y una sonrisa en los labios—. Livvie quiere volver a vivir con nosotros ahora que se ha quedado sin trabajo.

—Vete a la mierda —espeté, aliviada porque no me hubiera oído, pero cabreada por su despreocupada actitud hacia mi vida. Puse los ojos en blanco y me dirigí al imperturbable Colin—: Por favor, lee mis mensajes.

Colin

La vi alejarse, sintiéndome como si me hubieran dado un puñetazo en el estómago. ¿Qué acababa de pasar?

—Oye, colega, ¿por qué no dejas de mirarle el trasero a mi hermana? —Jack me estaba observando de una forma extraña y yo no estaba de humor para eso.

—De acuerdo. —Entré en casa y él me siguió.

—¿Por qué narices te está mandado mensajes?

Fingí no tener ni idea.

—Y yo qué sé.

—No, en serio. No tiene sentido que Olivia te mande mensajes.

Lo ignoré, fui al despacho y desconecté mi viejo móvil del cargador.

—Que no lo sé.

—Bueno, ¿por qué no los lees? —Se detuvo en el umbral de la puerta, mirándome con el ceño fruncido—. Así lo sabrás, idiota.

Bajé la mano.

—Después, gracias.

—Pero ¿qué coño? —Entró en el despacho—. «¿Después, gracias?». La respuesta correcta sería: «No tengo ni puta idea de por qué tu hermana pequeña me está enviando mensajes. Será mejor que lo compruebe, porque me parece raro». Sí, eso es lo que deberías haber respondido.

Me quedé callado porque no sabía qué decir.

—¿Ha pasado algo entre vosotros dos?

Respiré hondo. Debí tardar demasiado en responder, porque Jack me miró con la boca abierta de par en par.

—¿Con mi hermana? ¿Estás de coña?

—Mira, Jack….

—No, mira tú. —Me arrebató el teléfono de la mano (jamás lo había visto moverse tan rápido) y empezó a leer los mensajes, manteniéndome alejado con el brazo extendido. Quería abalanzarme sobre él y recuperar el teléfono, pero llegados a ese punto, ya estaba jodido.

Independientemente de lo que Liv me hubiera enviado, su cara lo decía todo. Jack lo sabía.

Vi cómo sus ojos recorrían la pantalla antes de exclamar:

—¡No me jodas! —Dejó caer el teléfono como si le hubiera quemado la mano—. ¿Después de acostaros? Pero ¿qué demonios significa eso? Por favor, dime que no te has tirado a mi hermana. —Me taladró con la mirada un segundo antes de empujarme—. ¿Qué mierda te pasa?

Volvió a empujarme. Después se abalanzó sobre mí con su hombro y ambos nos estrellamos contra la pared antes de caer el suelo. Lo siguiente que supe fue que me dolía un montón la cabeza y que Jack me estaba mascullando cosas como: «Hijo de puta, aprovechándote de Liv» mientras intentaba inmovilizarme en el suelo para poder pegarme.

—Para ya, Jack. —Gruñí y logré girarme para quedar encima de él y sujetarle los brazos para evitar que sus puños me noquearan—. ¡Cálmate de una vez! —grité, intentando contenerlo. Pero Jack pesaba unos veinte kilos más que yo y me dio un rodillazo en el estómago. Gemí y rodé por el suelo, quedando boca arriba y ofreciéndole el ángulo perfecto para que me diera una paliza.

Me miró con furia y echó el puño hacia atrás. Yo me limité a esperar el golpe. Puede que el dolor físico aliviara un poco la culpa que me había estado consumiendo desde la noche en que la besé. Sin embargo, en lugar de sentir sus nudillos en mi ojo, Jack bajó el brazo y jadeó:

—¿Qué coño haces, Beck?

Negué con la cabeza.

—Ya lo sé, hombre.

—¿No te vas a defender? —Parecía decepcionado y asqueado al mismo tiempo, como si hubiera estado esperando una buena pelea—. ¿De verdad me vas a dejar que te pegue?

Volví a negar con la cabeza.

—Deberías hacerlo.

Tragó saliva y se sentó sobre sus talones.

—Entonces, ¿tú y Olivia...?

Asentí, odiándome a mí mismo.

Jack se pasó una mano por el pelo revuelto.

—Maldita sea, Beck, creo que me has estropeado el peinado.

—Eso es culpa de tu peluquero.

Esbozó una sonrisa, pero no duró mucho.

—Y entonces, ¿qué? ¿Vas a pasar de ella? —preguntó, desencantado. Me conocía lo suficiente como para saber que las relaciones no eran lo mío. Había estado ahí en cada uno de mis ligues—. Sí, claro que lo harás. Si no lo has hecho ya.

—No —repliqué con una risa amarga al recordar cómo me había echado de su apartamento—. Tu hermana se me adelantó.

Aquello le mejoró un poco el ánimo y ya no parecía tan furioso.

—¿En serio?

Volví a asentir.

—Pasó de mí a la mañana siguiente.

—Joder —masculló por lo bajo. Se frotó la barbilla y se puso de pie. Luego me tendió una mano y preguntó—: ¿Esa es la razón por la que has estado tan gilipollas toda la semana?

Acepté su ayuda y me levanté.

—¿Lo he estado?

—Cambiar todo el grifo de la cocina por un leve goteo me parece propio de un psicópata —dijo, riendo.

Me aclaré la garganta.

—Pero el nuevo me gusta.

—A mí también. —Jack se rascó la frente—. Entonces, ¿qué? ¿Eres tú el que está enfadado porque fue ella la que pasó de ti?

Solté un suspiro, miré a mi mejor amigo y decidí dejar de mentir.

—Estoy enfadado porque, no sé, ella me gusta de verdad. Creo.

Jack sacudió la cabeza.

—Pero… es Livvie.

—Lo sé. —Jack y yo habíamos formado equipo desde el día en que nos conocimos. Un equipo que estaba de acuerdo en que Olivia era un auténtico grano en el trasero—. Yo tampoco me lo creo.

—¡Madre mía! —Puso los ojos en blanco e hizo un gesto de desaprobación con la cabeza—. Bueno, será mejor que mires el móvil y leas sus mensajes. Por lo visto, siente mucho algo que te hizo y quiere hablar contigo.

Me agaché y recogí mi teléfono, con la pantalla ahora rota, sin dejar de observar a Jack:

—¿Me estás diciendo que estás de acuerdo con esto?

—Vaya. Joder. Yo qué sé. —Puso cara de asco—. Sé que eres un buen tío. De modo que, si de verdad te gusta y no tienes intención de jugar con sus sentimientos, no pondré fin a nuestra amistad por eso.

Me sorprendió bastante escuchar aquello.

—Pero después de lo que he leído —añadió—, voy a necesitar un buen lavado de cerebro. Y seguro que veros juntos hará que me entren ganas de vomitar. Tómatelo como una advertencia.

Aquello me hizo reír, y Jack también se rio.

—Entendido. —Sentí tal alivio que casi quise abrazarlo.

—Vómito por todas partes. —Salió del despacho y se dirigió al salón, pero siguió hablando—. Un enorme charco de vómito. Qué digo charco, un océano.

—Entendido —repetí.

—Vómitos al estilo *El Exorcista*.

—Sí, vale, vómitos por doquier. —Abandoné el despacho y le seguí—. Ya lo he pillado.

—¿Recuerdas esa escena de *Carrie*, en la que le tiran un cubo lleno de sangre? Pues igual, pero en lugar de sangre…

—¡Por Dios, Jack! —dije, riendo—. ¿Puedes parar ya con los vómitos?

Olivia

Cuando oí que llamaban a mi puerta, el corazón se me subió a la garganta. Nunca me había sentido ansiosa por la presencia de Colin, pero por alguna razón, estaba demasiado nerviosa por tener que pedir disculpas.

Tal vez porque había esperado una hora para responderme y lo único que había escrito había sido un «Vale».

Me aclaré la garganta y abrí la puerta.

Y ahí estaba él, con ese rostro serio, duro, indescifrable y tan guapo que me debatía entre el temor y la excitación. Sin embargo, venía un poco despeinado y tenía un par de marcas rojas en la cara.

—Adelante —le invité.

Vino directamente hacia mí, lo que me hizo retroceder. Dejó que la puerta se cerrara de golpe detrás de nosotros y se acercó aún más.

—Tengo una buena noticia y una mala.

Abrí la boca, pero fui incapaz de pronunciar palabra alguna y la volví a cerrar. No me había esperado que dijera eso.

Y mucho menos tenerlo tan cerca, invadiendo mi espacio personal.

—¿Cuál es la buena? —logré preguntar.

Su expresión se suavizó un poco y esbozó una sonrisa burlona antes de contestar:

—He decidido perdonarte.

—Ah, bien. —Su sonrisa se volvió ardiente, y un poco lasciva. Volví a ponerme nerviosa, pero de una manera diferente. Carraspeé—. ¿Y la mala?

Su sonrisa se desvaneció y me observó detenidamente con sus ojos azules.

—Tu hermano sabe lo nuestro.

—¿Qué? ¡Dios mío! —No pude evitar quedarme boquiabierta—. ¿Cómo? ¿Cómo lo sabes? ¿Qué te ha dicho?

Se dio la vuelta y se fue a la cocina.

—¿Y bueno, Marshall? ¿Qué has hecho esta noche? Estás muy guapa.

«¿Qué?».

—Gracias. He tenido una cita. —Lo miré de espaldas—. Por el amor de Dios, cuéntame lo de mi hermano.

Sacó dos cervezas de la nevera y me ofreció una con una media sonrisa.

—Relájate. Háblame primero de tu cita.

Cogí la cerveza, pero en lugar de responder, puse los ojos en blanco y salí de la cocina.

—Voy fuera —anuncié. Crucé el salón y me adentré en la oscuridad de la terraza. Necesitaba un momento para mí. No tenía ni idea de lo que estaba pasando y eso no me gustaba.

Me pareció extraño que a Colin no parecía preocuparle en absoluto que mi hermano supiera lo que había pasado entre nosotros. Y no solo eso, tampoco se le veía enfadado por haberlo culpado de mi despido.

Tenía la sensación de que me estaba tomando el pelo. Como el Colin de mi infancia, el que jugaba conmigo antes de hacerme sentir fatal.

Me di la vuelta y esperé, apoyada en la barandilla, a que se uniera a mí. Cuando lo hizo, dije:

—Solo fue una cita a ciegas.

—¿Y...? —Se sentó en mi silla de la terraza, estirando las piernas mientras abría su cerveza.

—Un tío majo, pero con el que no hubo chispa. —Abrí mi lata—. Ahora dime qué narices ha pasado con Jack.

—Bueno. —Me miró como si fuera una niña revoltosa—. Después de que me sacaras al pasillo, nos gritaras y te marcharas, tu hermano me quitó el teléfono y leyó tus mensajes.

—¿En serio? —Sabía que había escrito la palabra «acostarnos», así que no tuvo que resultarle muy difícil atar cabos. Y como Jack siempre había sido un hermano demasiado protector, tampoco me sorprendió su reacción—. Oh, Dios mío, lo siento mucho. ¿Qué hiciste? ¿Qué le dijiste? ¿Le has dicho que solo ha sido un error puntual?

—Bueno, después de pelearnos un poco, porque sí, tu hermano quería darme una paliza, hemos llegado a un acuerdo.

Miré su rostro tranquilo, relajado y divertido, iluminado ligeramente por las luces de la ciudad. No entendía por qué no se estaba volviendo loco. ¿Le hacía gracia haberse peleado con mi hermano?

—¿Qué quieres decir con un acuerdo?

Clavó la vista en su cerveza.

—Siempre y cuando no juegue con tus sentimientos, esas fueron sus palabras, le parece bien.

—Espera, ¿qué? —Seguía sin entenderlo—. ¿Qué le parece bien?

—Tú y yo. —Levantó la vista y me sostuvo la mirada, mientras yo hacía todo lo posible para mantener mi cara totalmente inexpresiva.

Por dentro, sin embargo, estaba completamente desconcertada. ¿Qué estaba pasando? *¿Tú y yo?* ¿Acaso Colin me estaba sugiriendo que quería tener algo más conmigo? Una parte de mí dio saltos de emoción.

Era un hombre divertido, seguro de sí mismo, guapo y muy bueno en la cama, pero siempre habíamos catalogado lo «nuestro» como un desliz de una sola vez. Él era perfecto; yo un desastre. Él era un Audi y yo un Corolla. Colin y yo no encajábamos para nada.

No podía estar hablando en serio.

Miré mi lata de cerveza y empecé a toquetear la anilla.

—¿Le parece bien que nos acostásemos una vez?

—Sí, le parece bien eso. —Se llevó la lata a los labios—. Y lo que queramos hacer a partir de ahora.

—¿Lo que queramos hacer a partir de ahora? —Dejé de intentar ocultar mis emociones y miré a Colin con todo el desconcierto que sentía—. ¿Qué significa eso?

—Significa —se levantó de la silla con una sonrisa lánguida de lo más sensual—, que le parecerá bien si decidimos que lo de aquella noche no fue un error.

De pronto, me había quedado sin palabras.

—Pero —balbuceé—, fue un error.

Se acercó tanto a mí que tuve que alzar la vista para mirarlo.

—¿Lo fue? —murmuró con voz grave en la oscuridad.

Tragué saliva. Sentí mi corazón palpitando en cada célula de mi cuerpo. A lo lejos, nos llegó el rugido de un motor.

—Bueno, creo…

—¿Puedes decirme con total sinceridad que no has estado tumbada en la cama, reviviendo esa noche una y otra vez en tu cabeza desde que sucedió? —Me metió un mechón de pelo detrás de la oreja y susurró—: Porque yo no he dejado de pensar en ello. Estoy obsesionado con el recuerdo de tus gemidos y la cara que pusiste cuando me pediste que te mostrara mis habilidades.

Me estaba derritiendo por completo, pero todavía no tenía claro si solo estaba hablando de sexo o de algo más.

—Colin...

—¿Por qué no continuamos con esto un poco más? —Su tono travieso desapareció un poco y su voz se tornó más dulce—. ¿Qué hay de malo en ver a dónde nos lleva?

Estaba indecisa, al borde del precipicio. Estaba fascinada ante la posibilidad de tener una relación seria con él. La idea de tener toda la atención de Colin era irresistible y absolutamente abrumadora.

Pero para él era fácil. Colin podía ver «a dónde nos llevaba esto» sin problema, porque no tenía nada que perder. Colin Beck, el genio de las Matemáticas con una fortuna familiar y el aspecto de un modelo, podía desentenderse de esto y largarse en cuanto perdiera el interés.

Y tenía la impresión de que cuando lo hiciera, porque lo haría, me dejaría completamente devastada.

—¿A ti no te parece una mala idea? —Lo miré, preguntándome por qué mi voz sonaba tan entrecortada y carente de convicción cuando sabía que lo que decía era cierto—. Ni siquiera nos llevamos bien cuando no estamos en la cama.

—Venga ya, Marshall. —Acercó su boca a la mía—. Por supuesto que nos llevamos bien.

—Mierda —susurré justo antes de que sus labios cayeran sobre los míos e hicieran que me olvidara de todo mi sentido común. Su boca era tan ardiente como recordaba, magnífica y fundiéndose a la perfección con la mía.

«¡Ay, Dios mío!».

Colin me besó como si fuera el protagonista de una película de acción y el mundo estuviera a punto de acabarse. Me besó como si fuera su mayor obsesión y no pudiera creerse que por fin estuviéramos juntos.

Le rodeé el cuello con los brazos e hice todo lo posible para corresponderle, entregándome de lleno al beso. Su gruñido me hizo sonreír; una sonrisa que enseguida se convirtió en un gemido cuando me mordió el labio inferior y me alzó en brazos.

—Esto no significa nada —dije contra su boca, mientras le envolvía la cintura con las piernas.

—Claro que no —repuso él, justo antes de bajar la boca y rozarme el cuello con los dientes. Me llevó dentro, apretándome más contra sí mientras subíamos las escaleras hacia mi cama y sus besos se volvían más ardientes.

Os juro por lo más sagrado que una chica puede alcanzar el orgasmo solo con los besos ardientes de Colin Beck.

Cuando llegamos a mi habitación, me bajó junto a la cama. Apenas podía abrir los ojos, me pesaban demasiado, pero en cuanto sentí su mirada apasionada, se me aceleró el pulso.

—Quítate la camiseta, Beck —le pedí.

La prenda desapareció en menos de un segundo. Se la quitó por la cabeza, quedando medio desnudo y mostrando un torso absolutamente perfecto. Me miró mientras colocaba ambas manos sobre su pecho.

Por los dioses del Olimpo. No solo me excitaban sus músculos, su piel bronceada y ese delicioso tatuaje que empezaba en su hombro y se extendía por su fornido brazo, lo que lo hacía increíblemente sexi era la tenue cicatriz de la apendicectomía y el rastro de vello que iba desde su ombligo hacia abajo. Porque esos detalles hacían más íntimo todo aquello.

Más personal. Y estaba sucediendo en mi habitación.

Al lado de mi cama.

—¿Hay alguna posibilidad de que te quites ese vestido y te dejes las botas puestas, preciosa? —Me miró con los ojos entrecerrados, llenos de deseo, como si fuera la mujer más sensual que hubiera visto en la vida, lo que hizo que me sintiera la mujer más sexi del planeta—. Me encantan esas botas —dijo con voz grave.

—¿Puedes bajarme la cremallera? —Me di la vuelta y me alcé el pelo, ofreciéndole la espalda, feliz por: a) llevar un vestido con cremallera y b) haberme puesto mi mejor ropa interior y las medias hasta los muslos.

Nota aclaratoria: Siempre llevaba medias hasta los muslos porque odiaba el incómodo ajuste en la entrepierna de los pantis. En las raras ocasiones en las que me había desnudado frente a un hombre con ese tipo de medias, me sentía toda una seductora.

Cuando noté su aliento en la nuca y empezó a bajarme la cremallera, temblé por la anticipación. El vestido se deslizó por mis hombros y cayó a mis pies.

Me mordí el interior de la mejilla y me giré. Entonces me di cuenta de que no debería haber desperdiciado ni un solo segundo en estar nerviosa. La intensidad de su mirada mientras sus ojos me recorrían de arriba abajo disipó cualquier duda de que no fuera a estar a la altura.

—Joder, Marshall —susurró de una manera que me hizo estremecer—. Eres un sueño hecho realidad.

Volví a poner las manos en su pecho, necesitando tenerlo más cerca de mí. Pero cuando volvió a capturar mis labios en besos largos y profundos y deslizó sus manos por todo mi cuerpo, una incómoda sensación recorrió mi espina dorsal.

Porque Colin había ignorado lo que le había dicho. Y yo había hecho lo mismo. Estábamos tan consumidos por el deseo, que íbamos a ver dónde nos llevaba aquello lo quisiéramos o no.

Y no es que yo no lo quisiera.

Es que no podía.

Simplemente no podía hacerlo.

Colin

La estaba perdiendo.

No sabía por qué, pero, a pesar de que seguía respondiendo a mis besos, pude percibir su inquietud. Tenía los músculos tensos, las manos inmóviles y parecía estar en otra parte.

Sí, su mente hiperactiva estaba desconectando, alejándose de todo esto.

De mí.

No sabía si era por culpa de ese imbécil de Eli o de alguien más, pero estaba nerviosa. No había planeado ser excesivamente delicado y lento con ella, sabía que no debía, pero cuando la vi con esas botas de tacón, las bragas de encaje y las medias, casi caí rendido a sus pies.

Quise arrodillarme y adorar su impresionante belleza, pero por algún motivo, ese tipo de atención pausada la desconcertaba.

Así que cambié el ritmo del beso, haciéndolo más rápido, más brusco y urgente. Devoré su deliciosa boca como si fuera un animal hambriento.

Y lo era. En ese momento, lo era.

En lugar de tumbarla en la cama, donde ansiaba recorrer cada centímetro de su cuerpo a base de besos, la besé con desesperación mientras la despojaba de la ropa interior y la llevaba hacia el murete.

Y gracias a Dios, regresó a mí con una intensidad arrolladora. Me mordió el labio inferior y gemí, preguntándome cuándo había llegado a estar tan en sintonía con ella. Y no solo eso, tan obsesionado con sus reacciones.

Aparté la boca de la suya y la giré, haciendo que se agarrara a la barandilla del murete antes de poner las manos junto a las suyas.

—¿Mejor? —le susurré al oído, antes de morderle la delicada de piel de su cuello mientras aspiraba su aroma y me pegaba más a ella.

—Sí —exhaló ella. Se inclinó un poco hacia delante y presionó su cuerpo contra el mío. Un movimiento que pulverizó mi autocontrol.

Después de eso, ambos nos olvidamos de pensar y nos entregamos a una pasión desenfrenada.

—Colin, deja ya de cocinar y siéntate.

Me aparté de los fogones y me volví hacia Olivia, que me miró desde el taburete en el que estaba sentada, con el ceño fruncido mientras masticaba un trozo de tortita. Siempre había sido muy expresiva. De pequeños, había sido capaz de saber cuándo mentía por cómo levantaba la barbilla, cuándo estaba confundida y su mente corría a mil por hora por el fruncimiento de ceño y cuándo estaba enfadada por cómo ponía los ojos en blanco.

Nada de eso había cambiado, pero, de pronto, lo encontraba adorable. Sí, ese ceño mientras esperaba a que me sentara para hablar «sobre todo esto» me pareció encantador.

—No he terminado. —Di la vuelta a la tortilla de espinacas y claras de huevo con la espátula—. Dame un par de minutos y luego puedes hablar todo lo que quieras.

Después de la increíble noche que habíamos pasado, me había despertado a las cinco de la mañana. Había seguido tumbado bajo unas sábanas desgastadas de color rosa chicle (horrorosas) durante veinte minutos, y al final había decidido levantarme y prepararle el desayuno. Sabía que no iba a apreciar un gesto romántico como que le llevara el desayuno a la cama, pero seguro que le gustaba despertarse con un montón de tortitas esperándola en la cocina.

Tuve que irme a hurtadillas a mi casa para conseguir los ingredientes (menos mal que Jack no estaba) y luego tuve que volver una segunda vez a por las sartenes y otros utensilios de cocina, pero logré terminar antes de que se despertara.

En cuanto entró en la cocina, parpadeó, abrió los ojos como platos y dijo:

—Mira, Colin, tenemos que hablar sobre todo esto. Preparar el desayuno ha sido todo un detalle, pero lo de anoche fue una idea terrible y...

—Estás de coña, ¿no? —Hice un gesto de negación con la cabeza, como si estuviera diciendo tonterías—. Solo lo he preparado porque estaba muerto de hambre. Una ninfómana me ha tenido despierto toda la noche y me he despertado con un hambre voraz.

Es solo comida. No tiene ninguna connotación romántica, doña Cabezona. —La vi hacer su típica secuencia de parpadeos antes de que le pasara un montón de tortitas—. Primero come. Luego hablamos.

No sé cómo había ocurrido, pero de repente, mi perspectiva sobre «todo esto» había cambiado por completo. Sí, Olivia y yo no parecíamos encajar en absoluto, pero esa mañana me había despertado pensando: «¿Por qué no dejarnos llevar y disfrutarlo mientras dure?». Me estaba divirtiendo como nunca, y estar con ella era todo un placer. Entonces, ¿qué problema había en ver hasta dónde podía llevarnos todo aquello?

Quizás, el hecho de que a Jack no le importara que saliéramos juntos, me había hecho verlo como una posibilidad real. Y cuando nos imaginaba juntos, ya no me parecía tan absurdo.

Dejé la tortilla en uno de los dos únicos platos que Livvie tenía y lo llevé a la isla. Después, me senté en el otro taburete alto y dije:

—Muy bien. Hablemos.

Olivia

Miré a Colin desde el otro lado de la isla y me quedé en blanco.

Colin tenía un talento especial para hacerme perder la concentración. Seguía sin entender cómo habíamos vuelto a acabar en la cama. Había pasado de considerarlo una idea pésima a despertarme con el aroma de su colonia impregnado en mi almohada después de compartir una noche de sexo alucinante.

—Creo que le estás dando demasiadas vueltas a esto. —Dejó el vaso después de dar un sorbo—. ¿Nunca has tenido un rollo sin compromiso? ¿Una relación que sabes que seguramente no te llevará a nada serio, pero que resulta genial mientras dura?

—No. —La idea de él teniendo un rollo sin compromiso con alguien provocó en mí unos celos irracionales; algo que me cabreó sobremanera. Me crucé de brazos—: ¿Te refieres a una relación de amigos con derecho a roce?

—¡Dios, no! Tu hermano me mataría. —Cortó un trozo de tortilla—. Los amigos con derecho a roce es solo una amistad platónica con sexo ocasional en secreto.

—¿Y en qué se diferencia eso de tu rollo sin compromiso? —Me impresionó lo tranquila y despreocupada que sonaba mi voz cuando por dentro me estaba volviendo loca e intentaba procesar todo lo que me estaba diciendo. Porque seguía sin comprender que Colin quisiera tener algo conmigo, aparte de sexo.

—En primer lugar, en que no hay nada secreto. —Se llevó el tenedor a la boca. Al recordar cómo había recorrido con los dientes el tatuaje de mi espalda, sentí un cosquilleo en el estómago. Masticó y tragó antes de continuar—: Es como una relación normal: salimos juntos, te proporciono un montón de orgasmos, te suplico que me envíes fotos picantes... Pero ambos estamos de acuerdo en que, en el momento en que deje de ser divertido, cada uno sigue su camino, sin rencores.

Se me secó la garganta mientras tragaba. ¿Cómo se suponía que aquello iba a funcionar? ¿Íbamos a dejar de encontrarlo divertido al mismo tiempo, darnos un apretón de manos y despedirnos como si nada? Era la fórmula perfecta para uno de mis desastres habituales.

Aun así, la idea de salir a cenar con Colin, de ir de la mano con él, de recibir sus mensajes picantes me resultaba tan atractiva que me sentí tentada de ceder.

—Eso suena demasiado sencillo, Colin.

Ladeó la cabeza.

—¿Tienes miedo, Livvie?

—¿De qué?

Enarcó una ceja.

—¿Y ahora quién está complicando las cosas innecesariamente?

Cuando lo vi ponerse los AirPods, ajustar su reloj deportivo y salir del apartamento como si fuera lo más normal del mundo y fuera a volver más tarde, no supe si ponerme a llorar o soltar una risa histérica.

¿En serio habíamos decidido seguir adelante con eso?

¿Qué estaba pasando?

Cinco minutos después, aún atónita, recibí un mensaje:

Colin: Tres cosas: 1. No tengas miedo. 2. Mándame una foto. 3. ¿Puedo invitarte a cenar esta noche?

No pude evitar sonreír y le respondí:

Yo: 1. No tengo miedo. 2. Luego, quizá. 3. Depende. ¿A dónde me vas a llevar?

Su respuesta fue inmediata.

Colin: Tú eliges, Marshall.

Desde que regresé a la ciudad, apenas había salido, así que no tenía ni idea de qué restaurantes estaban bien para una cita. Recordé que Dana me había dicho que a ella y a Will les habían dado una tarjeta de regalo de ciento cincuenta dólares para Fleming's y ni siquiera les había alcanzado para la cena, así que decidí ir a lo grande.

Yo: Fleming's.

Esperaba que se echara para atrás o que sugiriera que fuéramos al bar y asador de la esquina, pero contestó con un:

Colin: Vale, ya veo cómo va esto. Te recojo a las seis.

Me reí y dejé el teléfono en la encimera. A las seis me parecía un poco pronto para alguien como Colin; él era más de cenar a las ocho. Pero justo cuando estaba pensando eso, volvió a vibrarme el móvil:

Colin: Sigues cenando temprano, ¿verdad?

Dejé el teléfono de nuevo y me mordí el labio. ¿Colin se había acordado de que solía cenar temprano cuando vivía con él? Tal vez lo había subestimado.

17

Olivia

No era motivo de orgullo, pero mientras esperaba a que Colin llegara, me bebí tres copas de vino.

Solo necesitaba calmarme, lo cual ya era raro de por sí.

Porque con Colin siempre me sentía cómoda; estaba acostumbrada a estar con él. Pero no sabía si el Colin de la cita iba a ser diferente al Colin del día a día. Aunque lo conocía desde pequeña, esta era una nueva experiencia para ambos.

El vino surtió efecto y, cuando llamó a la puerta y la abrí, estaba bastante tranquila.

—Hola. —Fui incapaz de pronunciar más palabras, porque Colin estaba impresionante. Incluso más atractivo de lo habitual. Llevaba unos pantalones negros ceñidos y una cazadora; lo opuesto a su ropa de trabajo habitual.

Y las gafas.

Durante un instante, tuve ganas de cancelar la cita y quedarnos en casa. En mi habitación.

—¡Vaya! —exclamó Colin, recorriéndome con la mirada. Una oleada de calor invadió mi piel—. Estás preciosa, Livvie.

Dana me había dejado un suéter rojo de cachemir con los hombros descubiertos, una falda negra y un par de botines de ante que eran una maravilla. Un conjunto con el que me sentía tan elegante y atractiva que no quería devolvérselo jamás.

—Tú también estás muy guapo. —Le miré la hebilla del cinturón—. Esa camisa le sienta bien a tus abdominales.

—Pero te siguen pareciendo desagradables, ¿verdad?

Cogí el bolso y el abrigo de la encimera.

—Creo que ya te dejé clara mi opinión al respecto.

—Lo que me dejaste fue un chupetón en el estómago.

—Dije lo que dije.

Salimos del apartamento sonriendo.

—¿Sabe Jack que vamos a salir esta noche?

—No, pero porque no estaba en casa cuando llegué. Ya se lo diré.

Cuando llegamos a la zona de ascensores, presionó el botón y luego me cogió la mano. Entrelazó sus cálidos dedos con los míos, enviando una sensación reconfortante por todo mi cuerpo.

Solté una risita.

—¿Qué te hace gracia? —Me miró con una sonrisa.

Yo volví a reírme.

—¿No te resulta un poco raro? Me está cogiendo la mano el amigo de Jack, el mismo que en séptimo curso me dijo que el planchado tipo frisado que llevaba hacía que mi pelo pareciera unas patatas fritas chamuscadas.

Se rio a carcajadas y me soltó la mano.

—Un momento, ¿eres tú? ¿La chica que pasó su coche por encima de mi pie?

Las puertas del ascensor se abrieron y entramos.

—En realidad, no fue culpa mía. Mi coche tenía problemas con la transmisión.

—Seguro que sí.

—Te lo juro. —Me metí las manos en el bolsillo del abrigo.

Colin se giró y se acercó a mí, empujándome suavemente contra la pared y atrapándome con un brazo a cada lado.

—¿Sabes, Marshall? Aquí podríamos pasarlo muy bien.

—No me parece apropiado para una primera cita —comenté, aunque mi voz ronca decía lo contrario.

Colin bajó la cabeza y me dio un beso suave en el cuello.

De camino al restaurante, hablamos sobre cosas triviales, y hasta que no aparcamos, no me acordé de que estábamos en una cita. Colin se acercó a la puerta del pasajero justo cuando iba a salir, y en cuanto me puse de pie, cerró la puerta y me cogió la mano.

Entrelazó de nuevo los dedos con los míos, y las mariposas revolotearon en mi estómago mientras caminábamos hacia la puerta, de la mano, como una pareja normal. La fresca brisa nocturna hizo que el pelo me rozara las mejillas. Lo miré y le dije:

—Este lugar parece bastante elegante. ¿Has venido aquí antes?

Colin

¿Había estado allí antes?

Teniendo en cuenta que mis padres vivían a tres manzanas de allí, sí, había estado allí cientos de veces. No solo eso, mis abuelos habían reservado el restaurante entero para su aniversario y el despacho de abogados de mi familia organizaba allí todos los años la fiesta navideña de la empresa.

El chef era la pareja de golf de mi tío Simon.

Y como Liv ya me consideraba un engreído, tampoco me hacía mucha ilusión que se enterara de que ese restaurante carísimo fue el lugar donde comimos después de mi graduación en el instituto.

Estaba pensando cómo responder a su pregunta, cuando oí unos fuertes ladridos. Ambos nos giramos a la vez y vimos a un perro enorme, corriendo a toda velocidad desde el aparcamiento hasta nosotros, con su dueño intentando detenerlo a gritos. El animal venía con la lengua fuera y se notaba que estaba jugando, pero su envergadura hacía que un pastor alemán pareciera un cachorrito a su lado.

Antes de que pudiera apartarla, Liv me soltó la mano y se agachó, riendo y animando al gigantesco perro a que se lanzara a sus brazos.

—Liv…

Cuando el perro la derribó, gritó, y luego estalló en carcajadas mientras el animal la lamía y saltaba por todas partes con sus grandes patas. La cola del perro la golpeaba constantemente, haciendo que se riera aún más.

—¡Finneas! —El dueño por fin alcanzó al perro, lo agarró del collar y lo apartó de Olivia, mientras se agachaba para recoger la correa—. Dios mío, lo siento muchísimo.

Finneas gimoteó, triste porque lo alejaran de su nueva amiga, pero obedeció a su dueño cuando este le ordenó que se sentara.

Ayudé a Olivia a levantarse.

—¿Estás bien?

—Sí. —Sus ojos todavía brillaban divertidos mientras se sacudía el polvo de la falda con la vista clavada en el perro—. Es tan mono.

El dueño del perro y yo nos miramos sin comprender cómo podía estar tan tranquila. Luego volví a prestar atención a Olivia, que seguía haciendo arrumacos al perro. Solo tenía ojos para ese animal.

A pesar de la escasa luz del atardecer, pude ver las huellas de barro en su ropa y un desgarrón en la media de la pierna derecha. Ella también debía de haberse dado cuenta cuando se limpió, pero no parecía preocuparle.

¿De verdad merecía la pena todo aquello solo porque había visto un perro «mono»?

Ladeé la cabeza y la observé mientras le hablaba al perro. Desprendía tal vitalidad y alegría que no pude evitar sonreír. Tuve la impresión de que ese episodio con el perro era muy revelador sobre su tendencia a la «mala suerte».

Siempre se veía envuelta en situaciones absurdas, pero ¿era por pura imprudencia o más bien por un intento de aprovechar la vida al máximo? Cuando mi novia me dejó en la universidad, me tragué el dolor y seguí adelante, sufriendo en silencio. Sin embargo, cuando a ella la dejaron, hizo una quema ceremonial de cartas. Un ritual que no terminó bien, pero que debió de ser de lo más liberador.

Cuando Finneas y su dueño se marcharon, Livvie me miró y su sonrisa se desvaneció un poco.

—Si quieres que pasemos de la cena… ya sabes, por el desastre que estoy hecha ahora mismo, lo entenderé. Podemos ir a comprar algo rápido y volver a casa.

Hice un gesto de negación con la cabeza y volví a tomarla de la mano. No sabía por qué, pero necesitaba tocarla constantemente.

—Estás deslumbrante, Marshall. Vamos.

Parpadeó, sorprendida por mi comentario, y luego sonrió.

—Dios mío, Colin, parece que mi increíble talento en la cama te ha afectado el juicio.

¡Sí!

Eso era.

Por fin había descifrado el enigma que era Olivia Marshall.

A los cinco minutos de habernos sentado, Livvie derramó su vino tinto por toda la mesa. No por torpeza, sino porque estaba gesticulando con entusiasmo mientras intentaba explicarme cómo su padre le había hecho el boca a boca a un gato al que le había alcanzado un rayo.

Estaba tan absorta en su historia, que no había tenido tiempo de darse cuenta de las copas de cristal que tenía delante.

No era tan torpe, simplemente vivía a todo color, con una claridad impresionante y en alta definición, o alguna metáfora similar. El caso es que, en cuanto lo entendí, ya no pude ver las cosas de otra manera. Se manifestaba en todo lo que hacía, y esa era la razón de su magnetismo.

Por ejemplo, después de derramar el vino, no llamó a ningún camarero, simplemente sacó un paquete de pañuelos del bolso e intentó limpiarlo ella misma. Cuando negué con la cabeza ante sus fallidos intentos, riendo a pesar de mí mismo ante su ridiculez, ella también estalló en risas.

El camarero, al darse cuenta de lo que estaba haciendo, se mostró visiblemente emocionado. Porque en medio de una multitud de comensales exigentes y con dinero, una mujer risueña no dejaba de pedirle perdón mientras intentaba limpiar el desastre que había ocasionado.

Después de ese incidente, inventamos un juego en el que yo le contaba los recuerdos absurdos que tenía de ella de nuestra infancia y ella me corregía y me contaba cómo habían sucedido de verdad. En un momento dado, resopló y me golpeó el dedo con el que la estaba acusando de haberme robado mi gorra morada de los Cubs cuando estaba en tercero; un gesto que me encantó hasta un punto casi patético.

Ambos nos estábamos riendo, cuando mis abuelos aparecieron junto a nuestra mesa.

—Colin. —Mi abuela me sonrió durante medio segundo antes de posar sus ojos en Liv. «*Mierda*». Me tragué un improperio y me levanté para darle un abrazo, poco complacido con la interrupción.

—Abuela. —Le di un beso en la mejilla—. Qué alegría veros.

Mis abuelos eran buenas personas, pero muy tradicionales. Y muy serios. Si un perro le hubiera ladrado a mi abuela, mi abuelo probablemente lo habría atropellado con su Mercedes y le habría pedido al metre que limpiara el desaguisado en el aparcamiento.

—Esta es mi amiga, Olivia Marshall. —Miré su cara sonriente—. Olivia, estos son mis abuelos.

—Encantada de conocerlos. —Se puso de pie y vi a mi abuela analizando la suciedad de su suéter y su media rota. Olivia les estrechó la mano a ambos y le dijo a mi abuelo con una sonrisa—. Ya sé de dónde ha sacado Colin su fabuloso pelo.

Mi abuelo se rio y bromeó, culpando a las mujeres de la familia de que con los años se volviera gris. Mi abuela sonrió, pero me di cuenta de que no le había hecho mucha gracia el aspecto desaliñado de Olivia.

—Os dejaremos seguir con la cena, queridos. —Me dio una palmadita en la mano—. Ven a vernos esta semana.

—Lo haré.

En cuanto se alejaron, Olivia me susurró:

—Tu abuela ha notado las huellas de patas.

Me encogí de hombros y tomé el vaso de whisky, lo que me hizo recordar que todavía le debía una botella a Nick.

—¿Y?

Ella frunció el ceño.

—Esta noche estás muy relajado, Beck.

—Tal vez sea porque últimamente he tenido mucho sexo. Y eso me relaja bastante.

Puso los ojos en blanco y empujó su silla hacia atrás, riendo.

—Vuelvo enseguida, bicho raro.

Nada más desaparecer, llegó nuestra comida, y justo cuando el camarero estaba llenándole la copa de vino, la pantalla de mi móvil se iluminó.

Era Olivia.

Enviando un mensaje a Número Desconocido.

Desde el baño de mujeres.

Olivia: Tengo que hablar contigo. ¿Puedo llamarte luego?

Me aseguré de que mi teléfono estuviera en silencio y me lo guardé en el bolsillo. ¿Qué estaba pasando? ¿Estaba conmigo pero pensaba en Nick y le mandaba mensajes desde el baño?

Sabía que Número Desconocido no era una persona real y que ese mensaje nunca llegaría a Nick, pero me revolvió el estómago pensar que quisiera hablar con él.

Olivia

Me apliqué el brillo en los labios, los froté para extenderlo bien y luego guardé la barra en el bolso. Me sentía mejor ahora que había decido dejar las cosas claras con Número Desconocido. Quería disfrutar del resto de la noche sin remordimientos.

Porque desde el momento en que Colin me había tomado la mano en el ascensor, me había sentido como una arpía. No había nada entre Número Desconocido y yo, pero no me parecía bien mantener una relación secreta a base de mensajes que él desconocía.

Porque aunque lo nuestro solo fuera un «rollo sin compromiso», si Colin estuviera haciendo lo mismo, si tuviera a su propia Srta. Equivocada con la que comunicarse a menudo, bueno... no me habría hecho mucha gracia.

Aunque también era cierto que nunca habíamos hablado de tener una relación exclusiva.

Me daba un poco de pena perder a Número Desconocido, porque había sido una persona muy importante en mi vida desde que volví a Omaha, pero la falta de chispa con Nick y la química alucinante que tenía con Colin me dejaron claro que estaba tomando la decisión correcta.

Antes de salir del baño, me limpié las manchas de huellas de patas de la falda y del suéter, me quité las medias y las tiré a la basura.

Cuando regresé a la mesa, Colin me miró las piernas y sonrió. No sabía cómo explicarlo, pero el hecho de que se fijara en esos pequeños detalles (la ausencia de medias o lo temprano que me gustaba cenar), me hizo sentir que se preocupaba por mí.

Aunque solo fuera de forma temporal.

Al volver al coche, lo noté un poco más callado. Seguía siendo encantador y divertido, pero tuve la impresión de que algo andaba mal.

Puede que no se llevara bien con sus abuelos y verlos le hubiera afectado.

O quizá le daba vergüenza que lo hubieran visto con una chica que parecía haber estado rebuscando en un contenedor de basura. En todo caso, como quería romper ese extraña sensación, cuando entramos en el coche me volví hacia él.

—Muy bien. Voy a hacerte una pregunta. ¿Alguna vez pensaste en mí antes de que me mudara contigo y con mi hermano?

Me miró desconcertado.

—¿Qué?

Me reí y miré por la ventana.

—Voy a ponerte un ejemplo. Aunque te odiaba por ser tan imbécil, cuando estabas en tu último año de instituto, te quedaste a dormir en mi casa una noche. De madrugada, tuve que entrar en la habitación de Jack para buscar mi cargador y te vi. —Me miró de reojo y simplemente negó con la cabeza lentamente—. Estabas durmiendo en un colchón hinchable, vestido solo con unos bóxeres, y bueno... a esta torpe friki casi le dio un infarto.

Dejó escapar una de sus sonoras carcajadas que me llenó de calidez. Me miró con ojos entrecerrados y exclamó:

—¡Pervertida!

—Soy culpable. Todavía recuerdo con todo lujo de detalles cómo eran esos bóxeres. —Sonreí de oreja a oreja—. Te toca.

—Ni hablar. —Encendió el intermitente y redujo la velocidad para tomar el acceso este—. Me acojo a la Quinta Enmienda.

—Oh, venga. En todos estos años, ¿no has sentido nunca ni un ápice de atracción por mí?

—No voy a responder. —Se rio.

—Está bien. —Me crucé de brazos—. No debería haber sido tan sincera contándote lo mío.

Inclinó la cabeza y aceleró. Cuando su elegante coche se movió hacia delante como si lo hubieran lanzado desde un cañón, me reí.

—Vale —claudicó—. ¿Te acuerdas cuando te expulsaron de la residencia?

—Todavía tengo pesadillas con esos aspersores. —Me volví hacia él—. Espera, ¿me considerabas atractiva cuando viniste a cenar a casa?

—No te emociones. —Me sonrió y luego volvió a prestar atención a la carretera—. Cuando fui a tu casa a cenar, hubo dos cosas de las que siempre me he acordado. La primera fue que la universidad te convirtió en una auténtica sabelotodo. Por fin, tenías una respuesta para todas las pullas que te lanzaba.

—Vaya, qué irresistible.

Se rio, consciente de que su respuesta me había defraudado.

—Y la segunda es que ponías los ojos en blanco cada vez que yo hablaba.

—En serio, ¿no puedes ofrecerme ni un solo momento en que me encontraras atractiva?

Volvió a reírse y me di cuenta de que su humor había mejorado considerablemente y que se lo estaba pasando en grande con toda la situación. Pero no podía creerme que jamás me hubiera mirado con interés.

—Pensé que tenías unos ojos muy verdes. Y unas pestañas tremendamente largas.

—Para. No necesito que me hagas ningún cumplido por cortesía.

Se quedó callado un minuto entero antes de decir:

—Entonces te has pasado todos estos años, imaginándome en ropa interior.

—Más quisieras —señalé, mortificada.

—Acabas de decir eso literalmente, Livvie.

—¿Quién, yo?

—Pero ¿qué está pasando aquí? —preguntó, entre risas.

En ese momento, me sorprendió darme cuenta de lo divertido que era salir con Colin. Retomamos nuestra conversación habitual hasta que abandonamos la autopista, y luego él se volvió a quedar callado. Cuando por fin entramos en el garaje subterráneo del edificio y aparcó en su plaza, me dijo:

—Mira, sobre esto que estamos haciendo…

—No, Colin, no me voy a ir a vivir contigo —bromeé—. Ya hemos sido compañeros de piso y necesito mi espacio.

Ignoró mi broma y continuó:

—Independientemente de lo informal que sea o no, estamos manteniendo una relación exclusiva, ¿verdad?

—Mmm… ¿me lo estás preguntando o afirmando?

No sabía cuál sería su respuesta, pero parecía muy serio al respecto y eso me hizo sentir... No sé, de una forma especial.

—El otro día tuviste una cita. —Puso el Audi en punto muerto antes de soltar el embrague y accionar del freno de mano.

—Bueno, tampoco fue una cita real —balbuceé, sintiéndome culpable por Número Desconocido—. Además, nosotros no estábamos...

—Ya lo sé. —Me miró y vi cómo se le tensaba ligeramente la mandíbula—. Pero no me gustó.

El corazón me dio un vuelco. ¿Estaba celoso? ¿Por mí? Me metí el pelo detrás de las orejas.

—Ni siquiera...

—No me gustó —repitió, mientras su fragancia inundaba mis sentidos, evocando vívidos recuerdos de su piel.

Me miró fijamente.

—Bueno. —Me aclaré la garganta, conmovida por lo que estaba pasando—. Entonces, acordemos tener una relación exclusiva hasta que esto termine.

Esbozó una ligera sonrisa que no le llegó a los ojos.

—Siempre tienes que añadir el «hasta que esto termine», ¿verdad?

—Sí.

—Entendido. —Apagó el motor y abrió la puerta—. Mocosa.

Rompí a reír. Cuando entramos en el ascensor, le cogí la mano y entrelacé mis dedos con los suyos. Me miró sorprendido, con una expresión tan dulce que pensé que me iba a derretir.

Pero en cuanto las puertas del ascensor se cerraron, Colin se apoderó de mi boca y me aplastó contra la pared. No tan fuerte como para hacerme daño, pero sí con la presión suficiente como para que se me doblaran las rodillas. Luego me enmarcó el rostro con sus grandes manos, tocando mi cabello con los dedos, y continuó haciendo maravillas con sus labios.

¡Dios bendito! Estaba perdida.

Pegó su cuerpo al mío y yo me aferré a su pelo, necesitando su contacto mientras capturaba su aroma, saboreaba su boca y lo sentía en cada terminación nerviosa de mi cuerpo.

—Mmm… botón. —Aparté la boca, y él aprovechó ese instante para darme un suave mordisco en el cuello. Respondí con un gemido—. Dios, ¿no hay un botón para detener este ascensor, Col?

Levantó la cabeza lo suficiente para decir:

—¿Quieres parar el ascensor?

Lo miré a los ojos. Parecía desorientado, estaba despeinado y absolutamente irresistible.

Asentí.

Se le dilataron las fosas nasales y sus ojos brillaron de deseo.

Y entonces el timbre del dichoso ascensor sonó.

Me aparté de sus brazos de un salto e intenté arreglarme el pelo mientras las puertas se abrían. Sí, seguíamos en la planta del garaje. Un hombre vestido de sanitario entró y apretó el botón de mi planta.

Qué bien. Por lo visto, éramos vecinos.

Bajé la vista mientras el ascensor comenzaba a subir. Sabía que si miraba a Colin me reiría, o me avergonzaría, o simplemente me abalanzaría sobre él con espectador incluido. No es que me importase mucho lo que mi vecino sanitario pensara de mí. Sin embargo, esa mala impresión que estaba a punto de dar (mantener relaciones sexuales en el ascensor) era un síntoma de un problema mayor.

Era incapaz de resistirme a Colin.

Daba igual todas las reservas que tuviera sobre lo nuestro, lo único que él tenía que hacer era tocarme, besarme o hablarme con ese tono tan sugerente y yo me lanzaba de cabeza con él a un océano sin fondo sin saber nadar. (Preguntadle si no a mi madre, que seguía enfadada conmigo por haber pagado cinco años de clases de natación y que me negara a entrar en la parte más profunda de la piscina. Era su eterna queja contra mí).

Pero el asunto no era solo que Colin llevase las riendas en esta aventura, era que yo ni siquiera me había subido al caballo. No había puesto ni el pie en el estribo.

Lo miré. Estaba apoyado en la pared, observándome con una expresión tan ardiente que mis músculos se convirtieron en gelatina. Tragué saliva y volví a bajar la vista al suelo.

Aquello no podía seguir así.

Me fijé en los números iluminados del panel de botones del ascensor. Quedaban dos plantas.

Y mientras subíamos esas dos plantas, se me ocurrió un plan de protección.

En mi opinión, el problema radicaba en que todo estaba sucediendo de forma simultánea.

Si solo hubiera sido sexo, podría haberlo gestionado, ya que sería puramente físico.

Si solo hubiera sido una cita, también podría haberlo gestionado, puesto que se trataría solo de diversión.

Si lograba mantener separadas ambas dimensiones, la física y la emocional, creía que, tal vez, podría evitar que los sentimientos me abrumasen y lo acapararan todo. Ya estaba más involucrada de lo que debería, pero quizás, con algunos ajustes, lograría no terminar con el corazón roto.

Colin

Salimos del ascensor justo detrás de aquel hombre y me pregunté si habría percibido lo mucho que había querido retorcerle el cuello. En teoría, no había hecho nada malo, pero Liv me había pedido que detuviera el ascensor justo antes de que él entrara.

Ella había querido tener sexo conmigo allí mismo, y casi me había caído de rodillas cuando el impacto de su asentimiento me golpeó en el abdomen de manera fulminante.

—Este noche me lo ha pasado muy bien —comentó ella con una sonrisa mientras avanzábamos por el pasillo en dirección a su apartamento.

—Yo también —murmuré, abrumado por el intenso deseo que sentía por ella.

Cuando llegamos a su puerta, sacó las llaves del bolso y se giró hacia mí, apoyando la espalda en la puerta.

—Gracias por la magnífica cena. Envíame un mensaje más tarde, ¿de acuerdo?

Me quedé confundido un instante, pero enseguida me fijé en ese parpadeo tan típico de ella y el mordisco en la comisura del labio.

Estaba nerviosa.

El problema era que no sabía por qué. ¿Estaba nerviosa por temor a que me molestara que no me invitara a entrar? No estaba molesto, pero la palabra «decepción» se quedaba corta para describir cómo me sentía.

¿O todavía estaba nerviosa por lo de nuestra relación? ¿Era su inseguridad el factor clave aquí? Tragué saliva y observé las pecas en su nariz, queriendo entender qué era exactamente lo que le estaba pasando por la cabeza.

—Sí, claro, luego te envío un mensaje. —Me acerqué un poco más a ella, pero solo le di un beso en la coronilla—. Gracias por la cena, Marshall.

Cuando llegué a casa, tiré las llaves sobre la encimera y me saqué el móvil del bolsillo. Menuda noche. ¿Quién se habría imaginado que Olivia Marshall tendría semejante impacto en mi vida? Justo en ese momento, un mensaje iluminó la pantalla de mi móvil:

> **Olivia:** Ha sido una cita espectacular, Beck. En serio, una elección excelente.

Me reí sin saber qué responder.

> **Yo:** Estoy de acuerdo. La mejor.

—Oye, colega, ¿has visto el final del partido? —preguntó Jack, levantándose del sofá con una cerveza. Ni siquiera me había dado cuenta de que estaba allí—. Ha sido una locura.

No recordaba de qué partido se trataba. Desde que había recogido a Liv, el resto del mundo dejó de importarme.

—Me lo he perdido. ¿Qué ha pasado?

—Hemos ganado con un *hit* decisivo en la duodécima entrada. —Tiró la lata en el cubo de reciclaje y se acercó a la nevera—. ¿Qué has estado haciendo esta noche?

De repente, me sentí fatal al pensar en Olivia en el ascensor.

—No mucho. Solo he salido a tomar algo.

—¡Por el amor de Dios, Beck! —Jack puso los ojos en blanco—. Puedes decirme si has estado con ella.

—Sí. —Solté un suspiro y me senté en uno de los taburetes—. He estado con ella.

—No me sorprende —masculló—. Vas vestido como un imbécil que busca ligar. Me habría mosqueado si no hubieras estado con ella.

—A esto se le llama estilo. Deberías probarlo.

—Me va muy bien sin tus chorradas hechas a medida.

—Mira. —Me pasé la mano por el pelo, odiándome por sentirme como un canalla—. Sabes que nunca, jamás, se me pasó por la cabeza intentar algo con tu hermana hasta que se vino a vivir aquí, ¿verdad?

Cerró la puerta de la nevera. Se acercó con dos cervezas en la mano y se subió a la encimera antes de ofrecerme una.

—Lo sé.

—Sigo sin explicarme cómo ha podido suceder. —Acepté la cerveza. Ni siquiera me acordaba de la Olivia mocosa. Ahora, la única Olivia en la que podía pensar era la que se había puesto a jugar con un perro del tamaño de un lobo en el aparcamiento del restaurante, con una risa que me recorría la espina dorsal—. Te lo juro. Lo siento muchísimo.

—Col. —Jack abrió la botella, usando el abridor de pared y dijo—: Livvie es un auténtico quebradero de cabeza, pero es adulta y puede hacer lo que quiera.

Todavía me sorprendía que estuviera siendo tan comprensivo con todo este asunto. Nos quedamos allí sentados unos minutos, bebiendo cerveza, hasta que decidí preguntarle lo que de verdad quería saber.

—Y dime, ¿cómo era el tal Eli? —Intenté que mi tono fuera lo más despreocupado posible.

Jack se rio.

—Ay, Dios, eres tan adorable que hasta me entran ganas de pellizcarte las mejillas. Mírate, todo inseguro por su ex.

—No estoy inseguro por su ex, idiota. Solo tengo curiosidad.

—Claro, claro. —Esbozó una media sonrisa para dejar claro que no me creía—. En realidad nadie sabe qué pasó con ese tío. Lo conoció justo después de mudarse a Chicago y se enamoró perdidamente de él, al más puro estilo Olivia. Y después se fue a vivir con él a los tres meses de empezar a salir.

Odiaba a Eli.

—Pero parecía majo. Y las pocas veces que fui a verla, se les veía bien juntos. Aunque también es cierto que solo hablaba con él de cervezas.

—Cómo no.

Se rio y dio un trago a su botellín.

—Livvie estaba convencida de que iban a casarse. Hablé con ella unos meses antes de que regresara y estaba toda emocionada porque él estaba trabajando en un proyecto secreto con una de sus compañeras de trabajo. Pensaba que se trataba de alguna sorpresa romántica; que él estaba planeando hacerle una de esas proposiciones matrimoniales épicas en la oficina.

Mierda. Le había contado a Sr. Número Desconocido que le había parecido bien que su novio trabajara con una de sus compañeras y que luego él le había sido infiel.

Qué mal.

—La siguiente vez que hablé con ella fue cuando me llamó para contarme lo del incendio y que necesitaba un lugar en el que quedarse. Así que… creo que sé tanto como tú.

Pobre Liv. A ver, estaba claro que me alegraba que no hubiera terminado con ese imbécil, pero tuvo que dolerle mucho creer que le iba a proponer matrimonio cuando en realidad la estaba engañando.

—¿Y cómo era él?

—Pero qué tierno que eres. —Negó con la cabeza—. No creo haberte visto tan inseguro en toda mi vida. Solo sé tú mismo, cielito mío, y ella te querrá tanto como yo.

Me reí.

—Eres un capullo.

Jack sonrió de oreja a oreja.

—No te preocupes. Tenía barba, un pelo horroroso y un gusto musical pésimo.

¿Por qué aquello me hizo sentir mejor? ¿Qué tenía, catorce años?

—¿Qué solía escuchar?

—Tenía una lista de reproducción de Felston en Spotify.

—¿Felston? —Hice una mueca. Jack y yo odiábamos esa mierda—. Menudo pringado.

18

Olivia

Las siguientes semanas transcurrieron en una rutina algo peculiar e improvisada. Yo me dedicaba a echar currículums y redactaba aburridas descripciones de coches mientras Colin iba a trabajar. Luego él me llamaba de camino a casa para ver si necesitaba algo. Y siempre se me ocurría alguna cosa: comida, bolsas de basura, un recipiente para cerveza O! Gold de Upstream... solo para que tuviera que venir a verme.

Y venía.

Cada noche, aparecía en mi apartamento, se aflojaba la corbata de una manera que me fascinaba, y pasábamos la velada juntos. Cenábamos, veíamos la televisión y disfrutábamos de nuestros cuerpos de la forma más deliciosa posible. Después, en torno a la medianoche, como si fuera un reloj, recogía sus cosas y se iba a su casa sin insistir en quedarse a dormir.

Era perfecto.

Si no fuera por el hecho de que me aterraba la idea de que me rompiera el corazón, todo marchaba sobre ruedas entre nosotros.

Una tarde en la que Colin había salido temprano del trabajo, estábamos sentados en la terraza, leyendo al viento fresco del otoño, cuando me sonó el móvil. Aunque no reconocí el número, contesté:

—¿Hola?

—Hola, ¿eres Olivia Marshall?

Miré a Colin y me levanté para entrar a casa. Lo último que necesitaba era que me escuchara recibir una llamada sobre una posible penalización por haberme quedado en números rojos, aunque estaba bastante segura de que todavía me quedaba algo de dinero en la cuenta.

—Sí, soy yo.

—Hola. Soy Elena Wrigley, la editora de la revista *Feminine Rage*.

Abrí la puerta corredera y entré, intentando parecer lo más despreocupada y tranquila posible. Pero esa era mi revista favorita. Era como un cruce de *People* con *Teen Vogue*, con un toque de *McSweeney's*. Logré calmarme y respondí con un alegre: «Hola».

—He recibido tu currículum para el puesto de redactora de contenido. ¿Tienes un momento para hablar?

Me acerqué a uno de los taburetes y me senté, intentando contener la emoción con todas mis fuerzas.

—Por supuesto.

—Voy a ser sincera contigo. Recibí tu solicitud porque el equipo de Recursos Humanos iba a pasársela a la editora de contenidos, pero luego leímos tu historia sobre del incendio y nos partimos de risa. Así que me puse a investigar un poco más sobre ti.

—Mierda. —«Maldita sea, ¿acabo de decir "mierda" a una posible jefa?»—. Quiero decir….

—No, no. Es una reacción completamente adecuada. —Al oír que se reía, respiré aliviada—. Pero tengo que hacerte una pregunta, Olivia, ¿te tomas a broma estas cosas o son temas delicados para ti?

—Te aseguro que sé reírme de mí misma. ¿Puedo preguntarte por qué?

—Por supuesto. Pero no quiero ofenderte, así que, por favor, interrúmpeme si lo hago.

—De acuerdo. —Estaba de lo más intrigada.

—Teníamos una columna de consejos llamada *Pregúntale a Abbie*, que era bastante popular porque Abbie era algo irónica, pero también divertida y muy buena a la hora de dar consejos.

—La recuerdo. Me encantaba leerla.

Colin abrió la puerta y entró con nuestros libros.

—¿La leías? Genial. —Parecía contenta; buena señal—. Pero Abbie ya no trabaja con nosotros y hemos estado pensando en qué podíamos hacer con esa sección. La clave de la columna era su voz, su personalidad, así que no queríamos simplemente poner a alguien más en su lugar.

—Lógico. —Seguía intentando no emocionarme demasiado. No podía ser lo que estaba pensando, ¿verdad?

—Y cuando leí lo del incendio y la historia de la inundación en la residencia, pensé en lo divertido que podría ser tener a una columnista que diera consejos y que, en teoría, fuera un poco desastre.

No me lo tomé como una ofensa. De hecho, la idea me hizo gracia.

—También me ha dicho un pajarito que tú eras la persona que estaba detrás de Mamá402. Excelente columna, por cierto.

Quería darle las gracias, pero como no sabía si era prudente hacerlo, me limité a responder con un sonido neutral.

—Por suerte, fui a la universidad con Glenda Budd del *Times*, así que la llamé para indagar un poco más.

Dios mío, ¿había hablado con Glenda?

—Y aunque no pudo confirmarme lo de Mamá402, sí que pudo decirme que la escritora siempre cumplía con los plazos, entregaba un trabajo ejemplar y que había estado encantada con ella. También lamentaba mucho que se hubiera ido.

—¿Dijo eso?

—Sí. Y ahora —se aclaró la garganta—. ¿Qué te parecería transformar tu mala suerte en tu punto fuerte?

Colin me hizo un gesto para avisarme de que se iba, pero yo le dije que *no* con la cabeza. Quería contárselo todo en cuanto colgara.

—¿Puedes quedarte cinco minutos más? —le susurré.

Se sorprendió y respondió:

—Claro.

Se sentó en el sofá y agarró el mando a distancia como si estuviera en su casa.

Volví a prestar atención a la llamada.

—Me he pasado toda la vida riéndome de mí misma y de mi mala suerte. Así que, en cierto modo, ya es mi punto fuerte.

Entonces empezó a hablar, a proponerme infinidad de ideas y conectamos de inmediato. A diferencia de Mamá402, esa columna reflejaría mi propia identidad, añadiendo mis locas anécdotas. Estuvimos al teléfono una hora, antes de que me preguntara si podía hacer una entrevista al día siguiente.

Cuando por fin colgué, me acerqué al sofá y me desplomé junto a Colin.

—Siento haber tardado tanto.

Él silenció el volumen de la televisión.

—Déjate de disculpas y cuéntame todo sobre ese trabajo.

Y lo hice. Era Colin, así que debería haber mantenido la calma y actuar como si no fuera gran cosa para no darle ninguna oportunidad de burlarse de mí, pero ya había dejado de protegerme de él. Así que le conté todo, hasta el más mínimo detalle.

—Asegúrate de que te paguen como te mereces —dijo en cuanto dejé de hablar.

Me crucé de brazos.

—Bueno, tampoco es que tenga mucho margen para negociar.

—Lo sé, pero tu forma de escribir habla por sí misma —afirmó con rotundidad—. No permitas que piensen que pueden contratarte por una miseria. Eres demasiado buena.

Me apoyé en él y le dije:

—Dios mío, estás tan loco por mí que esto que acabas de soltar ha sonado un poco patético. Piensas que soy estupenda y...

No pude terminar la frase porque me tumbó sobre el sofá, se puso encima de mí y me calló de la mejor manera posible. Cuando recuperé al aliento, alzó la cabeza y sonrió con picardía:

—¿Cómo es posible que me gustes tanto cuando eres un auténtico grano en el trasero?

Le devolví la sonrisa.

—Supongo que porque eres un poco masoquista.

19

Colin

Era patético.

Jack se iba a quedar en casa de Vanessa, así que no solo estaba preparándole la cena a Olivia, sino que también tenía muchas ganas de que pasara la noche conmigo. Se lo había mencionado de pasada, esperando que se mostrara reacia, ya que parecía que le gustaba nuestro acuerdo estricto de no pasar la noche juntos; pero, para mi sorpresa, había aceptado.

Por alguna razón, invitarla a mi apartamento como... lo que quiera que fuéramos ahora, me parecía importante. Habíamos vivido juntos durante un mes, pero nunca como algo más que amigos que no se caían especialmente bien.

Las cosas habían cambiado. Y mucho.

Mi móvil vibró, lo que probablemente significaba que Olivia ya había llegado a casa. Le habían ofrecido el trabajo después de la entrevista; algo que no me sorprendió, porque era una idea estupenda y ella era una escritora excelente. Después me había enviado un mensaje, diciendo que se iba a quedar un rato más para conocer al equipo y hacer un recorrido por el edificio.

Olivia: Acabo de llegar a casa, me muero de hambre. ¿A qué hora cenamos?

Yo: NO COMAS NADA.

Olivia: Bueno, si no vamos a cenar hasta dentro de una hora, voy a picotear algo o me desmayaré.

Yo: Nada de picoteos. La cena estará lista en diez minutos.

Olivia: Oh, gracias a Dios. Voy para allá.

Esa misma mañana, cuando estaba corriendo después de que Liv me acosara sexualmente desde su terraza mientras hacía estiramientos, había llegado a la conclusión de que nuestra relación se estaba volviendo un poco más seria. No en un sentido estricto, porque aún no se refería a mí como su novio y no me había invitado a pasar la noche en su casa, pero para mí sí lo era, y sospechaba que para ella también. Ella era en lo primero que pensaba al despertar y en lo último antes de irme a dormir. Estaba dispuesto a cancelar cualquier plan con tal de estar a su lado, porque todo parecía resplandecer más cuando Olivia estaba cerca.

Era divertida, desordenada, torpe, inteligente y la persona más sexi que había conocido nunca.

Lo más curioso era que ninguno había cambiado. Liv seguía siendo exactamente la misma de siempre, pero yo nunca me había detenido a apreciar todas las maravillas que había detrás de ese aparente desorden. Y suponía que a ella también debía de pasarle lo mismo, porque Dios sabía que seguía siendo el mismo imbécil de siempre.

—*Toc, toc.* —Entró y se quitó los relucientes zapatos de tacón negro que realzaban aún más sus piernas—. ¿Qué me estás preparando?

—Gratinado de *pepperoni.* Háblame del trabajo.

—Pues… —Abrió la nevera y sacó una cerveza rubia Vanilla Bean antes de sentarse en la encimera, junto al lugar donde yo estaba cortando el pan de ajo. La miré y ella sonrió, abrió la botella con el abridor de pared y le dio un sorbo—. Estoy aterrorizada porque es demasiado increíble para ser verdad.

—¿El salario es bueno? —No quería restar importancia a lo mucho que le gustaba el trabajo, pero estaba tan emocionada con el puesto que podría haber aceptado incluso trabajar gratis.

—No tan bueno como el de Colin Beck, pero sí. —Esbozó una sonrisa tan amplia que casi parecía una risa—. Voy a ganar más que en el *Times* y las prestaciones son mejores.

—Bien hecho. —Dejé el cuchillo y me sequé las manos con el paño que había en la encimera—. ¿Cuándo empiezas?

—Mañana.

—¿Mañana? —Bajé la cabeza y le di un beso en la boca—. Eso es muy pronto.

—Me preguntaron cuándo podía empezar y respondí medio en broma que mañana mismo. A ellos les pareció estupendo, a mí también y todos contentos.

Me reí, su alegría era contagiosa, y fui a sacar la bandeja del horno.

—Si quieres dormir esta noche en tu apartamento, lo entiendo perfectamente.

—Oh, Dios mío, Beck, si crees que te vas a librar de que duerma esta noche en tu cama, vas listo.

Saqué la bandeja del horno y la puse en el quemador de la cocina.

—¿Entonces es por mi cama, no por mí?

—A ver, tú eres un extra muy placentero, pero sí, he echado de menos ese colchón enorme. —Dio otro sorbo a su cerveza y añadió—: Además, te levantas a las cinco y media, así que tendré tiempo de sobra para corretear de vuelta a casa y prepararme.

—Corretear. ¿No es eso lo que hacen las cucarachas?

—Sí, entre otros bichos. —Se bajó de la encimera y se puso las manos en las caderas—. ¿Quieres que saque algunos platos o sirva algo de... coñac o algo parecido?

—¿Coñac o algo parecido?

Puso los ojos en blanco y abrió el armario donde estaban los platos.

—No sé qué hace la gente como tú cuando invitan a cenar a otras personas. ¿Sacáis varios tenedores, copas de brandi, servilletas de tela y aperitivos flambeados?

—¿Sabes, Marshall? —dije. Nunca estaba seguro si de verdad creía que era un imbécil engreído o solo me estaba tomando el pelo—. Tener un buen empleo no me convierte automáticamente en un gilipollas.

Volvió la cara hacia mí y enarcó una ceja.

—Entonces, ¿cómo explicas este ostentoso abridor de botellas que tienes en la pared?

Ahora fui yo el que puse los ojos en blanco.

—Tienes razón.

Cuando la vi colocar los platos en la mesa, me acordé de la noche en que nos hizo espaguetis con albóndigas. Había estado nerviosa e irreverente, hablando sin parar mientras servía la comida y mirándome con los ojos muy abiertos cuando di el primer bocado. Me había cautivado por completo.

Al menos hasta que descubrí que era Srta. Equivocada.

Dios, parecía que hubiera pasado una eternidad.

Nos sentamos a cenar. Liv me empezó a contar que se le había roto un tacón en una grieta de la acera de camino a su entrevista, y luego se fue a la entrada y trajo el zapato para enseñarme cómo le había hecho un arreglo improvisado con seis chicles. Me preguntó sobre mi día y me obligó a describirle mi oficina con todo lujo de detalles para que pudiera imaginarme allí cada vez que nos enviáramos mensajes.

Y en ese momento, me sentí un poco como ella: aterrado porque todo eso me parecía demasiado perfecto para ser verdad.

Olivia

—Marshall —me llamó Colin con voz grave y adormilada—. Vamos a la cama.

—¿Mmm? —Abrí los ojos y ahí estaba él, mirándome con una sonrisa mientras estaba acurrucada contra su pecho en el sofá—. Creo que me he quedado dormida.

—¿En serio? —bromeó.

Me senté y me estiré.

—¿Qué hora es?

Miró su reloj.

—Las diez y cinco.

—Vaya, qué tarde.

—Mañana tienes un día importante. —Apagó la televisión—. Necesitas descansar.

Me levanté.

—¿Puedes prestarme algo para dormir? No me apetece ir a mi casa a por un pijama ahora mismo.

—Claro. —Me agarró de la mano y me llevó hacia el dormitorio.

Me resultó extraño entrar en su habitación con él. Había estado allí sola muchas veces, pero seguir su alta figura a través de la puerta y adentrarme en su espacio personal fue una nueva experiencia para mí.

Tocó el interruptor de la pared y se encendieron las lámparas de las mesitas de noche, llenando el dormitorio con un cálido resplandor. Me encantaba su habitación. Era elegante y moderna, pero con una sensación acogedora que te invitaba a acurrucarte bajo el pesado edredón y ver películas todo el día.

—¿Quieres un pijama de verdad? —preguntó, abriendo un cajón—. ¿O prefieres una camiseta?

—Fíjate en tus cajones. —Me acerqué a él y miré por encima de su hombro la ropa cuidadosamente doblada en su cómoda—. Esa atención al detalle es obscena.

—Yo te mostraré lo que es obsceno —murmuró, tendiéndome una camiseta—. ¿Te sirve esta?

Asentí y la cogí. De pronto estaba un poco nerviosa.

Pero antes de que pudiera darle muchas vueltas, sonó su teléfono. Lo sacó del bolsillo, miró la pantalla y comentó como si me estuviera pidiendo permiso para contestar:

—Es mi hermana.

—Contesta.

Se llevó el teléfono al oído.

—Hola, Jill. ¿Qué tal?

Por alguna razón, me pareció adorable la relación tan cercana que tenía con su hermana.

—Ah, sí —dijo—. Te daré su número.

Colin salió a la cocina, así que aproveché para ponerme su camiseta y robarle un par de calcetines gruesos de su cajón superior. No sabía si tenía un lado preferido de la cama, pero aparté las sábanas y me metí en el lado izquierdo.

—Sí, llámalo y explícale lo de la vibración en la rueda. Él lo arreglará. —Regresó a la habitación, y su expresión cambió en cuanto me vio en su cama—. Ahora no puedo hablar, Jill. Tengo que irme.

Colgó y dejó caer el teléfono en el banco que había a los pies de la cama.

—¿Me verás como una persona horrible si te digo que fantaseé con esto mismo cuando todavía vivías aquí?

Por alguna razón, aquello me hizo feliz.

—No es verdad.

—Te lo juro por Dios. —Se sacó el jersey por encima de la cabeza y lo lanzó al cesto de la ropa, luego se quitó el cinturón y me sonrió mientras se desabrochaba la cremallera, se bajaba los pantalones hasta el suelo y se desprendía de ellos—. Desde que me dijiste que te habías echado una siesta en mi habitación, no pude dejar de pensar en ti acostada en mi cama. Me imaginaba entrando aquí y descubriéndote, durmiendo…

—¿Y después…? —Me tumbé de costado y apoyé la cabeza en la mano.

—Te despertaba, pero estabas en medio de un sueño muy ardiente.

—Claro que sí. —Me obsesionaba la idea de que fantaseara conmigo—. Eres un pervertido. Seguro que en tu fantasía yo creía que formabas parte del sueño, ¿verdad? Así que ¿te atraía hacia la cama…?

Colin sonrió.

—Algo por el estilo.

—¿Por qué no me lo dijiste la otra noche cuando prácticamente te rogué que me contaras si alguna vez habías pensado en mí?

—Porque te referías a antes de mudarte aquí. —En lugar de subirse encima de mí, como esperaba (y deseaba), arrojó los pantalones sobre la silla, se metió debajo de las sábanas a mi lado y apagó la lámpara de su mesita.

Fua algo tan cotidiano. Como un ritual. Como si fuéramos una pareja metiéndonos en la cama, como hacíamos todas las noches.

Se volvió hacia mí y dijo:

—¿Vas a apagar esa lámpara o qué, Marshall?

—Ya voy. —Apagué la lámpara y la habitación quedó sumida en la oscuridad.

—Mucho mejor —murmuró, acercándose más mientras nos arropaba con el edredón. De pronto, sentí como si me faltara el aire, porque pasé de estar en un mar en calma, a tener a Colin sosteniéndome el rostro y besándome con una increíble ternura por toda la cara.

Eran besos delicados como plumas, llenos de devoción y dulzura. Lo miré a la cara, aún podía distinguir sus ojos en la penumbra, y sentí su calor. No se trataba de un ardor sexual (algo a lo que ya estábamos habituados) sino de una calidez genuina, como si de verdad le importara.

Tomé una profunda bocanada de aire y esperé a que me invadiera el pánico. Sin embargo, cada parte de mí (mente, corazón, pulmones, sistema nervioso… todo) entendió que Colin era un lugar seguro, y poco a poco fue derrumbando el muro protector que había erigido con tanto esmero. Empecé a relajarme, a derretirme en sus perfectas sábanas mientras él me estremecía con su delicadeza.

Nuestros labios volvieron a encontrarse y recorrí con los dedos sus fornidos hombros, pero en lugar de los intensos y apasionados besos a los que me tenía acostumbrada y que me hacían gemir en su boca, esta vez optó por besos lentos, pausados y ardientes que me hicieron perder el sentido y encoger los dedos de los pies. Luego pasó a mordisquear y lamer, descendiendo por mi cuello y más abajo.

Me sumí en suspiros temblorosos mientras veneraba cada centímetro de mi piel con su boca y sus manos. La oscuridad agudizó mis otros sentidos, haciendo que percibiera con más intensidad su boca contra mi piel, su aliento sobre mi cuerpo y sus fuertes dedos induciendo mis jadeos. Colin desplegó su magia una y otra vez, de forma medida pero inexorable, hasta que creí que moriría por culpa de su meticulosa atención.

—Colin. —No era mucho de rogar, pero lo haría si era necesario—. Vamos.

—Qué impaciente —respondió, subiendo de nuevo por mi cuerpo. Cuando se cernió sobre mí, me sentí embriagada de solo mirarlo. A través de la oscuridad, pude distinguir el deseo tras sus ojos entornados y su sonrisa burlona me dejó sin aliento.

Porque el maravilloso Colin Beck, perfecto en todos los aspectos, me estaba mirando como si jamás hubiera deseado algo tanto como me deseaba a mí. Y así, con su cabello alborotado entre mis dedos, su respiración agitada y sus ojos en llamas, supe en ese mismo instante que era completamente suya.

Entrelazó sus dedos con los míos y presionó nuestras manos contra la almohada, a ambos lados de mi cabeza. Después, sus labios se apoderaron de los míos en un beso largo y profundo que me provocó sentimientos que iban más allá de la simple pasión.

—Colin —exhalé su nombre, queriendo decírselo, pero en ese momento me penetró y apretó los dedos alrededor de los míos, embistiendo y anulando mi capacidad de formar frases coherentes. Mis dedos se aferraron a los suyos con fervor, y mientras él continuaba moviéndose, se disiparon todas mis dudas, y confirmé que estaba perdidamente enamorada de él.

Cinco de la mañana.

Vaya una hora más ridícula para estar despierta. Colin ni siquiera se había levantado, y eso que salía a correr todos los días a las cinco y media, puntual como un reloj. Por eso me parecía absurdo estar despierta. Sin embargo, la emoción por empezar mi primer día en la revista me impidió dormir un segundo más.

Además, también me alegró tener unos minutos para mí sola.

Después de la cena en Fleming's, cada vez que cogía el teléfono para enviarle un mensaje a Número Desconocido no sabía qué decirle y lo dejaba para otro momento. No habíamos tenido ninguna relación ni nada parecido, así que enviarle un mensaje de ruptura me parecía demasiado egocéntrico por mi parte, y más aún cuando él me había ignorado más veces de las que podía contar.

Pero necesitaba hacerlo.

Necesitaba liberarme de forma oficial porque, que Dios me ayudara, estaba completamente enamorada de Colin. Había intentado proteger mi corazón y evitar que sucediera, pero no había servido de nada. La noche anterior, me había pasado horas en la cama, intentando explicar mis emociones, hasta que por fin lo comprendí.

Mi corazón pertenecía a Colin.

Y, ¡Dios!, parecía que él sentía lo mismo. No diría que estuviera locamente enamorado de mí, pero estaba claro que había algo entre nosotros que a él le gustaba, porque seguía volviendo y haciéndome más feliz cada día que pasaba.

Y la noche anterior había sido… simplemente mágica.

Me senté en un taburete y envié un mensaje a Número Desconocido.

> Sé que es temprano, pero como sueles ignorarme, supongo que te dará igual.

Enviar.

> Me encantó conocerte y no te imaginas lo mucho que significaron tus mensajes para mí al principio.

Enviar.

Un momento, ¿no sonaba raro lo de «al principio»? Bueno, como ya había enviado el mensaje, era demasiado tarde para preocuparse.

> Pero ahora estoy saliendo con alguien y no me parece correcto seguir enviándote mensajes, como si mantuviéramos una relación secreta o algo por el estilo.

Enviar.

Vi que la pantalla del teléfono de Colin se iluminaba en la cocina a oscuras, mientras se cargaba. Seguro que se trataba de algún recordatorio para seguir siendo perfecto o una alerta para consumir más proteínas. Él usaba el móvil como una herramienta de organización; yo para enviar mensajes.

> Buena suerte con todo y gracias por haber estado ahí cuando no tenía a nadie más.

Enviar.

La pantalla del teléfono de Colin volvió a iluminarse.

> Gracias por todo.

Enviar.

Otra vez. Me levanté y me acerqué al enchufe donde se estaba cargando. Aunque estaba segura de que se trataba de una extraña coincidencia, escribí:

> Mmm.

Enviar.

Y entonces sentí un zumbido en los oídos, se me revolvió el estómago y todo se volvió borroso durante un segundo, porque cuando apareció la ventana de notificaciones de su teléfono pude ver con total claridad.

Colin

Abrí los ojos y estiré el brazo para tocarla, pero no estaba allí.

¡Dios mío! ¿Olivia Marshall se había despertado antes que yo? ¿Qué hora era?

Me incorporé y la oí moverse por la cocina. Parecía que estaba paseando de un lado a otro; seguramente mordiéndose el labio mientras se imaginaba todo lo que podía salir mal en su primer día de trabajo. Salí de la cama y saqué unos pantalones cortos y una camiseta de la cómoda. Estaba claro que Olivia necesitaba que la distrajera o unas palabras de aliento, o quizás ambas cosas.

Iba a tener que dejar mi carrera matutina para otro día.

Estaba terminando de ponerme la camiseta cuando entré en la cocina y le vi la cara. Estaba apoyada en la nevera, con los ojos llorosos y el rostro enrojecido.

—¿Qué ocurre, Livvie? —Di un paso hacia ella (¿había surgido algún contratiempo ya en el trabajo?), pero levantó la mano para detenerme.

Una mano con la que sostenía mi teléfono.

—¿Por qué hay aquí mensajes de Srta. Equivocada? —Se le quebró la voz y parpadeó rápidamente para contener las lágrimas—. Llevo un buen rato intentando entenderlo pero no le encuentro ningún sentido. ¿Por qué coño estás recibiendo mis mensajes?

Al ver su expresión, suplicándome que le diera una explicación factible que no tenía, se me cayó el alma a los pies.

—¿Por qué tienes...? —empecé.

—No te atrevas a soltar la típica excusa del novio infiel y preguntar por qué tengo tu maldito móvil, Colin. Ten un mínimo de decencia, por favor.

Tenía razón, pero no tenía ni idea de qué decir.

—Sé que esto te va a parecer una locura, Liv, pero en realidad soy tu Número Desconocido.

Me observó en silencio durante un minuto, inmóvil, como si estuviera tratando de asimilar mis palabras.

—Creo que te olvidas de que *conocí* a mi Número Desconocido. Así que a menos que te llames Nick y sepas bailar *break dance*, no eres él. Inténtalo de nuevo.

Mierda. ¿Cómo narices iba a hacer que me entendiera?

—Te juro que te estoy diciendo la verdad. Nick fue a tomar un café contigo porque yo se lo pedí. ¿Podemos sentarnos y hablar de todo esto…?

—¡No! —Dejó mi teléfono sobre la encimera y se cruzó de brazos—. Solo explícame lo que está pasando.

—Joder. —Me froté la nuca—. Yo soy Número Desconocido. Fue una extraña coincidencia para ambos; cuando lo descubrí, me quedé tan perplejo como tú. Intenté cortar cualquier comunicación y acabar con esto, pero…

—Oh, Dios mío… —Me miró fijamente—. ¿Cuándo te diste cuenta de que era yo?

De ninguna manera iba a responder a eso.

—No lo sé, Liv, hace tiempo…

—Dímelo —exigió en voz baja y profunda, como si estuviera conteniendo un torrente de emociones—. Porque ambos sabemos que recuerdas el momento exacto en que te enteraste —dijo entre dientes.

—Liv…

—¿Cuándo, Colin?

—La noche en que nos preparaste los espaguetis con albóndigas, ¿vale? —Me acerqué, necesitaba que me comprendiera—. Estaba…

—Espera. Eso fue hace *meses*. —Se alejó de mí con los ojos erráticos, mientras trataba de asimilarlo todo—. ¿Lo sabías desde hace tanto tiempo? Cielo santo. Y no cortaste la comunicación, mentiroso. Me seguiste enviando mensajes todo el tiempo.

—No, yo…

—Me enviaste mensajes cuando tuve una cita, me enviaste mensajes cuando *tuviste* una cita, me enviaste… —Se detuvo con un grito ahogado—. ¡Madre mía! ¿Leíste todos los mensajes que envíe cuando hablaba conmigo misma?

Abrí la boca, pero ella continuó con los ojos desencajados a medida que lo iba recordando todo.

—Por eso el sexo fue tan increíble desde el primer día. Porque yo le había contado a Número Desconocido lo que me gustaba y tú simplemente lo pusiste en práctica, sabiendo lo que me excitaba.

—Liv, no…

—¡La primera vez que lo hicimos fue sobre la encimera de la cocina! —Su ira era palpable, pero su rostro seguía reflejando todo el dolor que sentía y eso me estaba matando. Joder, necesitaba hacer que lo entendiera.

—Eso fue solo una coin…

—Dios bendito. —Sonrió y soltó una carcajada, pero sus ojos estaban abnegados de lágrimas—. Seguro que te sentiste como el rey del mundo cuando leíste que fue el mejor sexo de mi vida. Te lo has debido de pasar en grande con todo esto.

—No, para nada. No fue así.

Ladeó lo cabeza y me miró con los ojos entrecerrados.

—Entonces explícame qué pasó con Nick. ¿Le dijiste que ya estabas liado conmigo, y que como no querías estropearlo todo siendo sincero, necesitabas a alguien que te cubriese las espaldas?

Mientras la veía llorar, supe que las cosas nunca volverían a ser como antes.

—No, Liv, escucha…

—No. —Fue hacia la puerta y recogió su bolso y sus zapatos—. Deja de llamarme así, como si fuéramos íntimos. Ya no soy Liv para ti.

Me acerqué a la puerta y puse una mano en ella.

—Déjame que te explique.

—Nada de explicaciones, ¿recuerdas? —Negó con la cabeza y apartó mi mano de la puerta con un gesto brusco—. Dijimos que en el momento que esto dejara de ser divertido, podríamos seguir nuestro camino, ¿verdad? Bueno, pues para mí ya no es divertido.

Al oír la certeza en su voz, sentí un nudo en la garganta. Me incliné para que nuestros rostros quedaran a la misma altura; necesitaba que me mirara.

—Ambos sabemos que eso no es cierto.

—¿Eso crees? —Frunció el ceño y dijo—: Lo único que sé es que tenía una relación con un número anónimo y que después él me engañó, haciéndose pasar por otro, mientras usaba mis mensajes para colarse en mis bragas. Ahora, quítate de en medio, tengo que ir a trabajar.

—Por favor, no. —No quería suplicar, pero estaba completamente desesperado—. Solo deja que te explique.

—Me dan igual tus explicaciones, Colin. Adiós.

Cuando se marchó, cerrando de un portazo, sentí como si se llevara todo el oxígeno del apartamento con ella.

Olivia

—A veces, los viernes traen la comida de algún restaurante. La semana pasada dijeron que vendrían los de Chick-fil-A.

—Qué bien. —Sonreí a Bethanne, la otra chica que estaba conmigo en el proceso de orientación para nuevos empleados, e intenté que mis emociones no me afectasen en la pausa para el almuerzo. Esa mañana, después de llorar lo indecible en la ducha, me había armado de valor. No iba a dejar que ese imbécil me arruinara mi primer día de trabajo, así que lo saqué de mi cabeza y me centré únicamente en mi nuevo empleo.

Pero el hecho de que llevara toda la mañana bombardeándome a mensajes no ayudó en absoluto y tuve que apagar el móvil. Su primer mensaje me desconcertó, porque venía de Número

Desconocido, pero luego recordé que ese era el auténtico número de Colin.

Menudo cretino.

—Sí, te juro que podría pasarme todo el día comiendo esto. —Se echó hacia atrás su larga melena rubia—. ¿Tienes hijos? ¿Marido? ¿Novio?

Antes de que me diera tiempo a pensar una respuesta, continuó:

—Yo me he comprometido hace justo una semana. —Me enseñó su anillo con un gigantesco diamante cuadrado—. Mira.

—Vaya —dije, obligándome a sonreír—. ¿Te vas a casar con Jeff Bezos?

Bethanne soltó una risita.

—Lo ha hecho muy bien, ¿verdad? Aunque, en realidad, el anillo es lo de menos. Lo que quiero es pasar el resto de mis días junto a él.

—Qué romántico. —Me tragué, o intenté tragarme el nudo que tenía en la garganta, pero sentí como si tuviera una roca obstruyéndola.

—Sé que es un tópico decir que me voy a casar con mi mejor amigo, pero, Dios, lo quiero tanto.

—Me alegro.

—Si pudiera, me pasaría con él las veinticuatro horas del día, los siete días de la semana.

—Ya basta, ¿vale?

—¿Perdón?

«Mierda». No había querido decir eso en voz alta. Las palabras habían salido de mi boca antes de que pudiera detenerlas. Esbocé lo que esperaba que fuera una amplia sonrisa y dije:

—Era broma.

—Ah.

Asentí, creyendo que seguía sonriendo, pero entonces ella exclamó:

—Ay, Dios, ¿qué te pasa?

No podía ver nada. Las lágrimas habían hecho que la sala de descanso de *Feminine Rage* y el resto del mundo se volvieran borrosos.

—¿Me disculpas un momento? —Me levanté para ir al baño, pero me tropecé con una silla de la mesa de al lado y caí de rodillas al suelo, derribándola con un estruendo.

—Mierda —murmuré.

Intenté ponerme de pie a toda prisa antes de morirme de vergüenza, pero lo hice demasiado rápido y no vi al hombre que se acercaba con una bandeja y me golpeé con ella en la cabeza, haciéndola volar por los aires y bañándonos tanto a él como a mí con una lluvia de pasta.

Renuncié a cualquier esperanza de salvar mi dignidad y me fui corriendo al baño, tan cegada por las lágrimas que no supe si había entrado en el de hombres o en el de mujeres.

Aunque en ese momento, tampoco me importaba mucho.

En cuanto me encerré en el baño y me miré en el espejo, deseé poder darle a Colin Beck el puñetazo del siglo. Era mi primer día de trabajo y no solo tenía macarrones por todo el pelo sino el maquillaje corrido.

Después de una limpieza exhaustiva con medio rollo de papel higiénico, seguía pareciendo la superviviente de un accidente. Sobre todo porque tenía un chichón enorme en la frente por culpa del golpe con la bandeja. Lo único que quería hacer era quedarme en ese baño hasta el final del turno, pero luego me di cuenta de que aquello no era el instituto y que, si quería conservar el trabajo de mis sueños, no me quedaba otra que regresar.

Dios, cómo odiaba a Colin.

Cuando llegué a casa después del trabajo, ya no me quedaban lágrimas que derramar. Me había pasado toda la tarde en un estado letárgico y lo único que quería era dormir. Pero cuando subí a mi habitación y vi esa cama, me entraron ganas de vomitar.

Una persona sensata quizá se habría conformado con el hecho de haber conseguido, al menos, una cama espectacular de ese imbécil.

Pero yo no era alguien sensato.

Con mucho esfuerzo, desmonté el colchón de la cama y lo bajé por las escaleras, sudando y resoplando. Llegué al ascensor casi desmayándome. Por suerte, me encontré con un hombre muy amable dentro que se ofreció a ayudarme y, entre los dos, lo llevamos hasta la puerta de Colin. Cuando el hombre empezó a apoyarlo en la pared frente al apartamento, hice un gesto de negación con la cabeza y le pedí que lo dejara justo delante de la puerta, bloqueando la entrada.

—Perdona, ¿qué? —preguntó.

—Tiene que ser así.

Después de que moviera el colchón le dije:

—Muchas gracias por la ayuda.

Me miró como si creyera que estaba chiflada y respondió:

—No hay de qué.

Repetí la misma operación con el somier, pero esa vez sin ayuda. Cuando terminé, estaba empapada en sudor. Esperaba que Jack no fuera el que tuviera que lidiar con aquello cuando volviera a casa, pero la cama que ese imbécil había comprado ya no era asunto mío.

No fue hasta medianoche cuando recordé que había apagado el móvil. En cuanto lo encendí, tenía un montón de mensajes de Colin. Aquello provocó que aflorara otra tanda de lágrimas y, como ya estaba harta, le respondí sin haber leído ninguno de sus mensajes.

> Por el amor de Dios, si alguna vez te he importado algo,
> haz el favor de dejar de enviarme mensajes.
> Ya no puedo más.

Él respondió de inmediato.

> Solo déjame bajar y hablar contigo.

Sentí cómo las lágrimas me escocían y cerré los ojos.

Volví a llorar mientras lo bloqueaba, porque me pareció algo definitivo. Impedir que el Número Desconocido original se pusiera en contacto conmigo fue un cierre, el fin de un ciclo.

Pero como debía de ser masoquista, me pasé las siguientes horas releyendo nuestra conversación desde el principio. Al fin y al cabo, ¿quién necesitaba dormir? Y, Dios, había tantos mensajes embarazosos que le había enviado a Número Desconocido; cosas que nunca había querido que Colin supiera.

Estaba cabreada y asqueada y, lo peor de todo, devastada por haberlo perdido. Puede que eso me hiciera débil, pero todas nuestras bromas y las charlas amenas que habíamos compartido se habían convertido en algo grande y lleno de significado, y ahora todo eso se había esfumado.

Fue como esa frase de *Tienes un e-mail.*

«Para mí, toda esta "nada" ha significado más que muchos "algo"».

20

Colin

—Estás hecho una mierda, Col.

—Esa boca, Jillian. —Mi madre fulminó a mi hermana con la mirada y luego me sonrió, mientras jugueteaba con las perlas de su collar con los dedos llenos de anillos—. Siéntate, cariño.

Me desplomé en la silla que había frente a mi padre y cogí la carta de bebidas. Había estado bebiendo en la zona de bar, así que ya iba con unas cuantas copas de más, pero al observar su semblante severo supe que iba a necesitar mucho más alcohol.

—¿No tienen ningún aperitivo por aquí? ¿Como palitos de *mozzarella* o algo por el estilo?

Mi hermana se rio por lo bajo; mi padre, en cambio, dijo:

—Esto no es un restaurante cualquiera, Colin.

—Pues ojalá lo fuera, porque hoy hasta me apetece cantar en un karaoke.

Jillian abrió los ojos de par y par y me miró como si estuviera tratando de averiguar si iba borracho o no. Me habría gustado estarlo; por desgracia, estaba lo bastante sobrio como para percibir la inminente pelea con mi padre y la desconexión emocional de mi madre. Opté por moderar mi tono y dije:

—Solo bromeaba.

Mi padre hizo un gesto al camarero para que le trajera un whisky escocés antes de preguntarme:

—¿Cómo va el trabajo?

—Bien. —Asentí lentamente y añadí—: Ha sido un año estupendo.

Ahora fue él el que asintió.

—Fantástico. Lástima que no sea tu empresa. En realidad, no es tu año estupendo.

—Tienes toda la razón, papá.

—¿Te han ascendido?

—¿Desde la última vez que me lo preguntaste hace un mes? Espera que lo piense... —Ladeé la cabeza—. No.

—Qué gracioso. —Mi padre se cruzó de brazos—. Parece que llevas un tiempo estancado en el mismo puesto.

—No estoy estancado; me encanta mi trabajo.

—Dice el chico estancado. —Me miró detenidamente y entrecerró los ojos—: Uno no llega a la cima simplemente porque le encante su trabajo, Col. Uno llega a la cima...

—¿Podéis dejarlo ya, por favor? —Mi hermana puso los ojos en blanco—. Por muy emocionante que resulte hablar sobre el horrible, atroz e inaceptable trabajo de Col, me gustaría saber un poco más sobre la chica con la que está saliendo.

De pronto se me congeló la garganta y no pude tragar.

—Ahora no, Jill.

—¿Por qué no, cariño? Nos gustaría saberlo todo sobre ella. —Mi madre me miró radiante—. Tu abuelo dijo que era encantadora.

—No voy a hacerlo.

—¿No puedes complacer a tu madre, aunque solo sea una vez?

—Joder.

—Esa boca, Colin —susurró mi madre.

Respiré hondo.

—Ya no estoy con ella, así que da igual.

Jillian articuló un silencioso «lo siento» con los labios y yo simplemente me encogí de hombros. Mi padre, sin embargo, aprovechó la ocasión para menospreciarme.

—¿Qué ha pasado con esa chica? Tu abuela creyó que podría ser algo serio.

Bajé la vista hasta el mantel de lino.

—Resulta que no lo era.

—¿Quién decidió ponerle fin?

—Papá, no creo que eso sea asunto nuestro —intervino Jillian, pero él la ignoró.

—¿Por qué no? Somos familia. —Volvió a centrarse en mí—. Cuéntanos, ¿por qué lo dejasteis?

Necesitaba otro trago con urgencia; sabía que mi padre no iba a dejar de insistir. Me planteé darles una explicación madura y tediosa, pero luego decidí ser brutalmente honesto. ¿No acababa de decir que éramos familia? Pues eso.

—Bueno, estábamos teniendo una relación de amigos con derecho a roce, y lo cierto es que toda iba genial. Ella es inteligente, divertida y toda una fiera en la cama, así que todo marchaba sobre ruedas.

—Colin, para ya —me advirtió mi padre, mirando a la mesa de al lado para ver si Edward Russell estaba pendiente de nuestra conversación.

—No, has dicho que somos familia, y tienes razón, lo somos. Sois las personas a las que debería contarles todo esto. —Me aclaré la garganta y bajé la voz—. Bueno, pues no los estábamos pasando en grande y todo iba bien hasta que...

—Basta. —Mi padre se inclinó sobre la mesa y me señaló con el dedo—. O paras ahora mismo o damos por concluida la cena.

—Oh, no. La cena. —Miré a Jillian y sonreí, pero mi hermana parecía incómoda—. Aunque mientras haya aperitivos, copas y karaoke, me da igual si cenamos o no.

Jillian no pudo evitarlo y murmuró:

—Seguimos sin estar en un restaurante cualquiera, Col.

—¿Por qué haces esto? —Mi padre parecía enfadado, pero también confundido—. Si no quieres estar aquí, ¿por qué has venido?

—Todo iba bien hasta que no dejaste de insistir con el asunto de Olivia.

—Cariño, ¿estás bien? —Mi madre parecía preocupada de verdad, y hubo algo en la suavidad de su tono que me hizo sentir como un niño; algo que odié—. Lamento mucho que las cosas no...

—Estoy bien.

—No pareces estarlo —señaló mi padre.

Lo miré. En ese momento me entraron ganas de explotar. Volcar la mesa, romper los platos, tirar los vasos... No quería hablar de Olivia con nadie, y mucho menos con ellos.

—Pues lo estoy.

—Levántate —ordenó mi padre, poniéndose de pie. Luego me miró desde arriba y dijo—. Vamos fuera.

Mi padre podía ser un gilipollas arrogante y pretencioso, pero nunca había sido violento. Me quería y siempre había sido un buen padre, aunque de una forma bastante crítica. Por eso no supe cómo responderle mientras me observaba detenidamente.

—Siéntate, querido —le pidió mi madre, pero mi padre fue tajante.

—Vamos, Col. Te espero fuera.

Todos observamos con incredulidad cómo mi padre abandonaba el comedor.

—Mmm —Jillian apoyó los codos en la mesa—. ¿Papá va a darte una paliza?

—¡Pues claro que no! ¡Por el amor de Dios! —Mi madre tenía las mejillas encendidas y no paraba de mirar a las otras mesas para asegurarse de que ninguna de sus amigas se hubiera percatado de nuestro altercado familiar—. Seguro que solo quiere hablar contigo en privado.

Miré a Jillian.

—¿Qué hago?

Mi hermana se encogió de hombros.

—Ve, cariño —me urgió mi madre en un susurro cortante—. Ve a hablar con él antes de que armemos un escándalo.

Puse los ojos en blanco y me levanté.

—Dios no lo quiera.

—No te preocupes, estoy contigo —Jillian levantó los puños—. Yo te cubro.

—Por todos los santos —masculló mi madre.

—Creo que puedo solo, pero gracias.

Salí del comedor y atravesé la entrada principal del club, sin saber muy bien lo que estaba pasando. Todavía estaba un poco achispado, así que todo aquello me estaba resultando hasta gracioso, pero una parte de mí que quería destrozar a cualquiera que se atreviera a mencionar el nombre de Olivia.

—Estoy aquí. —Mi padre estaba apoyado en su Mercedes, mirando el móvil como si simplemente estuviera matando el tiempo en el aparcamiento.

—¿Qué sucede, papá? —Y justo en ese momento, se terminó el juego. Estaba harto. Necesitaba salir de allí e ir a casa, al apartamento que se había convertido en un frío y estéril recordatorio de Olivia, antes de perder los estribos—. Mira, paso de empezar una pelea contigo en el aparcamiento del club, así que mejor me voy.

Se guardó el teléfono en el bolsillo y me miró con desdén.

—Quiero hablar contigo sin que tu madre te proteja.

—Vaya, esto promete.

Apretó los dientes.

—¿Puedes dejar de lado el sarcasmo durante cinco minutos?

Como en ese momento no estaba para reprimendas, respondí:

—Lo máximo que te puedo prometer son tres.

—¿Lo ves? Esto es de lo que te estoy hablando.

—Bueno, en realidad todavía no has empezado a hablar de nada.

—Basta, Colin. Cierra el pico, resultas insoportable.

Ahora parecía estar a punto de explotar, y una parte de mí lo estaba deseando. Sentí una inquietud latente bajo mi epidermis, una tensión que me impulsaba a una confrontación mientras me mirada con esa expresión de decepción.

Sin embargo, era mi padre.

Respiré hondo, conté hasta cinco y dije:

—Ya está, cerrada. Continúa, por favor.

Me observó durante unos segundos, como si estuviera comprobando si lo había dicho en serio o no. Luego esbozó una media sonrisa sarcástica.

—¿Ha sido tan difícil?

Me froté la nuca.

—Un poco…

Sonrío y volvimos a estar bien, a nuestra propia y disfuncional manera. Se apoyó en el coche y dijo:

—No pareces estar bien, Col.

Asentí.

—Lo sé.

—Tu madre está convencida de que esta chica, Olivia, te ha roto el corazón. No sé si eso es verdad o no, pero creo que este podría ser un buen momento para que te detengas y te replantees tu vida.

No me gustaba cómo sonaba eso, pero me limité a decir:

—¿En serio?

—Sí. —Se pasó una mano por la barba impecablemente recortada y continuó—: Cuando las cosas no salen como esperamos, podemos poner mala cara y actuar como un crío reticente, o dedicar un momento a reconsiderar nuestras decisiones. Reflexionar sobre lo que hemos hecho en el pasado y cómo seguir adelante en el futuro.

Fui incapaz de asentir cortésmente; no quería darle la satisfacción de creer que sus palabras estaban surtiendo efecto en mí. Fue un gesto de los más inmaduro por mi parte, pero simplemente le mantuve la mirada con semblante serio. Iba a dejar que hablara porque era mi padre y lo respetaba, pero eso no significaba que fuera a permitir que creyera que tenía razón.

—Vives como si todavía estuvieras en la universidad, Colin. Compartes piso. Trabajas en el departamento financiero de otra persona. Te ha dejado plantado la hermana pequeña de tu compañero de piso. ¿Te parece eso el comportamiento propio de un adulto?

—Sí.

—No. —Se acarició la barbilla; algo que solía hacer cuando estaba a punto de rematar un argumento y dijo—: Deshazte de tu compañero de piso, Col, ya no estás en una fraternidad. Despídete de ese trabajo cómodo y ocupa tu lugar en Beck. Créeme, te sentirás mejor si dejas atrás esa rebeldía pueril y encauzas tu vida como un adulto.

—Mira, papá...

—Y por el amor de Dios, deja ya de tontear con mujeres. Encuentra a una buena chica que quiera lo mismo que tú y siente cabeza.

Estaba empezando a volver a enfadarme.

—Ya había dejado de tontear. Lo de Olivia iba en serio.

—No, Olivia era lo cómodo —señaló, como si yo fuera un niño pequeño que no tuviera ni idea de lo que estaba hablando—. Ella vivía contigo. Era algo que tenías al alcance de la mano, como todo lo demás en tu vida. Esfuérzate por ser algo más, Colin. Por mejorar.

Abrí la boca para ponerlo en su lugar, porque ya había tenido suficiente, pero tuve que tragarme las palabras cuando Brinker Hartmann, uno de los amigos de mi padre, se acercó con una gran sonrisa en el rostro.

—Mira a quién tenemos aquí. Al joven señor Beck. Hacía tiempo que no nos honrabas con tu presencia. ¿Cómo estas, Colin?

Intenté sonreír.

—Bien. En realidad, ya me iba.

Mi padre, que claramente estaba a punto de cambiar la compañía de mi madre y de mi hermana por la de su amigo, dijo:

—¿Vas a decirle a tu madre que te vas?

Eché un vistazo hacia el club.

—Está cerca de la barra, de modo que sí.

Ambos se rieron, pero la mirada de mi padre era seria. Cuando empecé a alejarme de él, llamó mi atención.

—Piensa en lo que te he dicho, Col.

—Lo haré —respondí sin mirar atrás—. En cuanto me emborrache hasta perder el sentido.

Olivia

Abrí la revista y pasé directamente a la página donde estaba mi columna, *¡Oh, Olivia!*, emocionadísima por ver mi foto y mis palabras en las pulcras y brillantes páginas. ¿Quién habría pensado que terminaría escribiendo una columna de consejos? Empecé a leerla, aunque me sabía cada palabra de memoria.

Querida ¡Oh, Olivia!:

Sorprendí a mi novio con otra chica, pero él dice que lo siente y no deja de suplicarme que vuelva. Ese fin de semana nos habíamos peleado y, en teoría, estábamos «tomándonos un descanso», así, que en sentido estricto, no fue una infidelidad.

Quiero superarlo y retomar la relación porque estoy enamorada de él, pero cada vez que lo miro a la cara recuerdo la grotesca expresión de éxtasis que tenía cuando los descubrí, se dispara mi factor de repulsión y me entran unas ganas locas de vomitar.

¿Cómo me olvido de esa cara? ¡Ayuda!

Fdo. Oh, no, esa cara de éxtasis, no.
Athens, Georgia.

———

Querida Oh, no, esa cara de éxtasis, no:

Como chica que una vez sorprendió a su novio comiendo tarta del vientre increíblemente plano de otra mujer te diré algo: las ganas de vomitar no van a desaparecer a corto plazo. ¡Qué asco! No vas a poder olvidarte de esa cara de «estoy a punto de correrme del gusto» del mismo modo que yo no puedo olvidarme de la lengua de mi novio lamiendo el glaseado del ombligo de su amante.

Sí, es absolutamente repugnante.

Pero mi historia es un poco diferente a la tuya porque mi novio, en lugar de suplicarme que lo perdonara, me dio las gracias por haberle presentado al amor de su vida. No te voy a decir dónde está enterrado su cuerpo, solo que, a veces, en días soleados, me gusta tomarme un trozo de tarta allí sentada.

Ahora en serio, lo que importa es lo que sientes tú. Si de verdad estás enamorada de tu novio y quieres un futuro con él, te sugiero ir a terapia. Estoy segura de que si hablas de esto con un profesional, al final podrás olvidarte de su cara de orgasmo y tener una vida feliz junto a él. Buena suerte, señorita Oh.

Con cariño,
Olivia

Terminé de leerla con una sonrisa en los labios. Últimamente, escribir era lo único que me hacía feliz, porque me ayudaba a no pensar en él. Desde aquella terrible mañana, había escrito más que en toda mi vida, ya que, en el instante en que dejaba de teclear, ese imbécil volvía a ocupar mis pensamientos.

Nunca imaginé que pudiera sufrir más de lo que sufrí con Eli. La traición de Eli me había pillado totalmente desprevenida; descubrir que no queríamos lo mismo me había dejado atónita. Pero cuando rompimos, empecé a ver todas las grietas que había tenido nuestra relación. Habíamos llevado vidas paralelas durante mucho tiempo.

Con Colin, en cambio, todo había sido idílico, como en una película. No había estado en mis planes, pero nuestra relación había superado con creces cualquier fantasía que hubiera tenido.

Ahora, sin embargo, había perdido su pureza.

Jamás sabría si esos momentos aparentemente perfectos habían sido reales o manipulados por lo que había compartido con él a través de Número Desconocido.

Y eso era algo horrible.

Colin

—Aquí tienes la llave, colega. —Jack me entregó su copia y echó un vistazo al apartamento. Todo estaba exactamente igual; su única contribución a la decoración había sido su montón de trastos en la habitación de invitados, pero me resultó raro ver a mi amigo marcharse después de vivir juntos tanto tiempo.

Había decidido mudarse con Vanessa. Algo que, sin duda, nos vendría bien a ambos. Yo por fin tendría el apartamento para mí solo, y él podría vivir su «y fueron felices para siempre». Habría preferido morir antes que contarle a mi padre que ya no tenía compañero de piso, pero como no me había hablado desde nuestra cena, era poco probable que se enterara pronto.

Cogí la llave y le dije:

—Gracias.

—Si algún día necesitas un lugar donde quedarte, solo tienes que decírmelo. —Sonrió y se metió las manos en los bolsillos. Por primera vez, me di cuenta de que él y Olivia arrugaban la nariz de la misma forma cuando sonreían—. Aunque creo que ya no tengo un colchón hinchable. Ya sabes cómo son las hermanas pequeñas; lo estropean todo.

Cuando Jack me preguntó qué me había pasado con Olivia, después de una noche en la que me había excedido con el alcohol, pensé que lo mínimo que podía hacer era dejar que ella misma se lo contara. Así podría explicárselo de la forma que considerara más oportuna. De modo que le dije: «Debería ser ella quien te lo cuente», seguido de un hipo.

Pensaba que me daría una paliza por hacerle daño, pero en lugar de eso, me abrazó. Se comprende que mi cara debió de ser un poema, porque me soltó un: «Joder, colega» y me envolvió en un abrazo de oso.

Menos mal que todavía tenía a Jack. Si los hubiera perdido a ambos, no habría podido soportarlo.

—Entonces tendré que llevar mi propio colchón hinchable.

—Exacto —se rio.

—¿Vas a ir a Billy's a ver el partido del sábado? —Esperaba que respondiera que sí porque quería evitar pasar por el momento incómodo de la despedida.

—Por supuesto.

—Entonces nos vemos el sábado.

Jack asintió.

—Sí, hasta el sábado.

Después de cerrar la puerta, puse algo de música y me dirigí al despacho. Había pasado un mes desde que Olivia había descubierto la verdad, y había renunciado a cualquier intento de hacerla cambiar de opinión. Había bloqueado mi número de teléfono y jamás abría la puerta cuando bajaba a su casa. En un último acto desesperado, le había enviado un ramo de flores enorme, pero lo había dejado en la mesa del vestíbulo del edificio, donde se iba marchitando día a día.

No la había vuelto a ver desde aquella mañana, y eso me estaba destrozando.

Pero ya estaba hecho.

Todo había terminado.

Había leído algunas de sus columnas y me habían parecido increíbles. Me alegraba que hubiera encontrado un trabajo que parecía ideal para ella. Sus columnas eran divertidas, autocríticas y tan increíblemente suyas, que tuve que dejar de leerlas porque la echaba muchísimo de menos.

Accedí a mi portátil y empecé a trabajar, pero tenía la sensación de que algo no iba bien. Tal vez fuera por el hecho de que Jack se había ido y me había quedado solo. El caso es que me notaba fuera de lugar. Todo debería haber vuelto a la normalidad; Olivia y yo ni siquiera habíamos sido una pareja oficial. Sin embargo, en ese momento el mundo entero me parecía una porquería.

Me recosté en la silla y me froté la barbilla. Jillian creía que me encontraba así, no tanto por Olivia, sino porque era la primera vez que alguien me dejaba.

Qué equivocada estaba.

Volví a recordar aquella mañana, como llevaba haciendo desde hacía un mes, pensando en todas las cosas que me habría gustado decirle. No creo que hubieran cambiado mucho el resultado, pero si Olivia hubiera dejado que me explicara, quizás ahora no me sentiría como un despojo humano.

Entré en la página web de su revista e hice clic en la sección de *¡Oh, Olivia!*

Sí, estaba siendo patético y completamente absurdo, pero abrí el formulario para enviar un correo electrónico. No creía que terminara enviándolo, pero tal vez fuera terapéutico. Miré al vacío e intenté encontrar las palabras.

Querida Olivia:

Me ocurrió lo impensable y me enamoré de dos mujeres.

Una era encantadora, ingeniosa e inteligente, y la otra preciosa, apasionada y la persona más divertida que he conocido. Podría haberme pasado toda la vida hablando con cada una de ellas, escuchando sus entretenidas opiniones sobre el mundo y perdiéndome en sus risas contagiosas. Nunca me he sentido más vivo que cuando estaba con ellas, y no puedo dejar de pensar en esos deslumbrantes ojos verdes, las diminutas pecas, perros, ascensores y gratinado de *pepperoni*.

Al final, resultó que eran la misma mujer, así que no me cabe la menor duda de que es la indicada para mí, pero creo que lo arruiné todo por ser un cobarde. ¿Tienes algún consejo que me ayude a convencer a esta mujer maravillosa, capaz de arreglar un tacón con seis chicles, de que me dé otra oportunidad?

Haría cualquier cosa por solucionar las cosas entre nosotros, porque estoy loco por ella.

Atentamente,
Cerebrito.
Omaha, Nebraska.

Olivia

—Definitivamente es él. —Di un buen sorbo a mi copa de vino.
Había leído y releído ese correo toda la tarde desde que había
llegado a mi bandeja de entrada, y seguía sin poder creérmelo.
Enumeré todas las coincidencias con los dedos—: Eran la misma
mujer, los perros, el gratinado de *pepperoni*, los ascensores… ¡Somos nosotros! Además, en una ocasión lo llamé «cerebrito», así
que tiene que ser él.

Sara y su marido, Trae, estaban sentados frente a mí, en el jardín de su casa, junto a su adorable bebé, mientras el fuego crepita-
ba entre nosotros. Hacía tiempo que habían dejado de intervenir
en la conversación, y ahora solo me miraban mientras repetía lo
mismo una y otra vez: chicles para arreglar tacones, perros, gratinado de *pepperoni*, ascensores.

Sencillamente no podía creer que fuera él.

¿Cuándo había aprendido a escribir así?

Estuve llorando durante una hora; lo echaba tantísimo de menos que me dolía el estómago.

—¿Pensaríais que estoy demasiado borracha si me estuviera
planteando hablar con él?

—Sí —dijo Sara y me quitó la botella—. No llames a ese imbécil.

Trae dio unas palmaditas a la espalda al bebé y comentó:

—Pero si no lo haces, siempre te quedarás con la duda de si deberías haber hablado con él.

—¿Cómo?

—Perdona, ¿qué? —Sara le lanzó una mirada fulminante que decía más que mil palabras.

—Solo ha pasado un mes y ya estás dudando si deberías hablar con él o no. Conforme vaya pasando el tiempo, la duda irá en aumento y te preguntarás por qué no quisiste escucharlo.

—Mmm. —No le faltaba razón.

Se levantó y tomó el chupete de la mesa.

—No tienes nada que perder.

Me pasé la mano por el pelo.

—Podría perder mi corazón.

—Ya lo estás perdiendo —dijo él, meciendo al bebé—. Llámalo.

Mierda. Miré a Sara, que puso los ojos en blanco.

—Quizás tenga razón.

Entré en mis contactos, desbloqueé a Colin y empecé a escribir.

Yo: ¿Eres cerebrito?

No esperaba que respondiera de inmediato, pero lo hizo.

Colin: Sí.

Solté un suspiro.

Yo: No creo que esto cambie nada, pero si todavía quieres hablar, podemos quedar mañana en la cafetería Corbyn, a las ocho a.m.

Apenas había terminado de mandarlo cuando me llegó su respuesta.

Colin: Allí estaré.

Miré a Sara y a Trae con la boca abierta.

—Ay, Dios mío, hemos quedado mañana a las ocho.

Sara me prestó un vestido otoñal precioso antes de irme y me hizo prometer que la llamaría en cuanto terminara. Esa noche apenas pude dormir. No sabía qué esperar, ni qué quería que pasara. Una parte de mí se imaginaba a Colin rogando que lo perdonara y a mí cediendo. Luego tendríamos una maratón de sexo, seguido de su confesión de amor eterno y promesa del «y vivieron felices para siempre».

Otra parte era más realista. Me imaginaba perdonándolo, solo para volver a caer en la precaria posición de estar completamente enamorada de él y vivir con el temor constante de que no duraría para siempre. No me sentía con fuerzas para soportar algo así de nuevo, así que no tenía ni idea de qué iba a hacer.

21

Olivia

—Hola, ¿me podrías rellenar esta taza? —Le entregué mi tarjeta y la taza al camarero y respiré hondo. Me había despertado a las seis de la mañana, hecha un manojo de nervios, así que, en lugar de intentar dormir, cogí el portátil y decidí adelantar un poco de trabajo mientras esperaba.

En ese momento eran las siete y cincuenta de la mañana, aún faltaban diez minutos.

En cuanto me devolvieron la taza llena, regresé a la mesa junto a la ventana e intenté concentrarme en el trabajo.

—¿Olivia?

Alcé la vista y...

—¡Oh, Dios mío! Hola, Nick. —Sonreí, pero en el fondo quería que se marchara. Colin estaba a punto de llegar, y al verlos juntos, recordaría sus artimañas y podría cabrearme tanto como para echar a perder ese encuentro.

—¿Cómo estás? —Esbozó una sonrisa de oreja a oreja y no pude evitar preguntarme si se estaba acordando del beso. ¿Le habría parecido gracioso la manera en que lo besé? ¿Se habría reído de eso con Colin?

—Mira, Nick, sé lo del cambiazo. Colin me lo contó.

—Oh. —Parecía desconcertado—. Pues...

—No te preocupes, no estoy enfadada —repuse con una sonrisa que esperaba pareciera de lo más amistosa—. Entiendo perfectamente por qué lo hizo.

—Uf. —Se rio un poco—. La verdad es que me quedé bastante preocupado, que lo sepas.

—No pasa nada. —Me aclaré la garganta—. Aunque sí me gustaría saber algo. Entiendo los motivos de Colin, pero ¿por qué aceptaste participar en esa farsa?

Volvía a parecer preocupado.

—Supongo que solo te di pena y querías evitar que me sintiera rechazada, al igual que Colin —continué.

Asintió, agradecido porque le hubiera echado un cable.

—Exacto. Colin me contó todo por lo que habías pasado, lo de perder tu empleo y todo eso. Me dijo que eras como un cachorrito torpe y desvalido y que no quería que te vinieras abajo si te dejaban plantada.

—Vaya. —«Cachorrito torpe y desvalido». Apreté los puños—. Qué considerado por tu parte.

—Bueno, tuvo que comprarme una botella de whisky escocés, así que no soy tan altruista.

¿Creía que eso me haría gracia?

Se acercó un poco más a mí.

—Después de aquello, quise invitarte a salir, pero Colin no me dejó. Así que espero que no te sentara mal que no te haya llamado.

—¿En serio? —Le ofrecí una sonrisa digna de un Óscar—. Tampoco lo querrías tanto si Colin logró convencerte para que no lo hicieras.

—Bueno, te invito ahora. —Parecía encantado con su respuesta—. ¿Quieres que salgamos a tomar algo un día de estos?

—¿Ya te deja Colin?

Nick sonrió.

—Digamos que ahora lo tengo calado. Me dijo que estabas como una cabra y tenías un montón de problemas, pero debería haberme dado cuenta de que estaba mintiendo para mantenerme alejado de su territorio.

—¿Te das cuenta de lo ofensivo que es que te refieras a una mujer como el «territorio» de alguien?

¿Como una cabra? ¿Un montón de problemas? De pronto me invadió la rabia y me entraron unas ganas enormes de dar patadas a diestro y siniestro. Había llegado a aceptar mis emociones y estaba dispuesta a considerar las disculpas de Colin en aras de un amor verdadero.

Pero nunca me había tomado en serio. Siempre había sido un juego para él.

—Vaya. —Nick se frotó la barba—. Siento mucho haberte ofendido, en serio. No era mi intención. Solo quería decir que creo que Colin estaba celoso.

Justo en ese momento, con esa sincronización perfecta que le caracterizaba, Colin entró por la puerta. Aún no nos había visto, pero en cuanto posé los ojos en él, sentí una opresión en el pecho por lo guapo que estaba. Parecía toda una estrella de cine, con esos ojos tan expresivos y esa boca que sabía a caramelos de menta el noventa y nueve por ciento de las veces. Y todo para nada.

Qué desperdicio de belleza.

En el momento en que me vio, todo lo demás se desvaneció. Durante un segundo que me pareció eterno, el mundo dejó de existir y solo quedaron sus ojos.

Empezó a esbozar una sonrisa… hasta que vio a Nick.

Se acercó y dijo:

—Nick, no esperaba verte aquí.

Nick me miró a mí y luego a Colin.

—Qué casualidad.

Cerré el portátil y lo guardé en el bolso.

—Mira, Beck, vamos a tener que dejar esto para otro momento.

Aquello captó toda su atención.

—¿Qué?

Me encogí de hombros.

—Nick me ha invitado a salir y creo que lo voy a hacer ahora mismo. Podemos hablar la semana que viene o en otro momento.

—Creo que Nick se refería a más tarde. —Colin fulminó con la mirada a su amigo—. Nick quiere salir contigo otro día.

—Cla-Claro —balbuceó Nick.

—Me da igual a cuándo se refería Nick, Colin. —Me levanté de la mesa y alcé la barbilla—. Quiero salir con él ahora.

—¿Qué está pasando aquí? —Colin nos miró a Nick y a mí enfadado—. ¿Ahora sois amigos?

—No, no —se apresuró a aclarar Nick. Era tan complaciente con Colin que me entraron ganas de darle un puñetazo—. Solo nos hemos encontrado aquí por casualidad.

—Nuestra relación no es asunto tuyo —le espeté a Colin.

—Pero si no tenemos ninguna relación. —Nick se rio y miró a Colin como si yo estuviera loca de remate—. En serio.

—Por el amor de Dios, ¿puedes dejar de lamerle el trasero durante cinco segundos? —Puse los ojos en blanco y luego me volví hacia Colin—: En realidad no quiero salir con él, pero tampoco quiero hablar contigo. Hasta luego, chicos.

Di dos pasos antes de que Colin me detuviera, agarrándome de la correa del bolso.

—¿Por qué no quieres hablar conmigo?

—Porque he tenido una pequeña conversación con tu amigo Nick y ya tengo toda la información que necesitaba.

Colin miró a su amigo.

—¿Qué coño le has dicho?

Nick se puso completamente rojo y lo miró con desesperación.

—Tío, no tengo ni idea de lo que está pasando —le explicó en voz baja—. Tenías razón sobre ella; solo me he acercado a saludarla y se le han cruzado los cables.

—Te estoy oyendo, imbécil —dije entre dientes.

Colin tragó saliva y me miró, y luego a Nick.

—¿Por qué no te vas y nos dejas hablar?

Nick prácticamente salió corriendo por la puerta mientras Colin y yo nos quedábamos allí, mirándonos fijamente.

—¿Podemos sentarnos? —Todavía estaba sujetando la correa de mi bolso—. ¿Por favor?

Me mordí el labio inferior.

—Creo que no me apetece hablar.

Vi cómo se le tensaba la mandíbula antes de levantar la mano para acariciarme la barbilla.

—Por favor.

Sacudí la cabeza, aunque lo que en realidad quería era apoyar la mejilla en su cálida palma.

—Simplemente no…

—Te quiero.

El mundo entero se detuvo.

—¿Qué?

Volvió a tragar saliva. Lo supe porque su garganta se movió ostensiblemente antes de responder:

—Te quiero. Sé que la cagué y que esto iba a ser solo un rollo sin compromiso, pero me he enamorado de ti. Ni yo mismo me lo creo, pero a pesar de habernos pasado la vida odiándonos, estoy completamente perdido sin ti.

Colin

La observé asimilar mis palabras.

Frunció el ceño del mismo modo que hacía cuando intentaba entender algo que le resultaba confuso. Después, parpadeó varias veces y clavó sus ojos verdes en mí como si pudieran escudriñarme el alma. Os juro por Dios que empecé a sudar.

Porque, ¿qué narices acababa de decirle?

Estaba completamente seguro de que era cierto, pero no había tomado plena conciencia de ello hasta que las palabras salieron de mi boca. Me sentí como si acabara de recibir una noticia impactante. Mientras Olivia seguía mirándome, el tiempo pareció ralentizarse hasta el punto de que creí que me volvería loco si no decía algo.

Cualquier cosa.

—Me quieres —declaró casi en un susurro, observando mi rostro con atención.

—Sí.

—Pero ni tú mismo te lo crees.

—No. ¿Tú sí? —Me metí las manos en los bolsillos para reprimir el impulso de tocarla y sonreí—. ¿Después de todo este tiempo? Es increíble.

Olivia también sonrió, pero sus ojos no reflejaron la misma alegría. Algo iba mal.

—Cierto, *es* increíble. ¿Colin Beck enamorándose de un auténtico desastre como yo? ¿Quién lo habría imaginado?

«*Mierda*».

—Eso no es lo que quería decir.

Ella negó con la cabeza.

—Puede que no, pero es justo lo que has dicho. Te has enamorado de mí a pesar de ti mismo, a pesar de todo lo que sabes sobre mí. Piensas que... —Hizo el gesto de las comillas con los dedos—... «me quieres», pero ni *tú* mismo te lo crees.

—Maldita sea, Liv...

—No me llames así.

—Pues entonces, maldita sea, Olivia. —Apreté los dientes—. ¿Y puedes dejar de entrecomillar mis sentimientos como si te los estuvieras tomando a coña?

Se cambió la correa del bolso de hombro.

—Pero es que es para tomárselo a coña. Vamos, Colin, tú no me quieres, igual que yo no te quiero a ti. A ambos nos encanta el buen sexo y el intercambio de pullas ingeniosas. Eso es todo lo que ha sido.

No tenía ni idea de cómo responder a ese absoluto desprecio por mis sentimientos.

—Te equivocas.

—No. —Sacó las llaves del bolsillo de su abrigo—. Si no me hubiera enterado de lo de Número Desconocido, te habrías cansado de mí en cuanto hubiera derramado un par de veces algo en tu Audi o me hubiera puesto los zapatos equivocados para ir a tu club.

—Vaya. Después de todo lo que ha pasado entre nosotros, ¿sigues teniendo ese concepto de mí? —Me sorprendió que sus palabras me hicieran sentir peor de lo que ya me sentía. Se comprende que nunca me había percatado de lo imbécil que ella creía que era—. En fin, supongo que esto es todo. Cuídate, Marshall.

Me di la vuelta para salir de la cafetería y cuando la oí decir: «Tú también, Beck» algo dentro de mí se rompió.

22

Olivia

Día de Acción de Gracias

—Pero siempre sale airosa de sus problemas —comentó mi madre, que estaba en la cocina, con su ridículo jersey de calabazas, junto a mi abuela y mi tía Midge, con unos jerséis de calabaza igual de ridículos, hablando de mí como si yo no estuviera en el salón, con el resto de la familia, a escasos metros de ellas.

—Tu talento para superar tus problemas no tienen parangón —se burló Jack con una sonrisa socarrona, antes de darme una patada en la pierna con su zapatilla desde el lugar en el que estaba tumbado en el suelo—. Impresionante.

—Cállate.

—Tiene razón, Liv —dijo Will, sonriendo de oreja a oreja—. Eres única.

—Qué graciosos. Por cierto, ambos parecéis idiotas con esos jerséis. —Quería salir de allí e irme a jugar al jardín con mis sobrinos, pero como era Acción de Gracias, había accedido a quedarme dentro con los adultos e interactuar con ellos.

—A ti tampoco te favorece mucho el tuyo —señalo Jack, antes de volverse hacia a Will—. Liv lleva unos días insoportable.

—Ayer me dio un buen puñetazo, y no estábamos de broma —comentó Will.

—¿Podéis callaros de una vez, capullos? —Me eché un poco hacia delante para poder oír mejor la televisión. Estábamos viendo un DVD que había grabado mi padre con episodios de Acción de Gracias de varias series, y en ese momento estaba el de *Friends*. Me pasé casi todo el episodio ignorando a todo el mundo, hasta que oí mencionar el nombre de Colin.

Mantuve la mirada fija en la televisión mientras Jack decía:

—Sí. Lo han ascendido y se muda a Chicago.

—¿Va a vender el apartamento? —preguntó Will.

—Sí. Es el mejor del edificio, así que se lo quitarán de las manos.

—¿Cuándo?

Ambos me miraron. Santo cielo, ¿lo había dicho en voz alta?

—¿Hola? —Agité las manos para que reaccionaran—. ¿Cuándo se muda, Jack?

—Ya no debería importarte, pero creo que empieza la semana que viene y se va a quedar en un hotel hasta que encuentre casa.

Parpadeé. Estaba empezando a marearme.

—No me puedo creer que no me haya dicho nada.

Jack me miró con los ojos entrecerrados.

—Lo odias. ¿Por qué iba a decirte nada?

—No lo odio. —Seguí con la vista clavada en la televisión, aunque en realidad ya no estaba viendo nada.

¿Colin se iba a mudar? ¿Se iba a ir y ni siquiera me lo iba a decir, como si fuéramos dos desconocidos? Me costaba respirar.

—Ven aquí —susurró Jack, lanzando una mirada furtiva a mi madre, como si no quisiera que ella nos oyese.

Me senté en el suelo con él.

—¿Qué?

—Liv, no te manches —gritó mi madre con el ceño fruncido mientras removía algo en una sartén—. Todavía tenemos que hacernos la foto.

«Pero ¿cómo me voy a manchar solo por sentarme?».

—No lo haré, mamá.

Volví a centrarme en mi hermano, que me dijo:

—Estoy convencido de que se va por tu culpa. Lo dejaste hecho polvo.

—¿Cómo que lo dejé hecho polvo?

—*Shhh...* ¡Dios!

Ambos miramos a la cocina. Por suerte, la tía Midge estaba divagando sobre patatas y botulismo, así que nadie había oído mi pequeño arrebato.

Bajé la voz y susurré:

—¿Eso es lo que te ha dicho?

Jack negó con la cabeza.

—Nunca me ha dicho nada, pero lo conozco de toda la vida y nunca lo había visto así. Ni siquiera cuando Daniela rechazó su propuesta de matrimonio.

Puse los ojos en blanco e intenté con todas mis fuerzas no mirarlo a la cara.

—Le dijo a su hermana que no soporta vivir en la misma ciudad que tú, y mucho menos en el mismo edificio, sabiendo que no puede estar contigo. Según él, eso lo está matando.

—Deja de decir tonterías. —Tenía el corazón en la garganta—. Colin jamás diría algo así.

—Te lo juro. Jillian me escribió un mensaje la otra noche. Por lo visto, Colin se lo dijo cuando estaba borracho. —Sacó el teléfono, se desplazó por la pantalla un momento y me lo enseñó—. Me preguntó si yo sabía algo.

Miré la pantalla. Y efectivamente, allí estaba el mensaje, palabra por palabra.

—Dios mío. —Me levanté y me ajusté el jersey—. Tengo que irme.

—¿Qué? —gritó mi madre desde la cocina—. ¿A dónde vas? La cena estará lista en una hora.

Eché un vistazo a mi alrededor. Todos me estaban mirando.

—Pues… mmm… necesito hablar con alguien.

—Por el amor de Dios, Olivia, ¡es Acción de Gracias!

—Lo sé, mamá. —Recogí el bolso del suelo—. Volveré.

—En breve vamos a hacernos la foto en familia. ¿No puedes dejarlo para mañana? —Mi madre miró a mi tía Midge y luego le indicó a mi padre—: Fred, dile que puede esperar a mañana.

—Puede esperar a mañana —murmuró mi padre, sin molestarse en abrir los ojos.

—No puede esperar.

—¿Pero qué cojones te pasa, Liv? —intervino Will. Aunque era un hombre adulto con su propia familia, todavía se mosqueaba cuando alguien osaba hacer algo que él no podía.

Como largarse en Acción de Gracias.

—Esa boca, William —le regañó mi madre horrorizada, aunque todos sabíamos que podía soltar tacos como un camionero cuando estaba a solas con mi padre y creía que no la oíamos.

—Tengo que hablar con Colin antes de que se vaya. —Miré a Jack de una forma que hizo que Will exclamara:

—¡Joder! Estás pillada por Colin Beck.

Toda la casa pareció detenerse, esperando mi respuesta. Incluso mi padre abrió los ojos.

Simplemente asentí.

—Ay, cariño —dijo mi madre con una sonrisa compasiva—, sé que el chico es muy guapo, pero no creo que sea para ti.

—¿Qué?

—Es alguien muy ambicioso. Siempre lo ha sido. Decidido, motivado, con éxito… —Se detuvo, como si con eso me hubiera dado suficiente explicación.

—¿Qué quieres decir con eso, mamá?

Se limitó a alzar las cejas.

—Pues que sepas que hemos estado juntos durante meses antes de que *yo* lo dejara.

—¿*Qué?* —preguntó Will, casi gritando—. No me lo creo.

—Oh, Livvie —dijo mi madre con tono de decepción, como si fuese una niña pequeña con una imaginación desbordante.

—¿De verdad no me crees? —Saqué las llaves del coche y le dije a Will—: Que te den.

—Esa boca —jadeó mi madre, mientras mi padre murmuraba:

—Madre del amor hermoso.

—Me voy. —Salí disparada por la puerta. Aunque estaba furiosa con mi familia, estaba demasiado desesperada por hablar con Colin como para que me importara.

Me subí al coche, metí la marcha atrás y salí a toda prisa del camino de entrada, muerta de miedo por si ya se había ido.

Eché un último vistazo a la casa de mis padres y vi una multitud de rostros pegados a la ventana, mirándome. Sabía que debía despedirme de ellos o por lo menos sentirme culpable por dejarlos plantados en un día como ese, pero aceleré y me marché.

Lo único que me importaba era llegar a tiempo para hablar con Colin.

Tomé una profunda bocanada de aire y volví a llamar a la puerta.

Era la tercera vez que golpeaba fuerte con los nudillos, pero seguía sin obtener respuesta.

«Vamos».

¿Se habría ido ya? ¿Lo había perdido? Me pregunté si Jack sabría cómo localizarlo en Chicago. Llamé otra vez y luego saqué el móvil.

Quizás lo que nos unió, y nos separó, fuera la respuesta.

> Dime exactamente, ¿qué llevas puesto?, Sr. Número Desconocido.

Me dejé caer por la pared y me senté en la moqueta del pasillo. No tenía ningún plan alternativo, pero me negaba rotundamente a pensar en lo que su ausencia podría significar.

No podía haberse ido. No podía.

Después de cinco minutos largos, envíe otro mensaje.

> Estoy en el pasillo de fuera de tu casa, llevando la camiseta más sexi que hayas visto en la vida.

Me hice un selfi con el ridículo jersey y se la mandé.

No respondió. Pasados otros diez minutos, me puse de pie y pasé la mano por su puerta. Parpadeé para contener las lágrimas y lo intenté una última vez, por si acaso. No se oían ruidos en el interior, así que me aclaré la garganta y apoyé la frente en su puerta.

—Puede que te parezca raro, pero hasta hoy no me había dado cuenta de que te había perdonado. Desde el momento en que Jack me ha dicho que te mudabas a Chicago, lo único que he querido hacer ha sido venir aquí para suplicarte que no te vayas. —Parpadeé para alejar las lágrimas—. A menos que estés deseando irte. Entonces solo te suplicaré que me envíes un montón de mensajes y que me dejes visitarte de vez en cuando. —Me enderecé y murmuré—: Mierda. Lo más seguro es que ni siquiera esté en casa.

—Estoy en casa.

Giré la cabeza al instante y allí estaba Colin, a dos puertas de distancia, caminando por el pasillo con una cazadora negra North Face. Venía con las mejillas rojas, como si llevara fuera un buen rato, y me estaba mirando con expresión estoica, sin un ápice de calidez en esos ojos azules con los que llevaba soñando un mes. Se me cayó el alma a los pies y tuve que esforzarme por encontrar las palabras adecuadas mientras él seguía observándome con frialdad. Había ensayado lo que iba a decirle durante el trayecto en coche, pero lo único que salió de mi boca fue:

—¿De verdad te ibas a ir a Chicago sin decírmelo?

Odié cómo se me quebró la voz.

—¿Por qué te lo iba a decir? —Se fijó en mi ridículo jersey de calabazas, pero no hizo ningún comentario—. ¿Acaso importa?

Asentí.

Entrecerró los ojos.

—¿Qué significa ese asentimiento?

—Sí.

—Sí, ¿qué, Marshall? —Hizo un gesto para que continuara—. Ayúdame a entender qué está pasando aquí.

Metí las manos en los bolsillos del abrigo.

—Estoy intentando disculparme.

—¿Asintiendo?

Volví a asentir con la cabeza.

—Mira —continuó él con tono serio—, no sé qué quieres de mí. —Se rascó una ceja—. La cagué y me dejaste. Te dije que te quería y tú te lo tomaste a broma. Y ahora que me voy, ¿vuelves? ¿Qué se supone que tengo que hacer?

No tenía respuesta, así que simplemente me encogí de hombros.

—Vale, Liv, me parece perfecto que, de pronto, te hayas quedado muda, pero ya no puedo seguir con esto. —Ahora fue él el que se metió las manos en los bolsillos—. Sé que fue por mi culpa, pero perderte ha sido lo peor que me ha pasado en la vida. Todo era un desastre, todo me recordaba a ti, y estaba tan triste todo el tiempo que ni siquiera me soportaba a mí mismo. No puedo seguir viviendo así, esperando verte en el ascensor o soñando como un cachorro enamorado con encontrarnos en el Starbucks. Te quiero, Olivia, pero esto me está matando. Necesito alejarme de todo esto.

El corazón me latía desaforado.

—¿Todavía me quieres?

Sacudió la cabeza.

—Para. Eso no es lo importante aquí.

—Sí que lo es. —Estaba llorando a lágrima viva, pero me daba igual—. Yo también te quiero, y también lo he pasado fatal. Pregúntaselo a quien quieras. El otro día incluso le di un puñetazo a Will por decirme que parecía una cría enfurruñada.

Ladeó la cabeza.

—No es verdad.

—En serio. Y mi madre podría presentarse aquí en cualquier momento, porque me he largado en medio de la cena de Acción de Gracias para venir a hablar contigo.

—¿Qué? —Puso los ojos en blanco.

—Jack me ha dicho que te ibas, así que he salido corriendo. Y ni siquiera nos habíamos hecho la foto en familia.

—¿Te has marchado en la cena de Acción de Gracias?

Asentí.

—Y lo volvería a hacer si con eso consigo que no te vayas.

—Joder, tenía razón. —Me miró como si me estuviera leyendo el alma.

—¿En qué? —pregunté.

Su expresión se suavizó y me observó como si acabara de resolver un acertijo.

—Cuando fuimos a Fleming's y dejaste que ese perro se lanzara sobre ti en el aparcamiento, me di cuenta de algo. No eres un desastre, Livvie. Eres un... un... torbellino lleno de vida y de energía que, de vez en cuando, causa algunos daños colaterales.

Volví a quedarme sin palabras.

—Pero todos esos daños merecen la pena. Son un precio pequeño a pagar. Me encantaría vivir el presente como tú lo haces. —Sacó las manos de los bolsillos y se acercó para sostenerme la cara con ellas—. No te imaginas lo mucho que admiro eso de ti.

—Colin. —Alcé la vista hacia su apuesto rostro. Ningún elogio me había conmovido tanto en toda mi vida—. ¿Me estás diciendo que soy tu inspiración? ¿Qué soy tu fuente de motiv...?

Me interrumpió con un beso; uno de esos besos especiales suyos que hicieron que me aferrara a su camisa y recordara lo increíbles que eran las cosas entre nosotros. «Como si necesitara que me lo recordaran». Después, apartó los labios lo justo para pedirme:

—Dilo otra vez.

Sentí que me iba a estallar el corazón.

—Te quiero.

Me sonrió.

—Otra vez.

—Te quiero, Colin Beck.

—Yo también te quiero, Marshall. —Me acunó el rostro y me dio el beso más tierno y apasionado del mundo; el tipo de beso que te envuelve por completo y te inunda de un amor irracional, delicioso e insoportable. Me sumergí en él sin temor alguno.

Quería sumergirme en todos los océanos imaginables con él.

Y Colin siguió besándome, incluso después de que las alarmas de incendios empezaran a sonar, porque, en medio de la pasión, no me di cuenta y empujé a Colin contra el botón.

EPÍLOGO
Olivia

Dos semanas después

Sr. Número Desconocido: Sabes que paso las veinticuatro horas del día, los siete días a la semana, imaginándote desnuda. No puedo evitarlo. Se está empezado a convertir en un problema.

Me reí y me tapé con la manta hasta los brazos.

Yo: Me ocurre lo mismo. Creo que el otro día tu madre me sorprendió mirándote el...

Sr. Número Desconocido: Sí, nena, continúa.

Contuve la respiración y casi se me cayó el teléfono al suelo. Luego me di la vuelta en la cama para quedar frente a él y tecleé:

Yo: ¿Quieres que te lo diga por escrito o prefieres que te lo susurre al oído?

—Al oído. Ahora. —Colin me tendió la mano para que le diera el teléfono, con una ceja enarcada y una mirada enigmática.

En lugar de entregárselo, lo dejé en el suelo y dije:

—Sigo diciéndole a Sr. Número Desconocido que ya no lo necesito, pero no me deja en paz.

Colin dejó el suyo al lado del mío y se puso encima de mí.

—No puedo culparlo. Cuando encuentras a la Srta. Equivocada perfecta, no puedes dejarla escapar.

Aquellas palabras palpitaron por mis venas, densas como la miel.

—Te quiero, Sr. Número Desconocido.

Colin me besó la punta de la nariz.

—Yo también te quiero, Srta. Equivocada.

AGRADECIMIENTOS

En primer lugar, gracias a todos los que habéis leído este libro. Que tengáis esta historia en vuestras manos es un sueño hecho realidad y os estoy tremendamente agradecida por formar parte de mi «final feliz» Gracias, gracias y mil veces gracias. Si alguna vez me paso por vuestro barrio, estaré encantada de sacar a pasear a vuestros perros. Al fin y al cabo, os debo una.

Gracias infinitas a Kim Lionetti, mi inigualable agente. Estuviste conmigo en el fracaso de mi primera novela, durante el éxito de la segunda, e incluso cuando me paró la Patrulla de Carreteras de Utah, enviándome mensajes con ofertas laborales mientras el agente regresaba a su coche para multarme. Me siento inmensamente afortunada por teneros a ti y a BookEnds a mi lado.

Gracias a Angela Kim, mi increíble editora. Desde nuestra primera llamada telefónica, supe que eras la persona perfecta para esta novela. Ha sido todo un placer trabajar contigo. No te imaginas lo agradecida e ilusionada que estoy por seguir creando historias a tu lado. (¡Piruetas de alegría!).

Gracias a todo el equipo de Berkley PRH; he disfrutado mucho con este proceso. Un agradecimiento especial a Nathan Burton por diseñar una portada tan espectacular.

Por cierto, los Diarios de la Pandemia de Tom Colgan se merecen ganar todos los premios literarios posibles. Solo lo comento...

A las Berkletes, sobre todo a India, Courtney, Amy, Lyn, Sarah ZJ, Sarah Bruhbruh, Joanna, Nekesa, Ali, Elizabeth, Libby, Alanna, Amanda, Mia, Freya, Eliza, Lauren y Olivia, sois las mejores. Siempre había oído decir a otros autores eso de «rodéate de tu gente», pero creía que eso no incluía a esta torpe patosa a la que le cuesta hacer amigos. Y sin embargo, aquí estoy, colaborando con este supergrupo de mujeres increíblemente talentosas a quienes considero parte de mis mejores amigas. *¿Cómo es posible que me haya pasado esto?* Gracias por incluirme en vuestro maravilloso y divertido círculo y por hacerme reír frente al teclado todos los días. *(Ver también nudos, manos y rebelde Chris).*

Un ENORME gracias a la comunidad Bookstagram por vuestro cariño y disposición a ayudar a una novata como yo. Vuestra pasión por la lectura y vuestra capacidad de organización me han dejado maravillada. Sigo sin creerme la suerte que tenemos los autores de contar con vosotros; no somos dignos (al estilo de El mundo de Wayne). Una ovación especial para el encantador grupo Love Arctually, con los que me encantaría ser uña y carne.

Gracias también a Carla Bastos, Aliza Pollak, Chaitanya Srivastava, Shay Tibbs y a la increíble Dayla de Indigo, no tengo palabras para expresar mi agradecimiento porque BTTM me haya brindado la oportunidad de conocer a unas personas tan especiales. Y a Lori Anderjaska, gracias por esos mensajes aleatorios de perros ladrándose obscenidades.

En cuanto a mi familia:

Mamá, soy escritora gracias a ti, por fomentar mi amor por la lectura. Seguro que no fue fácil tener que caminar seis manzanas (lloviera, nevara o hiciera sol) todas las semanas para ir a la biblioteca, pero te estaré eternamente agradecida. Te quiero hasta la luna ida y vuelta.

Papá, te echo de menos todos los días.

MaryLee, no me merezco una hermana tan dulce como tú. Estoy deseando ver tus películas. Porque va a SUCEDER.

A mis hijos: Cass, Ty, Matt, Joey y Kate. En realidad no habéis tenido absolutamente nada que ver con este libro. Dicho esto, sois las personas más geniales que conozco y deberíamos comer espaguetis y albóndigas cuanto antes. Os adoro.

Por último, pero no menos importante, Kevin. A ver, te he dedicado el libro entero, así que creo que eso debería ser más que suficiente, pero por si no lo fuera, gracias por no despedirme aquel día en que cometí el error de asignar a un cliente una habitación que ya estaba ocupada. Si me hubieras echado después de que ese tipo te gritara, nunca habría podido convencerte de que saliéramos juntos y, a la larga, compartir tu vida conmigo. Ese empleo durante la universidad selló nuestro destino, ¿verdad? Te quiero más que a nada.

LYNN PAINTER vive en Omaha, Nebraska, con su marido y su enérgica tropa de niños. Colabora como columnista local para el *Omaha World-Herald*, además de ser una asidua bloguera en su sección de paternidad. Cuando no está leyendo o escribiendo, la puedes encontrar comiendo para calmar sus emociones y bebiendo latas de Red Bull como si no hubiera un mañana.

⊛ LynnPainter.com

🖸 LynnPainterKirkle

🄵 LAPainterBooks

𝕏 LAPainter

¿TE GUSTÓ ESTE LIBRO?

escríbenos y
cuéntanos tu opinión en

f /Sellotitania   **🐦** /@Titania_ed

📷 /titania.ed

#SíSoyRomántica